suhrkamp taschenbuch 3571

In dem libanesischen Dorf Kfaryabda haben die Felsen Namen, aber nur einer trägt den Namen eines Menschen. Eines Tages, so ging die Legende, setzte sich der 18jährige Tanios auf diesen Felsen – und ward nie wieder gesehen.

»Auf jeden Felsen, nur nicht auf diesen«, mahnt der Großvater seinen Enkel und erzählt: »Tanios war der Sohn Lamias. Von ihr hast du sicher schon gehört. Sie hat vor langer, langer Zeit gelebt. Zu jener Zeit führte der Pascha von Ägypten Krieg gegen die Osmanen, und unsere Vorfahren haben gelitten. Vor allem nach der Ermordung des Patriarchen. Der wurde am Dorfeingang niedergeschossen, mit dem Gewehr des englischen Konsuls ...«.

Amin Maalouf erzählt die Geschichte eines libanesischen Dorfes zur Zeit des 19. Jahrhunderts, in politisch bewegten Zeiten. Im Mittelpunkt stehen der Patriarch des Dorfes, Scheich Francis, christlichen Glaubens, und Lamia, die Frau seines Verwalters, die »ihre Schönheit wie ein Kreuz trug«. Als Lamia einen Sohn zur Welt bringt, wollen die Gerüchte nicht verstummen. Wer ist der Vater des Kindes? Wer ist der Vater von Tanios, dem Helden dieser geheimnisvollen Geschichte?

Amin Maalouf, 1949 im Libanon geboren, lebt seit 1979 in Paris. Für seinen Roman *Der Felsen von Tanios*, der in Frankreich weit über 300000-mal verkauft wurde, erhielt er 1993 den Prix Goncourt. Im suhrkamp taschenbuch erschienen zuletzt seine Romane *Leo Africanus. Der Sklave des Papstes* (st 3121), *Samarkand* (st 3190) und *Die Reisen des Herrn Baldassare* (st 3531).

*Zum Andenken an den Mann*
*mit den geknickten Flügeln.*

»Was für ein Volk, für das sich diese traumhaften Mandalane und Libanone aufgebaut haben! ... Welch gütige Hand, welch schöne Stunde versetzen mich wieder in jene Region, der mein Schlummer entstammt und meine leisesten Regungen?«

Arthur Rimbaud
*Illuminations*

In dem Dorf, in dem ich geboren bin, haben die Felsen Namen. Da gibt es das »Schiff«, den »Bärenkopf«, den »Hinterhalt«, die »Mauer« und die »Zwillinge«, auch »Brüste der Vampirin« genannt. Vor allem ist da der »Soldatenstein«; dort lag man früher auf der Lauer, wenn die Armee Fahnenflüchtige jagte; kein anderer Ort wird so verehrt, ist so legendenumrankt. Und dennoch: wenn ich manchmal im Traume die Landschaft meiner Kinderjahre sehe, erscheint mir ein anderer Felsen. Er steht da wie ein majestätischer Sitz, mit einer leichten Vertiefung, die wie eine abgesessene Sitzfläche aussieht, und mit einer hohen, geraden Lehne, die zu beiden Seiten in einer Art Armstütze ausläuft. Meines Wissens ist er der einzige, der einen Menschennamen trägt: der Felsen des Tanios.

Diesen steinernen Thron habe ich lange betrachtet, ohne mich an ihn heranzuwagen. Nicht die Gefahr schreckte mich, denn im Dorf liebten wir es, auf den Felsen zu spielen, und schon als Kind forderte ich meine älteren Kameraden zu den abenteuerlichsten Kletterpartien heraus; wir hatten nichts weiter als unsere nackten Hände und Beine zur Verfügung, doch unsere Haut schmiegte sich an die Haut des Steines, und nicht einer der Kolosse widerstand uns.

Nein, was mich zurückhielt, war nicht die Angst, herunterzufallen. Es war ein Glaube, war ein Schwur. Ein Schwur, den ich meinem Großvater einige Monate vor seinem Tod ableisten mußte. »Auf jeden Felsen, aber nicht auf diesen!« Auch die anderen Jungen hielten sich fern, waren erfüllt von der gleichen abergläubischen Furcht. Auch sie hatten mit der Hand auf dem Flaum ihres Schnurrbartes dieses Versprechen abgeben müssen. Und hatten die gleiche Erklärung vernommen: »Er trug den Spitznamen Tanios-Kischk. Er setzte sich auf diesen Felsen. Und ward nie wieder gesehen.«

Schon oft war in meiner Gegenwart von ihm die Rede gewesen, er war der Held zahlloser Dorfgeschichten, und stets hatte sein Name mich neugierig gemacht. »Tanios« ging mir ohne weiteres ein, das war eine der hiesigen Varianten von Anton, sowie auch Antun, Antonios, Mtanios, Tanos oder Tannus... Weshalb aber dieser lächerliche Zusatz »Kischk«? Das wollte mein Großvater mir nicht verraten. Er sagte nur das, was er einem Kinde glaubte zumuten zu können: »Tanios war der Sohn Lamias. Von ihr hast du sicher schon gehört. Sie hat vor langer, langer Zeit gelebt, selbst ich war damals noch nicht auf der Welt, und auch mein Vater noch nicht. Zu jener Zeit führte der Pascha von Ägypten Krieg gegen die Osmanen, und unsere Vorfahren haben gelitten. Vor allem nach der Ermordung des Patriarchen. Der wurde gerade hier am Dorfeingang niedergeschossen, mit dem Gewehr des englischen Konsuls...« So sprach mein Großvater, wenn er mir nicht antworten wollte; er warf mir Sätze zu, als wollte er mir einen Weg weisen, dann noch einen und noch einen, aber keinen davon betrat er. Erst nach Jahren erfuhr ich schließlich die wahre Geschichte.

Dabei hielt ich den wichtigsten Faden ja schon in der Hand, da ich den Namen Lamia kannte. Wir kannten ihn alle bei uns im Dorf, und zwar aus einer Redensart, die sich glücklicherweise über zwei Jahrhunderte hinweg bis in unsere Zeit erhalten hat: »Lamia, Lamia, wie solltest du deine Schönheit verbergen können?«

Und selbst heute noch findet sich unter der auf dem Dorfplatz versammelten Jugend bestimmt einer, der einer verschleierten Frau nachmurmelt: »Lamia, Lamia...« Meist ist das ein echtes Kompliment, manchmal verbirgt sich aber auch grausamster Spott dahinter.

Die meisten dieser jungen Leute wissen nicht viel über Lamia und die Tragödie, die in dieser Redensart fortlebt. Sie plappern nur nach, was sie aus dem Mund ihrer Eltern oder Großeltern gehört haben, und bisweilen deuten sie wie diese bei ihren Worten zum heute unbewohnten Dorfhügel hinauf,

auf dem die imposanten Reste eines Schlosses zu sehen sind.

Aufgrund dieser Geste, die ich so oft beobachten konnte, stellte ich mir Lamia lange Zeit als eine Art Prinzessin vor, die hinter diesen hohen Mauern vor den Blicken des Dorfes ihre Schönheit verbarg. Arme Lamia, wenn ich hätte sehen können, wie sie in der Küche hantierte oder barfuß mit einem Krug in der Hand und einem Tuch auf dem Kopf durch die Gänge eilte, dann hätte ich sie nur schwerlich mit der Schloßherrin verwechseln können.

Eine Dienerin war sie aber auch nicht. Heute weiß ich besser über sie Bescheid. Vor allem dank der Ältesten im Dorf, Männer wie Frauen, die ich unablässig befragt habe. Das war vor zwanzig Jahren, und inzwischen sind sie alle gestorben, bis auf einen. Er heißt Gebrayel, ist ein Cousin meines Großvaters und heute sechsundneunzig Jahre alt. Erwähnt wird er von mir nicht nur wegen des Privilegs, noch immer auf der Welt zu sein, sondern in erster Linie, weil der Bericht dieses ehemaligen Lehrers und leidenschaftlichen Heimatkundlers für mich am wertvollsten, ja sogar unersetzlich ist. Stundenlang saß ich ihm gegenüber; er hat große Nasenlöcher, breite Lippen und einen kahlen, faltigen kleinen Schädel. Seine markanten Züge sind mit dem Alter sicherlich noch verstärkt worden. Ich habe ihn schon lange nicht mehr gesehen, doch spricht er angeblich noch immer im gleichen vertraulichen Ton und mit derselben Inbrunst und verfügt noch immer über ein intaktes Gedächtnis. Aus den Worten, die ich hier niederschreibe, wird oftmals seine Stimme herauszuhören sein.

Dank Gebrayel bin ich schon bald zu der Überzeugung gekommen, daß Tanios nicht nur ein Mythos, sondern auch ein leibhaftiger Mensch gewesen ist. Die Beweise dafür habe ich erst später gefunden, Jahre später, als mir per Zufall endlich echte Dokumente in die Hände geraten sind.

Aus dreien davon werde ich öfters zitieren. Zwei stammen von Personen, die mit Tanios näher bekannt waren. Das dritte ist jüngeren Datums. Verfaßt wurde es von einem kurz nach dem Ersten Weltkrieg verstorbenen Geistlichen, dem

Mönch Elias von Kfaryabda – das ist übrigens der Name unseres Dorfes, den ich wohl noch nicht erwähnt habe. Die Schrift trägt den folgenden Titel: *Bergchronik oder Die Geschichte des Dorfes Kfaryabda der Weiler und Höfe die dazugehören der Bauwerke die dort stehen der Sitten die dort herrschen der bedeutenden Menschen die dort gelebt haben und der Ereignisse die sich dort mit Erlaubnis des Allmächtigen abgespielt haben.*

Ein seltsames, ungleichmäßiges, verwirrendes Buch. Auf manchen Seiten wird ein eigenständiger Ton angeschlagen, scheint die Feder warm zu werden, sich freizuschreiben; der Leser wird zu Gedankenflügen und kühnen Abschweifungen geladen und glaubt schon, einen wahren Schriftsteller vor sich zu haben. Doch als fürchte der Mönch, damit die Sünde des Hochmuts begangen zu haben, schwenkt er plötzlich wieder um, tritt bescheiden in den Hintergrund, flacht stilistisch ab, beschränkt sich bußfertig darauf, nur noch frommer Chronistenpflicht Genüge zu tun, und zitiert dann gehäuft die Autoren der Vergangenheit und die Honoratioren seiner eigenen Zeit, vorzugsweise in Versen, jenen arabischen Versen aus der Zeit der Dekadenz, die geprägt sind von konventionellen Bildern und aus denen Gefühlskälte spricht.

Das wurde mir erst bewußt, als ich meine zweite eingehende Lektüre jener tausend Seiten abgeschlossen hatte – genau gesagt waren es neunhundertsiebenundneunzig Seiten, von der Vorrede bis zum traditionellen Schlußvers, in dem es heißt: »Du, der du mein Buch liest, übe Nachsicht . . .« Als ich zu Anfang den Folianten, dessen schlichter grüner Einband mit einer einfachen schwarzen Raute verziert war, zum ersten Mal in Händen gehalten und aufgeschlagen hatte, war mir lediglich die gedrungene Schrift aufgefallen, ohne Punkt, ohne Komma, ohne Absatz, nichts als gleichförmiges kalligraphisches Kräuseln, vom Rand eingefaßt wie ein Gemälde, nur hier und da ein flüchtiger Verweis auf die vorhergehende oder die folgende Seite.

Während ich noch zögerte, mich auf eine Lektüre einzulassen, die freudlos zu werden versprach, blätterte ich flüchtigen Blickes in dem Ungetüm, und plötzlich standen mir diese Zeilen vor Augen, die ich sofort abschrieb und später übersetzte und mit Satzzeichen versah: »Auf den vierten November 1840 geht das geheimnisvolle Verschwinden von Tanios-Kischk zurück ... Dabei hatte er alles; alles, was ein Mensch sich vom Leben nur erwünschen kann. Seine Vergangenheit war enträtselt, sein Weg in die Zukunft geebnet. Er hat das Dorf nicht aus freien Stücken verlassen können. Es unterliegt keinem Zweifel, daß der Fels, der seinen Namen trägt, mit einem Fluch behaftet ist.«

Augenblicklich war von diesen tausend Seiten der Schleier genommen. Ich sah das Manuskript nun mit ganz anderen Augen an. Wie einen Führer, einen Gefährten. Oder vielleicht wie ein Gefährt.

Meine Reise konnte beginnen.

## Erste Passage

# *Lamias Versuchung*

Möge der Allmächtige mir die Tage und Stunden verzeihen, die ich von der gesegneten, dem Gebet und der Lektüre der Heiligen Schrift gewidmeten Zeit werde opfern müssen, um diese unvollkommene Geschichte der Menschen meiner Heimat zu schreiben, wobei ich zur Entschuldigung nur vorbringen kann, daß es keine der Minuten, in denen wir leben, je gegeben hätte ohne die Jahrtausende, die ihr seit der Schöpfung vorausgegangen sind, und daß wir keinen unserer Herzschläge hätten tun können, wenn nicht die Generationen unserer Vorfahren gewesen wären, mit ihren Begegnungen, ihren Versprechungen, ihren Ehebündnissen und nicht zuletzt ihren Versuchungen.

Vorrede zur *Bergchronik*
des Mönches Elias von Kfaryabda

# I

Zu jener Zeit stand der Himmel so niedrig, daß niemand es wagte, sich zu voller Größe aufzurichten. Dennoch gab es das Leben, gab es Wünsche und Feste. Und wenn man auch nie das Beste dieser Welt erwartete, so hoffte man doch jeden Tag, dem Schlimmsten zu entgehen.

Das ganze Dorf gehörte damals einem einzigen Feudalherrn. Dieser entstammte zwar einer langen Ahnenreihe von Scheichs, doch wenn heute kurz und bündig von der »Zeit des Scheichs« die Rede ist, dann ist damit unmißverständlich jener gemeint, in dessen Schatten einst Lamia lebte.

Er zählte bei weitem nicht zu den Mächtigsten im Lande. Zwischen der Ebene im Osten und dem Meer gab es Dutzende von größeren Ländereien. Er besaß lediglich Kfaryabda und einige umliegende Höfe, so daß ihm kaum mehr als dreihundert Familien unterstanden. Über ihm und seinen Standesgenossen stand der Emir der Berge, und über jenem die Paschas der verschiedenen Provinzen wie Tripolis, Damaskus, Sidon oder Akko. Und noch weiter oben, noch viel weiter oben, in Himmelsnähe, war der Sultan von Istanbul. Doch so hoch hinauf blickten die Leute aus meinem Dorf gar nicht. Für sie war »ihr« Scheich schon eine ehrfurchtgebietende Persönlichkeit.

Viele von ihnen pilgerten Morgen für Morgen zum Schloß hinauf, wo sie sich im Gang vor seinem Schlafzimmer drängten und seines Erwachens harrten. Und wenn er dann erschien, begrüßten sie ihn mit hundert lauten und leisen Segenswünschen, einem Stimmengewirr, das jeden seiner Schritte begleitete.

Die meisten waren gekleidet wie er: schwarze Pluderhose, weißgestreiftes Hemd, erdfarbene Mütze, und fast allen stand der gleiche dichte und stolz nach oben gezwirbelte Schnurrbart im ansonsten glattrasierten Gesicht. Worin sich dann der

Scheich von den anderen unterschied? Nur durch die apfelgrüne, mit Goldfäden durchwirkte Weste, die er zu jeder Jahreszeit trug, so wie andere einen Zobel oder ein Zepter tragen. Doch auch ohne diese Zierde hätte ein Besucher aus dem Gewühl mühelos den Herrn herausgefunden, und zwar an dem Auf und Ab, das nacheinander alle Köpfe vollführten, um ihm die Hand zu küssen, eine Zeremonie, die sich bis zum Pfeilersaal fortsetzte, so lange, bis schließlich der Scheich seinen üblichen Platz auf dem Sofa eingenommen und die vergoldete Schlauchspitze seiner Wasserpfeife zum Munde geführt hatte.

Wenn die Männer später zu ihren Gattinnen heimkehrten, sagten sie: »Heute morgen habe ich die Hand des Scheichs gesehen.« Nicht etwa: »Ich habe dem Scheich die Hand geküßt.« Das hatten sie zwar getan, und noch dazu in aller Öffentlichkeit, doch galt es ihnen nicht als sittsam, davon zu sprechen. Es hieß auch nicht: »Ich war beim Scheich«, denn damit wäre anmaßenderweise unterstellt worden, es habe sich um eine Begegnung zweier Männer gleichen Ranges gehandelt! Nein: »Ich habe die Hand des Scheichs gesehen«, so lautete der eingebürgerte Ausdruck.

Keine andere Hand war von derartiger Bedeutung. Von der Hand Gottes und der des Sultans ging nur globales Ungemach aus; die Hand des Scheichs jedoch sorgte für die Unannehmlichkeiten des Alltags. Und manchmal auch für ein paar Krümel Glück.

Im heimatlichen Idiom jener Leute bedeutete ein und dasselbe Wort – *kaf* – zugleich »Hand« und »Ohrfeige«. Bei zahllosen Grundherren war die Hand zum Machtsymbol und Herrschaftsinstrument geworden. Wenn sie sich miteinander unterhielten und kein Ohr eines Untertanen mithören konnte, kam ihnen oft ein Sprichwort über die Lippen: »Der Bauer muß in Nackennähe stets eine Ohrfeige haben«, womit gemeint war, daß er beständig mit eingezogenen Schultern in einem Zustand der Furcht leben sollte. Oft war »Ohrfeige« ja auch nur ein anderes Wort für »Ketten«, »Peitsche« oder »Fron« …

Kein Feudalherr wurde dafür bestraft, daß er seine Untergebenen mißhandelte; wenn wirklich einmal höhere Instanzen solcherlei ahndeten, dann taten sie dies aus ganz anderen Gründen und suchten nur nach irgendeiner Handhabe gegen ihn. Es herrschte seit Jahrhunderten die Willkür, und sollte es einst ein Zeitalter der Gerechtigkeit gegeben haben, so war es keinem in Erinnerung geblieben.

Wenn man durch eine günstige Fügung einen nicht gar so gierigen und grausamen Herrn hatte wie die anderen, dann pries man sich glücklich und dankte Gott, als hielte man Ihn zu etwas Besserem nicht fähig.

So verhielt es sich in Kfaryabda; ich weiß noch gut, wie überrascht, ja wie entrüstet ich manchmal über die liebevolle Art war, in der die Dorfbewohner über den Scheich und seine Herrschaft sprachen. Nun, es stimme schon, sagten sie, daß er sich gerne habe die Hand küssen lassen und bisweilen einem seiner Untertanen eine schallende Ohrfeige verabreicht habe, doch sei das nie reine Schikane gewesen; da der Scheich in seinem Machtbereich persönlich Gericht gehalten habe, und sämtliche Streitigkeiten – sei es zwischen Geschwistern, Nachbarn oder Eheleuten – von ihm geschlichtet werden mußten, habe er es sich zur Gewohnheit gemacht, zuerst die Kläger anzuhören, dann einige Zeugen und dann einen gütlichen Ausgleich vorzuschlagen; die Parteien seien aufgefordert worden, sich dem zu fügen und auf der Stelle durch die üblichen Umarmungen ihre Versöhnung anzuzeigen; habe jemand auf seinem Ansinnen beharrt, sei als letztes Argument die richterliche Ohrfeige herniedergegangen.

Diese Bestrafung war so selten, daß die Dorfbewohner wochenlang über nichts anderes mehr zu sprechen wußten; sie bemühten sich dann, das Pfeifen der Ohrfeige eindrücklich zu schildern, und fabulierten von den drei Tage lang sichtbaren Streifen im Gesicht des Unglücklichen und von seinen Lidern, die wohl nie wieder anders als zittern könnten.

Freunde und Verwandte des Geohrfeigten kamen ihn besuchen. Sie saßen im Kreis in seinem Zimmer und waren schweigsam wie bei einem Trauerfall. Dann hob einer zu sprechen an und sagte, man dürfe sich durch derlei nicht gedemütigt fühlen. Wer sei schließlich noch nie von seinem Vater geohrfeigt worden?

Genau so wollte der Scheich gesehen werden. Wenn er sich an die Menschen seiner Ländereien wandte, so sprach er sie – und mochten sie noch so alt sein – mit »Yabne!«, »Mein Sohn!«, oder »Ya Binte!«, »Meine Tochter!« an. Er war überzeugt, mit seinen Untertanen in einem innigen Bund zu stehen: Sie schuldeten ihm Gehorsam und Ehrerbietung, er ihnen seinen Schutz in allen Lebenslagen. Selbst in jenen Anfangsjahren des neunzehnten Jahrhunderts wurde diese völlige Bevormundung bereits als ungebührlich empfunden, als ein Überbleibsel aus Zeiten kindlicher Unschuld, mit dem die meisten Dorfbewohner sich abfanden und nach dem manche ihrer Nachfahren sich heute zurücksehnen.

Selbst ich muß zugeben, daß einige Wesensmerkmale, die ich mit der Zeit an ihm entdeckte, mich ihm gegenüber milder gestimmt haben. Denn wenn »unser Scheich« auch jedes seiner Vorrechte tatsächlich in Anspruch nahm, so war es ihm – im Gegensatz zu manch anderen Lehnsherren – mit seinen Pflichten nicht weniger ernst. Es mußten ihm zwar alle Bauern einen Teil ihrer Ernte abliefern, doch sagte er bei jeder sich bietenden Gelegenheit, daß keiner seiner Schutzbefohlenen je werde Hunger leiden müssen, solange im Schloß noch ein Stück Brot und eine Olive aufzutreiben sei. Daß dies keine leeren Worte waren, hatten die Dorfbewohner mehr als einmal erleben dürfen.

Von nicht geringerer Bedeutung war in den Augen der Dorfbewohner die Art, in der der Scheich mit höhergestellten Behörden umging, und vor allem da rührt es wohl her, daß er in so guter Erinnerung geblieben ist. Wenn der Emir oder der Pascha von den anderen Grundherren irgendeine neue Steuer verlangten, dann diskutierten diese nicht lange, da sie es als vorteilhafter erachteten, aus den Untertanen noch mehr herauszupressen, als es sich mit den Mächtigen zu verderben.

Nicht so »unser« Scheich. Der wetterte und tobte, sandte Bittgesuch auf Bittgesuch, führte Hungersnot, Frost und Heuschrecken an, steckte klugerweise dem einen oder anderen ein Bakschisch zu und erwirkte manchmal einen Aufschub, einen Nachlaß oder gar eine Befreiung von der Steuer. Es heißt, daß die Finanzbeamten dann die fehlenden Summen bei fügsameren Grundherren eintrieben.

Von Erfolg gekrönt waren seine Bemühungen eher selten. In Steuerdingen war mit der Obrigkeit nicht zu spaßen. Aber er versuchte es zumindest, was ihm von den Bauern hoch angerechnet wurde.

Sehr geschätzt wurde auch sein Verhalten in Kriegszeiten. Unter Berufung auf eine althergebrachte Sitte hatte er für seine Untertanen das Recht durchgesetzt, unter ihrer eigenen Fahne zu kämpfen, anstatt einfach dem Rest der Truppe zugeschlagen zu werden. Das war ein unerhörtes Privileg für ein so winziges Lehnsgut, das allerhöchstens vierhundert Mann auf die Beine brachte. Doch für die Dorfbewohner war der Unterschied enorm. Daß sie mit ihren Brüdern, Söhnen und Vettern ins Feld zogen und von ihrem Scheich, der jeden von ihnen beim Vornamen kannte, höchstpersönlich angeführt wurden; daß sie wußten, im Falle einer Verwundung nicht einfach im Stich gelassen zu werden, bei Gefangennahme freigekauft und im Todesfall anständig begraben und beweint zu werden! Und auch zu wissen, daß man sie nicht auf die Laune irgendeines liederlichen Paschas hin als Kanonenfutter verwenden würde: Auf dieses Privileg waren die Bauern nicht weniger stolz als ihr Scheich. Aber selbstverständlich wollte es auch verdient sein. Da durfte man nicht nur »so tun, als ob«, sondern mußte kämpfen, und zwar tapfer, weit tapferer als das Fußvolk von gegenüber oder auch von nebenan, denn ihre Kühnheit mußte ständig in den Bergen, ja im ganzen Reich als Vorbild gelten; das war ihr Stolz und ihr Glück – und auch das einzige Mittel, sich dieses Vorrecht zu erhalten.

Aus all diesen Gründen erachteten die Leute von Kfaryabda »ihren« Scheich für ein geringeres Übel. Er wäre ihnen gar als ein wahrer Segen erschienen, hätte er nicht einen Fehler gehabt, der in den Augen mancher Dorfbewohner so unverzeihlich war, daß ihnen die edelsten Eigenschaften ihres Herren daneben nichts mehr galten.

»Die Frauen!« raunte der alte Gebrayel mir zu, und in seinem Bussardgesicht blitzten Raubvogelaugen auf. »Die Frauen! Der Scheich begehrte sie alle, und jeden Abend verführte er eine!«

Der letzte Teil des Satzes darf sicherlich als Übertreibung angesehen werden. Mit dem Rest aber, und also mit dem Wesentlichen, verhält es sich wohl tatsächlich so, daß der Scheich gleich seinen Vorfahren – und gleich zahllosen anderen Herrschern überall auf der Welt – sich felsenfest einbildete, alle Frauen seiner Ländereien gehörten ihm. So wie die Häuser, die Grundstücke, die Maulbeerbäume und die Weinberge. Und wie ja auch die Männer. Und er könne sein Recht darauf geltend machen, wann immer es ihm beliebe.

Nun darf man sich nicht etwa vorstellen, er sei lüstern durchs Dorf gestrichen und habe sich von seinen Helfershelfern die Beute zutreiben lassen. Nein, so spielte sich das nicht ab. Wenn seine Begierde auch noch so mächtig war, legte er sich stets eine gewisse Zurückhaltung auf, und nicht im Traume wäre es ihm eingefallen, sich irgendwo durch ein Hintertürchen einzuschleichen, um wie ein Dieb die Abwesenheit eines Ehemannes auszunützen. Nein, seines Amtes waltete er, wenn man so sagen darf, bei sich zu Hause.

So wie jeder Mann wenigstens einmal pro Monat »die Hand des Scheichs sehen« mußte, hatten alle Frauen einen Tag lang auf dem Schloß Dienst zu leisten und bei den allgemeinen oder jahreszeitlich bedingten Arbeiten zu helfen; auf diese Weise genügten sie ihrer Treuepflicht. Manche wiesen bei irgendeiner Tätigkeit ein besonderes Geschick auf, wußten etwa auf unvergleichliche Art und Weise das Fleisch im Mörser zu klopfen oder den Brotteig auszurollen. Und wenn es galt, ein Festmahl zuzubereiten, wurden alle Fähigkeiten zugleich in Anspruch genommen. Es war letztlich eine Art Fron, doch da sie sich auf Dutzende, ja Hunderte von Frauen verteilte, erschien sie erträglicher.

Ich habe vielleicht den Eindruck entstehen lassen, der Beitrag der Männer habe sich auf den morgendlichen Handkuß beschränkt. Dies entspräche jedoch nicht der Wirklichkeit. Die Männer mußten sich um den Holzvorrat und die zahlreichen Instandsetzungsarbeiten kümmern, mußten auf dem Land des Scheichs die Schäden an abgerutschten Terrassen beheben und leisteten schließlich die oberste männliche Fron, nämlich den Kriegsdienst. In Friedenszeiten jedoch wimmelte es im Schloß von Frauen, die sich dort eifrig betätigten, schwatzten und sich auch zerstreuten. Und manchmal, wenn zur Zeit des Mittagsschlafes das ganze Dorf in dämmrige Mattigkeit verfiel, verschwand die eine oder andere dieser Frauen zwischen all den Gängen und Zimmern und tauchte erst zwei Stunden später unter allgemeinem Getuschel wieder auf.

Manche Frauen ließen sich recht bereitwillig auf dieses Spielchen ein, da es ihnen schmeichelte, hofiert und begehrt zu werden. Der Scheich war eine stattliche Erscheinung, und zudem wußten die Frauen, daß er keineswegs hinter allem her war, was lange Haare hatte, sondern Charme und Geist zu schätzen wußte. Noch heute wird im Dorf der Ausspruch zitiert, den er von sich zu geben pflegte: »Das muß schon ein Esel sein, der sich zu einer Eselin legt!« Unersättlich also, aber anspruchsvoll. Dieses Bild von ihm hat sich uns überliefert, und vermutlich sahen ihn seine Zeitgenossen, seine Untertanen, nicht anders. Deshalb waren nicht wenige der Frauen darauf aus, wenigstens beachtet zu werden, um sich ihres Charmes zu vergewissern. Ob sie sich dann auch verführen lassen wollten, war wieder eine andere Frage. Ein gefährliches Spiel, zugegeben; doch wenn ihre Schönheit sich zu entfalten begann und dann in voller Blüte stand, wie sollten sie sich da versagen, einmal ihre Reize zur Geltung zu bringen, bevor sie wieder dahinwelkten?

Die meisten wollten jedoch, was immer der alte Gebrayel dem entgegnen mag, von solch kompromittierender Eintagsliebe nichts wissen. Ihre ganze Teilnahme an den Schloßgalanterien beschränkte sich auf Ausweichmanöver, und der Scheich schien sich dreinzuschicken, wenn seine »Gegnerin« sich ihm als überlegen erwies. Insbesondere mußte sie vorausschauend handeln, denn sobald eine begehrte Frau einmal mit dem Scheich unter vier Augen war, konnte sie ihm keinen Korb mehr geben, ohne ihn zu demütigen, und das hätte keine Frau aus dem Dorf je gewagt. Also mußten sie ihr Geschick schon vorher ausspielen, um in eine so peinliche Situation erst gar nicht zu geraten, und hatten deshalb eine Fülle von Listen erdacht. Manche kamen, wenn sie aufs Schloß hinaufmußten, mit einem Kleinkind auf dem Arm, ob es nun das eigene oder das einer Nachbarin war. Andere ließen sich von ihrer Schwester oder ihrer Mutter begleiten und konnten damit gewiß sein, nicht belästigt zu werden. Eine weitere Methode, den Nachstellungen des Gebieters zu entgehen, bestand darin, möglichst nahe bei seiner jungen Ehefrau, der Scheikha, Platz zu nehmen und sich bis zum Abend nicht mehr von dort wegzurühren.

Der Scheich hatte erst mit beinahe vierzig Jahren geheiratet, und selbst da hatte man noch nachhelfen müssen. Dem Patriarchen seiner Glaubensgemeinschaft waren so viele Beschwerden über den unverbesserlichen Schürzenjäger zugegangen, daß er beschlossen hatte, seinen Einfluß geltend zu machen, um den skandalösen Verhältnissen ein Ende zu bereiten. Und er war dabei auf eine vermeintliche Patentlösung verfallen: die Vermählung des Scheichs mit der Tochter eines Feudalherrn, der weit mächtiger war als er, der Herr des Großen Jord. Die Hoffnung bestand darin, daß der Scheich aus Rücksicht auf seine Gattin und vor allem, um seinen Schwiegervater nicht zu verärgern, zwangsläufig ein wenig gesetzter werde.

Gleich im ersten Ehejahr hatte die Scheikha einen Sohn zur Welt gebracht, der Raad genannt wurde. Ihr Gatte jedoch verfiel trotz der Freude über den Stammhalter sehr bald wieder seinem Laster und vernachlässigte seine Frau schon während der Schwangerschaft und mehr noch nach der Entbindung.

Die Scheikha jedoch strafte die Vorhersagen des Patriarchen Lügen und legte eine erstaunliche Indolenz an den Tag. Vermutlich stand ihr das Beispiel ihrer eigenen Feudalfamilie vor Augen: Vater und Brüder waren Weiberhelden, und die Mutter hatte resigniert. Das Verhalten ihres Mannes erklärte sie sich aus seiner Veranlagung und seiner sozialen Stellung, zwei Gegebenheiten, an denen sie nichts zu ändern vermochte. Von den Abenteuern des Scheichs wollte sie nichts hören, um nicht darauf reagieren zu müssen. Gerüchte kamen ihr dennoch zu Ohren, unter denen sie litt, doch weinte sie nur, wenn sie allein oder bei ihrer Mutter war, zu der sie sich manchmal des längeren flüchtete.

Auf dem Schloß trug sie eine gleichgültige oder ironisch-stolze Miene zur Schau und rückte ihrem Kummer mit Süßigkeiten zuleibe. Sie saß von früh bis spät an derselben Stelle, in dem kleinen Salon neben ihrem Schlafzimmer, und nie sah man sie ohne ihren *Tantur*, eine hohe, senkrecht auf dem Scheitel fixierte Silberröhre, über die ein seidener Schleier herabfiel; das Anlegen dieses traditionellen Kopfschmucks war so aufwendig, daß sie ihn wohlweislich auch zum Schlafengehen nicht abnahm. »Das war nicht gerade geeignet«, bemerkte Gebrayel, »die Gunst des Scheichs zurückzugewinnen. Das gleiche gilt übrigens für ihren Leibesumfang. Es heißt, sie habe immerfort ein Körbchen mit Naschwerk in Reichweite gehabt, auf das alle Dienerinnen und Besucherinnen stets ein waches Auge hatten, um es nur ja nicht leer werden zu lassen. Und die Schloßherrin stopfte sich voll wie ein Mutterschwein.«

Sie war nicht die einzige Frau, die litt; am meisten Groll löste die Zügellosigkeit des Scheichs jedoch bei den Männern aus. Manche täuschten zwar die Überzeugung vor, die bewußte Angelegenheit könne nur den Gattinnen, Müttern,

Schwestern und Töchtern der anderen widerfahren, doch lebten alle in der ständigen Angst vor etwaigem Ehrverlust. Im Dorf flüsterte man sich fortwährend weibliche Vornamen zu, ja es drückten sich aller Neid und alle Rachegefühle auf diesem Umwege aus. Wenn manchmal aus nichtigstem Vorwand offener Streit ausbrach, dann offenbarte dies, wie sehr es in den Menschen brodelte.

Man überwachte, beäugte einander. Es brauchte eine Frau auf dem Weg zum Schloß nur ein bißchen adrett gekleidet zu sein, und schon stand sie im Verdacht, den Scheich umgarnen zu wollen. Und galt von vornherein als die Schuldige, schuldiger noch als der Scheich selbst, dem zugute gehalten wurde, er »sei eben so«. Tatsächlich war für Frauen, die jedem Abenteuer aus dem Weg gehen wollten, eines der bewährtesten Mittel, ihrem Herrn und Gebieter nur vor die Augen zu treten, wenn sie sich vorher mit möglichst unvorteilhafter Aufmachung verunstaltet hatten.

Nun gibt es aber Frauen, die ihre Schönheit nicht verhüllen können. Oder deren Schöpfer sie vielleicht nicht versteckt sehen will; doch Himmel! was für Leidenschaften entfachen sie!

Eine dieser Frauen lebte damals in meinem Dorf. Es war Lamia. Die Lamia der Redensart.

## 2

Lamia trug ihre Schönheit wie ein Kreuz. Bei einer anderen hätte es genügt, wenn sie sich verschleiert hätte oder sich mit irgendeinem sehr unvorteilhaften Stoff hätte einkleiden lassen, um keine Blicke mehr auf sich zu ziehen. Nicht so bei Lamia. Sie sah aus wie in Licht gebadet. Sie konnte sich auch noch so gut bedecken, in den Hintergrund treten, sich in einer Menschenmenge verstecken, sobald sie sich nur mit der Hand durchs Haar fuhr oder selbstvergessen irgendein Lied anstimmte, sah man nur mehr sie und hörte nur noch ihre wasserklare Stimme.

Wo der Scheich bei allen anderen einfach seine Eitelkeit und sein Blut sprechen ließ, war im Umgang mit Lamia von Anfang an alles anders gewesen. Ihre Anmut verunsicherte ihn, was ihm sonst nur selten widerfuhr. Um so größer war seine Begierde, aber auch seine Geduld. Bei gewöhnlichen Eroberungen wandte dieser geborene Krieger seine bewährten Methoden an – ob ein zärtlich geflüstertes Wort, eine gewagte Anspielung oder eine kurze Machtdemonstration: Die Festung ward im Sturm genommen. Bei Lamia aber hatte er sich auf eine Belagerung eingestellt.

Zu so bedächtigem Vorgehen hätte er sich wohl nicht durchringen können, wäre da nicht ein Umstand gewesen, der ihn zugleich beruhigte und hemmte: Lamia lebte nämlich unter seinem Dach, in einem Flügel des Schlosses, denn sie war die Gattin des Verwalters Gerios.

Jener hatte eigentlich keinen fest umrissenen Aufgabenbereich und war Schreiber, Kammerherr, Schatzmeister, Sekretär und manchmal auch Vertrauter in einem. Er hatte seinen Herrn über den Zustand der Ländereien, über die Ernteerträge, die Wasserzuteilung, über Steuern und Mißhelligkeiten zu unterrichten. Peinlich genau notierte er auch alle von den Dorfbewohnern aufs Schloß gebrachten Geschenke, zum Beispiel daß »Tubiyya, der Sohn des Wakim, zum Großen Fest – also Ostern – einen halben Okka Seife und zwei Unzen Kaffee« überbracht habe. Des weiteren verfaßte Lamias Ehemann die Pachtverträge.

Hätte es sich um einen größeren Herrschaftsbereich gehandelt, wäre Gerios ein hoher Würdenträger gewesen; doch auch so erschien er allen als Günstling des Schicksals; er brauchte niemals Not zu leiden, und die Räumlichkeiten, die er bewohnte, waren zwar im Vergleich zu den Gemächern seines Herrn bescheiden, aber doch besser eingerichtet als die schönsten Häuser im ganzen Dorf.

Um Lamias Hand hatte er angehalten, als ihm dieses begehrte Amt gerade übertragen worden war. Sein Schwiegervater in spe, ein ziemlich wohlhabender Bauer, dessen ältere Tochter mit dem Pfarrer verehelicht war, hatte dennoch erst nach längerem Zögern eingewilligt. Der Freier schien durchaus für eine Familie aufkommen zu können, doch wurde in Lamias Vater keine rechte Zuneigung zu ihm wach. Überhaupt mochten ihn nur wenige, wenn auch keiner ihm mehr hätte vorwerfen können als eine gewisse Gefühlskälte. Wie es im Dorf so schön hieß, war er einer, »den nicht einmal ein warmes Brot zum Lächeln brachte«. Daraus schloß man eilfertig auf Heimtücke und Hochnäsigkeit. Und mancher verhielt sich ihm gegenüber feindselig. Auch wenn ihn das berührt haben sollte, ließ er sich nichts davon anmerken und unternahm keinerlei Schritte. In seiner Stellung hätte er denen, die ihm abhold waren, das Leben schwermachen können. Das versagte er sich. Doch war ihm niemand dankbar dafür. Wider besseres Wissen behauptete man von ihm, er könne eben »weder Gutes noch Böses tun«.

Als Gerios' Vorgänger sein Amt aufgegeben hatte, war er vom Scheich größerer Unterschlagungen bezichtigt worden. Solche Schandtaten hätte der Gatte Lamias nie begehen können, doch laut seinen Schmähern lag das weniger an seiner Lauterkeit als an seiner Feigheit. Heute, wo alle Zeugen verstummt sind, ist das schwer zu beurteilen. Als verbürgt gilt jedoch, daß er in panischer Angst vor seinem Herrn lebte und in dessen Gegenwart stärker zitterte als der einfachste Bauer. Allen Launen des Scheichs gab er nach; so konnte dieser bei ihm einen Brief an den Emir in Auftrag geben und sich im nächsten Augenblick von ihm die Schuhe ausziehen lassen. Nie war von Gerios auch nur der geringste Widerspruch zu hören.

Wenn die Dorfältesten heute über Lamias Gatten sprechen, erzählen sie gern eine Geschichte, die von Erzählung zu Erzählung verschiedene Varianten kennt, im Kern jedoch die gleiche ist. Wie bereits erwähnt, trug der Scheich einen üppigen Schnurrbart im ansonsten glattrasierten Gesicht, und das war ein Thema, das er in jedem Gespräch gerne aufgriff. Der Schnurrbart war für ihn gleichbedeutend mit Ehre und Macht, und wenn er ein besonderes Versprechen abgab, riß er sich ein Barthaar aus und überreichte es feierlich dem Betreffenden, der es sogleich in ein sauberes Tuch schlug, um es an dem Tag, an dem das Versprechen eingelöst würde, dem Herrscher zurückzugeben. Über die Träger von Vollbärten dagegen pflegte sich der Scheich lustig zu machen, bezichtigte sie der Unsauberkeit und behauptete, sie dabei ertappt zu haben, wie sie sich die Hände daran abgewischt hätten; so daß keiner im Dorf außer dem Pfarrer es noch wagte, auf dem Kinn etwas sprießen zu lassen, weil jeder fürchtete, sonst zur Zielscheibe sarkastischer Bemerkungen zu werden. Wohingegen natürlich alle der Mode des Scheichs folgten und hingebungsvoll ihren Schnurrbart pflegten.

Gerios bildete darin keine Ausnahme; sein Schnurrbart war das exakte Abbild von dem seines Herrn: dicht gewachsen, pomadisiert und beidseitig zu einer Schmachtlocke emporgezwirbelt. Das war noch nichts Außergewöhnliches, denn Nachahmung ist seit jeher ein Zeichen der Ehrerbietung.

Eines Tages aber, als der Scheich vor Besuchern wieder auf das Bartthema zu sprechen kam, ließ er leicht verärgert die Bemerkung fallen, der Schnurrbart seines Verwalters sei stattlicher als sein eigener. Und am gleichen Abend noch beobachtete Lamia, wie ihr Mann vor einem Spiegel damit beschäftigt war, mit der Schere in seinem Schnurrbart herumzuschnipseln, um ihn auszudünnen. Sie sah dieser seltsamen Verstümmelung zwar schweigend zu, fühlte sich jedoch gedemütigt.

So war Gerios. Er sprach wenig, aß wenig, lächelte selten. Er hatte durchaus ein wenig Bildung, aber keinen anderen Ehrgeiz als den, sich seine Stellung und das Wohlwollen seines Herrn zu erhalten. Jenem diente er übrigens rechtschaffen und fleißig.

Lamia hätte sich gewiß einen nicht gar so farblosen Gatten gewünscht. Jedesmal, wenn sie in ihrer fröhlich-schelmischen, ungezwungenen Art ein Scherzwort in die Runde warf, wenn sie auflachte oder ein Liedchen summte, runzelte Gerios die Stirn, blickte sie mürrisch und beunruhigt an. Darauf verstummte sie dann. Und wenn sie sich zu den Frauen gesellte, die auf dem Schloß arbeiteten, wenn sie mit ihnen mitlachte, mitflüsterte und ihre Hände unter die ihren mengte, dann wurde ihr das zum Vorwurf gemacht. Ihr Mann predigte ihr unablässig, sie solle sich ihrem Stande gemäß verhalten und nicht wie eine Dienerin arbeiten; und wenn sie ihm wohlgefällig sein wollte, ging sie, um mit der Scheikha Konversation zu betreiben und nebenbei mit ihr zu naschen.

Vielleicht hatte er ja recht. Wenn sie seine Ratschläge befolgt hätte, wäre ihr selbst und ihren Angehörigen so manches erspart geblieben. Ihr Dasein hätte keine Wellen geschlagen, sie hätte standesgemäß gelebt und wäre standesgemäß begraben worden, und in keiner Redensart würde heute die Erinnerung an ihre unvorsichtige Schönheit aufblinken.

*Zwischen Braut und Bräutigam ist ein Altersunterschied.*
*Sie zählt fünfzehn Lenze, und er dreißig Winter.*

Anläßlich welcher Dorfhochzeit wurden diese Verse eines volkstümlichen Dichters wohl geschmiedet? Die *Bergchro-*

*nik*, in der sie zitiert werden, verrät darüber nichts; doch nähme mich nicht wunder, eines Tages darauf zu kommen, daß sie auf Lamia und Gerios gemünzt waren.

Tatsächlich ließ die junge Frau sich oft von ihrem frühlingshaften Temperament leiten. Sie empfand nur Freude, wenn Freude um sie war und sie Freude bereiten konnte. Zu gefallen, das war ihr Wesen, und es fanden alle Gefallen an ihr. Man hätte meinen können, aufgrund ihrer Schönheit oder des vielbeschworenen »Standes«, dem gemäß sie sich verhalten sollte, sei der weibliche Teil der Dorfbevölkerung auf sie eifersüchtig gewesen. Nicht im geringsten. Die Frauen gewahrten, wie offen sie war, wie völlig frei von aller Geziertheit, von Dünkel und Hinterlist, und es sprachen alle zu ihr wie zu einer Schwester. Selbst die Scheikha war ihr freundlich gesinnt, obwohl ihr ungestümer Gatte sich nach Gerios' Frau die Augen ausschaute; »Meine Tochter!« sagte er zwar zu allen Frauen, doch wenn diese Worte an Lamia gerichtet waren, legte er so viel Zärtlichkeit und Schmelz hinein, daß sie einer Liebkosung gleichkamen. In der Küche machten sich die Frauen darüber lustig und versuchten, ihren Gebieter mit honigsüß gehauchten »Ya Binte!« nachzuäffen; in Gegenwart Lamias übrigens, die herzhaft darüber lachte. Geschmeichelt war sie zweifellos, aber ihr Sinnen geriet nicht einen Augenblick lang auf Abwege.

Der Scheich hatte vermutlich Hintergedanken. Was jedoch nicht bedeutet, daß jedes Lächeln und jedes liebevolle Wort gleich Teil eines ausgeklügelten Plans gewesen seien.

Wenn dem Zwischenfall, der ihrer beider Leben miteinander verquickte, überhaupt irgend etwas zugrunde lag, dann war dies einzig und allein göttliche Vorsehung.

»Ein Zwischenfall, nichts als ein harmloser kleiner Zwischenfall«, behauptete Gebrayel. Doch in seinen Augen blitzte es, als er sagte: »So winzig klein wie ein Sandkorn oder wie ein Funke.«

Und als er zu erzählen anhob, ging er blumig und weitschweifig vor. »Es war an einem jener Julitage, wie man sie im Dorf nicht mag. Die Luft war trocken und heiß. Auf den Straßen zog jeder Schritt eine riesige Staubwolke hinter sich her. Man öffnete immer wieder Fenster und Türen, doch kein Fensterladen schlug auf, kein Türflügel quietschte. Der angehaltene Atem des Sommers, na, du kennst das ja!«

Es stimmt, daß den Leuten von Kfaryabda die Gluthitze zu schaffen macht. Sie sprechen nicht mehr und essen kaum noch etwas. Den ganzen Tag über stillen sie ihren Durst, wobei sie den Krug hoch über den Kopf halten und schließlich das Wasser aus Verdruß auch über Haare, Gesicht und Kleider rinnen lassen. Und was auch immer geschehen mag, vor der kühlen Abendstunde machen sie keinen Schritt vor die Tür.

»Der Scheich hatte trotzdem einige Gäste. Fremde. Lamia kochte an jenem Tag den Kaffee und brachte ihn in den Pfeilersaal, da die Dienerschaft vermutlich schon irgendwo eingenickt war. Und sie war es auch, die die leeren Tassen wieder abräumte. Da saß der Scheich nicht mehr auf seinem Platz. Und das vergoldete Mundstück seiner Wasserpfeife lag seltsamerweise am Boden. Normalerweise rollte er, bevor er aufstand, den Pfeifenschlauch um das Wassergefäß und nahm mechanisch das Mundstück ab, um es sauberzuhalten.«

Als Lamia auf den Gang hinaustrat, vernahm sie aus einem kleinen Raum, in dem manchmal geheime Dinge beratschlagt wurden, ein schweres Atmen. Dort stand der Scheich im Halbdunkel, mit der Stirn an die Wand gelehnt.

»Ist unserem Scheich nicht wohl?«

»Es ist nichts Schlimmes, *ya Binte*.«

Aber er keuchte dabei.

»Im Sitzen würde es besser gehen«, sagte sie und faßte ihn sanft am Arm.

Er richtete sich auf, sein Atem wurde regelmäßiger; er zupfte seine Kleider zurecht und fuhr sich mit den Daumen über die Schläfen.

»Es geht schon wieder. Die Hitze wahrscheinlich. Vor allem: kein Wort. Zu niemandem.«

»Ich schwöre es«, sagte sie. »Beim Messias!«

Dabei nahm sie das kleine Kruzifix, das sie um den Hals trug, führte es erst an die Lippen und drückte es dann ans Herz. Befriedigt gab ihr der Scheich einen Klaps auf den Arm und kehrte dann zu seinen Gästen zurück.

Nichts anderes sollte an jenem Tag geschehen, nichts außer dieser banalen sommerlichen Unpäßlichkeit. Doch Lamia sah diesen Mann nun mit anderen Augen an. Bis dahin hatte sie ihm den notwendigen, mit einer gehörigen Portion Vorsicht vermischten Respekt bezeugt und wie viele andere Frauen gefürchtet, einmal mit ihm allein sein zu müssen. Nun aber fiel ihr auf, daß ihm die Adern an den Schläfen oft anschwollen und seine Stirn sich manchmal in Furchen legte, als bestürmte ihn eine Vielzahl von Sorgen, und sie wartete auf einen Augenblick, in dem sie ihn wieder unter vier Augen sehen könnte. Nur um sich zu vergewissern, daß ihn nicht wieder so ein Unwohlsein befallen habe.

Unter dem Deckmantel berechtigter Fürsorge schlichen sich jedoch ganz andere, bisher auf Abstand gehaltene Gefühle ein. Der Scheich, der »Belagerer«, hatte damit ein Trojanisches Pferd in der Festung. Doch hineingekommen war es ohne sein Zutun. Zärtliches Mitleid zu erregen ist wohl so manchem probates Mittel der Verführungskunst; der Scheich aber hätte solch einen Pfeil in seinem Köcher nicht haben wollen!

Es vergingen mehrere Tage, bevor Lamia Gelegenheit hatte, ihren Herrn ohne Zeugen zu befragen, ob er sich wieder einmal unpäßlich befunden habe. Er schnalzte darauf mit der Zunge, was im Idiom des Dorfes »nein« bedeutet, doch wußte sie, daß er sie belog.

Und ob er von dem Zwischenfall seine Gattin unterrichtet habe? »Niemanden! Der ist noch nicht geboren, der mich einmal klagen hört!«

Zur Beruhigung ihres Herrn erneuerte Lamia ihr Schweigegelübde, indem sie wieder ihr Kruzifix an Lippen und Herz führte. Während sie diesen kurzen Frömmigkeitsritus vollzog, griff der Scheich zu ihrer linken Hand und drückte sie einen Augenblick lang, als wolle er an ihrem Schwur teilhaben. Dann ging er, ohne sie noch einmal anzusehen.

Sie überraschte sich bei einem gerührten Lächeln. »Der ist noch nicht geboren, der mich einmal klagen hört!« hatte er gesagt. Da glaubte er, Mannesworte gesprochen zu haben, doch in den Ohren einer Frau hörten sie sich an wie die Prahlereien eines Jünglings. Lamia fiel ein, daß ihrem jüngsten Bruder Wort für Wort der gleiche Ausspruch entfahren war, als man ihm einmal Schröpfköpfe aufgesetzt hatte. Nein, sie konnte ganz einfach ihren Gebieter nicht mehr so sehen, wie er gesehen werden wollte, und auch nicht so, wie die anderen ihn sahen. Und wenn in ihrer Gegenwart über ihn gesprochen wurde – was schließlich zu jeder Tageszeit der Fall war –, dann hatten diese Worte nun einen anderen Klang bekommen; über manche ärgerte sie sich, andere freuten oder beunruhigten sie, aber keines ließ sie mehr gleichgültig; sie faßte den Klatsch nun nicht mehr als das auf, was er doch eigentlich war: ein Mittel zur Bekämpfung der Langeweile. Und nie mehr hatte sie Lust, dazu selbst etwas beizusteuern.

Wenn die Dorffrauen es manchmal mit ihren schlüpfrigen Anspielungen ein wenig zu weit trieben, hätte sie sie am liebsten zum Schweigen gebracht. Sie hielt aber an sich und zwang sich sogar zum Mitlachen. Wenn sie den Frauen auch nur ein einziges Mal über den Mund gefahren wäre, so wäre sie augenblicklich eine Fremde für sie geworden und ihr Name mit spitzen Bemerkungen zerhackt worden. Da war es schon klüger, sich deren Gunst zu erhalten! Lamias Verhalten entsprang keiner Berechnung, sondern sie war einfach so und fühlte sich niemals wohler, als wenn sie schweigend mit dieser Gemeinschaft von Frauen, die allesamt nasse Hände hatten, verschmolz und sich in ihren heiseren Stimmen und ihren Neckereien wiegte.

Eines Tages – es mochte Mitte September sein, oder vielleicht ein wenig später – hörte sie, als sie in den kleinen stickigen

Hof kam, in dem das Brot zubereitet wurde, lautes Lachen und Gekreische. Sie setzte sich auf einen Stein neben den *Saj*, die runde, gewölbte Eisenplatte, unter der ein Feuer aus Ginsterzweigen knisterte. Eine Kusine übernahm es, Lamia sogleich einzuweihen. »Wir haben gerade darüber geredet, daß er schon seit Wochen einen ruhigeren Eindruck macht und man gar nichts mehr von seinen Abenteuern hört . . .«

Wenn im Dorf jemand »er«, sagte, ohne sich genauer auszudrücken, dann wußte jeder, wer gemeint war.

»Den hat die Scheikha wieder im Griff«, behauptete eine Matrone und drückte dabei ihren Teig mit einem Kissen auf die heiße Platte.

»Die Scheikha bestimmt nicht!« versetzte eine andere. »Erst gestern saß ich bei ihr, und da hat sie mir verkündet, sie werde in einer Woche mit ihrem Sohn in den Großen Jord fahren und dort den Winter bei ihrer Mutter verbringen. Wenn sie ihren Mann zurückerobert hätte, warum sollte sie dann wegfahren?«

»Vielleicht ist er ja krank«, meinte eine.

Sie blickten nun Lamia an, die tief Luft holen mußte, um in möglichst unbeteiligtem Ton herauszubringen: »Wenn er krank wäre, hätten wir das schon gemerkt.«

Neben ihr auf einem Stein saß eine alte, schweigsame Frau, von der niemand angenommen hatte, daß sie der Unterhaltung folgen würde. Und die sagte nun: »Oder er ist hoffnungslos verliebt.«

Die anderen hatten nicht recht gehört.

»Was sagst du da, *Hajje*?«

So wurde sie genannt, weil sie in ihrer Jugend zur Heiligen Krippe nach Bethlehem gepilgert war.

»Er ist bestimmt verliebt und wartet, bis seine Frau ihm den Rücken kehrt.«

»Der hat sich doch bisher auch nie geniert!« wandte die Matrone ein.

»Ich habe euren Scheich schon gekannt, als er noch bei seiner Mutter auf dem Schoß saß. Wenn er in eine Frau hoffnungslos verliebt ist, dann unternimmt er nichts, solange die Scheikha nicht aus dem Schloß ist ...«

Daraufhin wurde spekuliert, wer die Auserwählte sein könne. Es fiel ein Name, dann ein zweiter, ein dritter ... Schließlich kam ein Mann vorbei, und die Frauen wechselten das Thema.

In Lamias Kopf aber dröhnten diese Tratschereien noch den ganzen Tag fort. Und als die Nacht hereinbrach, dachte sie noch immer daran.

Ob der Scheich wirklich so krank war? Sollte sie nicht jemanden davon unterrichten und den Arzt aus Dayrun kommen lassen? Nein, das würde er ihr übelnehmen. Besser abwarten und ihn beobachten. Wenn sie in einer Woche in den Gängen vor seinen Gemächern irgendeine hübsche Frau würde herumstreifen sehen, dann wäre sie beruhigt!

Aber wünschte sie eigentlich wirklich, daß dieser Mann wieder auf Liebesabenteuer ausging?

Die Nacht schritt voran. Lamia wälzte sich auf ihrem Lager hin und her, ohne Ruhe finden zu können. Sie wußte nicht mehr, was sie wünschen sollte. Wieder drehte sie sich herum. Ja warum sollte sie eigentlich in bezug auf diesen Mann überhaupt irgend etwas wünschen?

Ihr Gatte lag neben ihr auf dem Rücken. Der Mund stand ihm offen wie einem Fisch.

## 3

Am Tag vor der Abreise der Scheikha, als auf dem Schloß in fieberhafter Eile die letzten Vorbereitungen getroffen wurden, widerfuhr es Gerios zu seiner Überraschung, daß seine Frau ihn mit kindlicher Beharrlichkeit um die Erlaubnis zum Mitfahren bat.

»Du möchtest den Winter im Jord verbringen?«

»Nicht den ganzen Winter, nur ein paar Wochen. Dazu hat die Scheikha mich schon mehrmals eingeladen ...«

»Dort hast du nichts verloren.«

»Ich könnte als Gesellschaftsdame mitfahren.«

»Du bist weder eine Dienerin noch eine Gesellschaftsdame, wie oft muß ich dir das noch sagen? Du bist meine Frau und hast an meiner Seite zu bleiben. Man läßt seinen Mann nicht einfach Wochen und Monate allein; ich verstehe gar nicht, wie du auf so etwas überhaupt kommst.«

Sie mußte sich fügen. Eigentlich hatte es sie noch nie besonders gereizt, die Scheikha zu begleiten, doch an jenem Morgen, nach einer weiteren unruhigen Nacht, war sie mit diesem Gedanken im Kopf erwacht. Sie wollte weg vom Schloß, weg vom Getuschel der Frauen, von den Blicken der Männer, von ihrem eigenen Zwiespalt. Über Gerios' Reaktion hatte sie sich keiner Illusion hingegeben und hatte dennoch auf ein Wunder gehofft. Sie brauchte dieses Wunder. Und als sie darauf verzichten mußte, schien sie wie vor den Kopf geschlagen und verbrachte den Rest des Tages weinend auf ihrem Zimmer.

»Lamia war sechzehn Jahre alt, und wenn sie weinte, dann bildeten sich in ihren Wangen zwei Grübchen, als wollten sie die Tränen auffangen.«

In Sachen Lamia wußte Gebrayel über jedes Detail Bescheid.

»Glaubst du wirklich, daß sie so schön war, wie es immer heißt?« Meine Frage war beinahe frevlerisch.

»Noch schöner sogar! Sie war die schönste aller Frauen! Vom Nacken bis zu den Fesseln voller Anmut. Ihre langen, feingliedrigen Hände, ihr glattes, tiefschwarzes, bis weit in den Rücken herabfallendes Haar, ihre großen mütterlichen Augen und ihre zärtliche Stimme. Sie parfümierte sich mit Jasmin, wie die meisten Mädchen im Dorf. Aber ihr Jasmin glich keinem anderen.«

»Warum denn?« fragte ich naiv.

»Weil dieser Jasmin nach Lamias Haut duftete.«

Gebrayel lächelte nicht. Er sah woandershin.

»Ihre Haut war rosafarben und so zart, daß alle Männer davon träumten, wenigstens mit der Rückseite der Finger einmal darüberstreichen zu dürfen. Ihr Kleid war weit ausgeschnitten. Die Frauen zeigten ihr Dekolleté damals ohne eine Spur von Anstößigkeit, und Lamia ließ von jeder Brust eine Seite entblößt. Auf jene Hügel hätte ich Nacht für Nacht mein Haupt betten wollen ...«

Ich räusperte mich.

»Woher willst du denn das alles wissen, du hast sie doch nie gesehen!«

»Wenn du mir nicht glaubst, warum fragst du mich dann überhaupt?«

Daß ich in seinen Traum hineingeplatzt war, hatte ihn verärgert. Aber er war mir nicht lange böse. Er stand auf und mischte für uns zwei große Gläser Brombeersaft.

»Trink langsam«, sagte er, »die Geschichte ist noch lang.«

Als die Karawane der Scheikha kurz vor Morgengrauen aufbrach, schien das Schloß sich gänzlich zu leeren. Zum einen, weil die Schloßherrin von zahlreichen Wächtern und Dienerinnen begleitet wurde, und zum anderen, weil die Erntezeit auf ihrem Höhepunkt war und die Männer und Frauen von Kfaryabda fast alle auf den Feldern waren. An jenem Morgen empfing der Scheich nur drei Besucher und behielt keinen davon zum Mittagessen bei sich. Er ließ sich auf einem Tablett leichte Speisen bringen: Brot, Majoran in Olivenöl, geronnene Milch. Und da Gerios sich in den Gängen zu schaffen machte, lud er ihn zu sich. Dann fragte er, wo Lamia sei.

Sie war nur herausgekommen, um sich von der Scheikha zu verabschieden, und hatte sich dann wieder zurückgezogen wie schon am Tag zuvor. Als Gerios ihr mitteilte, daß der Scheich sie eingeladen habe, behauptete sie, sie habe keinen Hunger. Da hob ihr Mann drohend die Hand.

»Du legst dir jetzt ein Tuch um und kommst mit!«

Der Scheich zeigte sich wie jedesmal entzückt, sie zu sehen, und auch sie bemühte sich, nicht mürrisch zu wirken. Bald war die Unterhaltung nur noch ein Dialog zwischen den beiden, und Gerios blickte beständig von dem einen zur anderen; dabei sah er treuherzig drein und nickte in einem fort, wenn gerade der Scheich sprach; sobald aber Lamia den Mund auftat, kaute er an seiner Unterlippe herum, als wolle er seine Frau dadurch veranlassen, sich möglichst kurz zu fassen. Nie lachte er spontan über eine geistreiche Bemerkung von ihr, sondern wartete immer ab, bis der Scheich loslachte, und ihn allein sah er dann auch an, solange das Lachen andauerte.

Lamia gab es ihm gleichermaßen zurück. Sie sah nur den Scheich an oder auf den Teller hinab, in den sie ihr Brot eintunkte. Und der Scheich würdigte im weiteren Verlauf des Gespräches Gerios keines Blickes mehr. Erst ganz am Ende der Mahlzeit drehte er sich jäh zu ihm um, als hätte er ihn gerade erst bemerkt.

»Jetzt hätte ich beinahe das Wichtigste vergessen. Du mußt unbedingt zum Schneider Yaacub. Ich habe ihm versprochen, ihm noch vor heute abend tausend Piaster zu zahlen, und ich werde auch Wort halten. Außerdem mußt du ihm sagen, er soll morgen so früh wie möglich herkommen, weil ich Kleider für die kalte Jahreszeit brauche.«

Yaacub wohnte im Nachbarort Dayrun; bis dahin waren es gute zwei Stunden.

Lamia griff augenblicklich zum Tablett und wollte es in die Küche tragen.

»Ich koche noch Kaffee.«

»*Khweja* Gerios wird keine Zeit mehr haben, welchen zu trinken; er muß gleich fort, um noch vor Einbruch der Dunkelheit zurückzukehren.«

So nannte er ihn, wenn er ihm schmeicheln wollte: *Khweja* war ein altes türkisch-persisches Wort, mit dem in den Bergen diejenigen angeredet wurden, die über genügend Bildung und Vermögen verfügten, um nicht mehr mit eigenen Händen den Boden bestellen zu müssen. Der Verwalter stand sofort auf.

»Ich selbst werde meinen Kaffee auch nicht gleich trinken«, sagte der Scheich nach kurzem Zögern. »Lieber nach meinem Mittagsschlaf. Aber wenn unsere schöne Lamia mir einen Korb mit Früchten bringen könnte, wie nur sie allein sie zusammenzustellen versteht, dann wäre ich ihr bis ins hohe Alter dankbar dafür.«

Auf eine solche Bitte war die junge Frau nicht gefaßt. Sie sah verlegen aus, verwirrt, und wußte nicht, was sie sagen sollte. Ihr Schweigen dauerte nur den Bruchteil einer Sekunde, aber auch das war noch zu lange für Gerios, der sie mißbilligend ansah und an ihrer Stelle antwortete.

»Selbstverständlich, Scheich! Sofort! Lamia, beeil dich!«

Während der Scheich ruhigen Schrittes in sein Schlafzimmer ging, eilte Gerios in den kleinen Raum, der ihm als Büro diente. Dort hatte er sein Register, seine Federn und Tintenfässer, und dort stand auch die Truhe, der er das Geld für den Schneider entnehmen mußte. Lamia ging ihm nach.

»Warte, ich muß noch mit dir reden!«

»Später! Du weißt doch, daß ich fortmuß!«

»Ich werde den Früchtekorb zurechtmachen, aber ich möchte, daß du ihn dem Scheich bringst. Ich habe keine Lust, in sein Schlafzimmer zu gehen; ich möchte nicht, daß er etwas anderes von mir verlangt.«

»Was soll er denn von dir verlangen?«

»Ich weiß nicht, dieser Mann ist so anspruchsvoll, er will vielleicht, daß ich ihm die Früchte schäle, daß ich sie ihm schneide ...«

Sie stockte. Gerios ließ den Deckel der Truhe, die er gerade aufgemacht hatte, wieder los und wandte sich ihr zu.

»Wenn du dich deinem Stand gemäß verhalten hättest, wie ich es dir tausendmal geraten habe, dann hätte der Scheich nie irgend etwas von dir verlangt.«

Und du, hätte sie am liebsten gesagt, verhältst du dich denn standesgemäß? Hätte der Scheich denn nicht irgendeinen seiner Diener zu Yaacub schicken können? Sie wollte jedoch keinen Streit anfangen. Ihr Ton wurde flehend und zerknirscht.

»Ich habe unrecht gehabt, das gebe ich zu, und du hast recht gehabt. Doch vergessen wir die Vergangenheit . . .«

»Ja, vergessen wir die Vergangenheit, und in Zukunft wirst du darauf achten, dich angemessen zu verhalten. Aber heute hat unser Herr etwas von dir verlangt, und du wirst ihm gehorchen.« Da packte Lamia ihren Mann an beiden Ärmeln. Aus ihren Augen quollen Tränen.

»Versteh mich doch, ich fürchte mich davor, in dieses Zimmer zu gehen!«

Sie blickten sich lange, sehr lange an. Lamia hatte das Gefühl, ihr Mann sei unschlüssig, sie fühlte seinen Zwiespalt, und einen Augenblick lang stellte sie sich vor, er werde zu ihr sagen: »Ich begreife deine Ängste und weiß jetzt, was ich zu tun habe.« Sie hatte in dieser Stunde so sehr das Bedürfnis, sich an ihn anzulehnen. Sie wollte all die Kleinlichkeiten vergessen, die sie ihm vorzuwerfen hatte, und nur noch in Erinnerung haben, daß er doch ihr Mann war, daß sie ihm für das ganze Leben gegeben worden war und daß sie gelobt hatte, ihm zu gehorchen, in bösen wie in guten Tagen.

Gerios sagte nichts, und auch Lamia schwieg, um ihn nicht zu reizen. Er schien unentschlossen zu sein, hin- und hergerissen. Ein paar Sekunden nur, die ihr sehr lang erschienen. Dann schob er sie beiseite. Und ging.

»Du hast mich lange genug aufgehalten. Wie soll ich jetzt noch vor Einbruch der Dunkelheit zurück sein!«

Er sah sie nicht mehr an. Ihre Augen aber blickten ihm

nach. Er war vornübergebeugt, und sein Rücken war nur mehr ein riesiger schwarzer Buckel. Nie hatte Lamia ihn so geduckt gesehen.

Sie fühlte sich verraten und verkauft. Betrogen.

Den Früchtekorb bereitete sie in aller Bedächtigkeit zu. Mit ein wenig Glück würde der Scheich schon eingeschlafen sein, wenn sie in sein Schlafzimmer käme.

Als sie durch den letzten Korridor ging, spürte sie ein Kribbeln, ein prickelndes Gefühl, das ihr durch die Hüften strömte. War es Angst? War es Begierde? Oder war vielleicht die Begierde von der Angst ausgelöst worden?

Ihre Hände zitterten nun. Sie schritt immer langsamer dahin. Wenn es einen Himmel gab, der über die Geschöpfe wachte, so würde Er dafür sorgen, daß sie niemals bis zu diesem Schlafzimmer käme.

Die Tür war angelehnt. Mit ihrem Korb schob Lamia sie sanft auf und sah hinein. Der Mann lag mit dem Rücken zu ihr auf seiner Matte. In der rechten Hand hatte er seine Gebetskette aus Bernstein. Wenn er nicht seine Wasserpfeife rauchte, dann beschäftigte er seine Finger mit dieser Kette; er pflegte zu sagen, das Klappern der aneinanderschlagenden Kugeln habe die gleiche beruhigende Wirkung wie rauschendes Wasser oder ein knisterndes Feuer.

Lamia sah weder auf den Bernstein noch auf den Siegelring an der Hand des Scheichs. Sie prüfte nur, ob seine dicken Mannesfinger sich nicht etwa bewegten. Dann faßte sie sich ein Herz, ging zwei Schritte ins Zimmer und beugte die Knie, um den Korb auf dem Boden abzustellen. Als sie sich wieder aufrichten wollte, zuckte sie plötzlich zusammen. Ein Granatapfel war davongerollt, und das dumpfe Geräusch, das er dabei machte, ertönte in Lamias Ohren wie ein Trommelwirbel. Mit stockendem Atem ließ sie die Frucht ausrollen, die um Haaresbreite die Hand des Schläfers berührt hätte. Sie wartete noch ein wenig und bückte sich dann über den Korb, um den widerspenstigen Granatapfel aufzuheben.

Da bewegte sich der Scheich. Er drehte sich um. Ganz langsam wie ein Schlafender. Doch im Umdrehen griff er mit sicherer Hand zu dem Granatapfel, ohne hinzusehen, als habe er ihn erahnt.

»Du hast aber lange gebraucht, ich wäre fast eingeschlafen.«

Er blickte zum Fenster auf, als wollte er die Uhrzeit feststellen. Aber die Vorhänge waren zugezogen und das Wetter trübe. Es war so spät, wie es im Halbdunkel eines Herbstnachmittags eben sein kann.

»Was hast du mir Feines gebracht?«

Lamia richtete sich mühsam auf. Aus ihrer Stimme klang ein furchtsames Zittern heraus.

»Trauben, Kamelfeigen, Azarolen, ein paar Äpfel und diesen Granatapfel hier.«

»Und welche von den Früchten, die du mir gebracht hast, ist deiner Meinung nach am köstlichsten? In welche kann ich mit geschlossenen Augen hineinbeißen und dann im Munde nur süßen Honig schmecken?«

Draußen mußte sich wohl gerade eine besonders dicke Wolke vor die Sonne geschoben haben, denn im Zimmer war es nun unendlich viel dunkler. Es war früher Nachmittag, doch schien bereits die Nacht hereinzubrechen. Der Scheich stand auf, suchte sich die fleischigste Traube heraus und führte sie an Lamias Gesicht. Sie öffnete die Lippen.

Als die Traube in ihren Mund glitt, flüsterte der Mann ihr zu: »Ich würde dich gerne lächeln sehen!«

Sie lächelte. Und so teilte er mit ihr alle Früchte des Septembers.

## Zweite Passage

# *Der Sommer der Heuschrecken*

Im Jahre 1821 gebar gegen Ende Juni Lamia, die Gattin des Schloßverwalters Gerios, einen Sohn, der erst Abbas und dann Tanios genannt wurde. Noch bevor er seine unschuldigen Äuglein aufschlagen konnte, hatte er bereits eine Flut unverdienter Feindseligkeit über das Dorf gebracht.

Er war es, der später den Beinamen *Kischk* erhielt und das Schicksal erlitt, von dem wir alle wissen. Sein ganzes Leben war nichts als eine Abfolge von Passagen.

*Bergchronik*
des Mönches Elias von Kfaryabda

(Bevor wir die Erzählung wiederaufnehmen, möchte ich einen Augenblick auf die Zeilen eingehen, die diesem Kapitel vorangestellt sind, und insbesondere auf das rätselhafte Wort »*ubur*«, das ich mit »Passage« übersetzt habe. Der Mönch Elias hat es nirgends für notwendig erachtet, davon eine Definition zu geben; dabei kommt es bei ihm unentwegt vor. Seinen Sinn habe ich erst allmählich erschließen können.

Der Verfasser der *Bergchronik* schreibt etwa: »Das Schicksal fährt in mehreren Passagen durch uns hindurch, sowie die Nadel des Schusters durch das Leder fährt, das er bearbeitet.« Und an einer anderen Stelle: »Das Schicksal, dessen gefährliche Passagen unser Dasein gliedern und formen . . .«

»Passage« bedeutet also zugleich ein deutliches Zeichen des Schicksals – ein Abschweifen, das grausam sein kann oder ironisch, oder eine göttliche Fügung – und eine Wegmarke, eine Etappe einer außergewöhnlichen Existenz. In diesem Sinne war die Versuchung Lamias in Tanios' Schicksal die grundlegende »Passage«, aus der alle anderen dann hervorgehen sollten.)

# I

Als Gerios von seinem Auftrag zurückkam, war es Nacht, wirkliche Nacht. Seine Frau lag schon im Schlafzimmer, und die beiden sprachen kein Wort miteinander.

In den darauffolgenden Wochen verspürte Lamia die ersten Anzeichen von Übelkeit. Sie war fast zwei Jahre verheiratet, und ihre Verwandten, die bereits mit Sorge vermerkt hatten, daß ihr Bauch sich noch immer nicht rundete, hatten ins Auge gefaßt, zu Heiligen oder bestimmten Kräutern Zuflucht zu nehmen, um dieser Verhexung beizukommen. So wurde ihre Schwangerschaft allseits freudig begrüßt, und die Frauen umsorgten die werdende Mutter entsprechend ihrer Zuneigung zu ihr. Von argwöhnischen Blicken oder irgendwelchem Tratsch keine Spur. Doch als die Scheikha im März nach dem ausgedehnten Aufenthalt bei ihrer Familie wieder ins Schloß zurückkehrte, hatte Lamia das Gefühl, ihre Beziehung habe sich plötzlich abgekühlt. Allerdings hatte sich das Verhalten der Gattin des Gebieters auch anderen gegenüber verändert, sie war reizbar und behandelte die Frauen im Dorf herablassend, so daß diese ihr zunehmend aus dem Weg gingen; zudem machte ihr Gesicht nun einen hohlwangigen, beinahe ausgezehrten Eindruck, obwohl sie so fettleibig war wie eh und je.

Die Dorfleute sparten nicht mit deftigen Kommentaren. Von »ihrem« Scheich ließen sie sich so manches gefallen, aber diese Fremde da, dieser »Schlauch voll geronnener Milch«, diese »den Jord-Monden entsprungene Gestrüppfrau«, wenn es der in Kfaryabda nicht mehr paßte, dann sollte sie sich gefälligst wieder nach Hause scheren!

Lamia aber mochte nicht so recht glauben, daß die Schloßherrin auf das ganze Dorf wütend sei; speziell vor ihr mußte sie gewarnt worden sein, und sie fragte sich, was man der Scheikha wohl über sie erzählt haben mochte.

Das Kind kam an einem hellen, milden Sommertag zur Welt. Der Sonnenschein wurde von einer zarten Wolke gedämpft, und der Scheich hatte auf einer Terrasse, von der sich das Tal überschauen ließ, Teppiche auslegen lassen, um sein Mittagessen im Freien einzunehmen. In seiner Gesellschaft befanden sich der Pfarrer *Buna* Butros, zwei andere Dorfhonoratioren sowie Gerios; ein wenig abseits saß auf einem Hocker die Scheikha mit ihrem *Tantur* auf dem Kopf und ihrem Sohn auf dem Schoß. Man hatte dem Arrak zugesprochen, und alle schienen guter Laune zu sein. Es war zwar niemand betrunken, aber in der Atmosphäre allgemeiner Fröhlichkeit waren Gesten und Worte freizügiger geworden. Unweit von jenem Ort stöhnte Lamia in ihrem Schlafzimmer und preßte nach den Anweisungen der Hebamme das Kind aus sich heraus. Die Hand hielt ihr ihre große Schwester, die *Khuriyye*, die Frau des Pfarrers.

Ein kleines Mädchen lief auf die Feiernden zu, um ihnen die Nachricht zu verkünden, der sie alle harrten; durch die erwartungsvollen Blicke wurde die Kleine wohl eingeschüchtert, denn sie errötete, schlug schamhaft die Hände vors Gesicht, flüsterte nur schnell Gerios ein Wort ins Ohr und lief dann wieder weg. Durch ihren Eifer hatte sich die Botin allerdings verraten; alle wußten gleich Bescheid, und Lamias Gatte überwand seine sonstige Zurückhaltung und rief laut: »*Sabi!*«

Ein Junge!

Man füllte die Kelche, um dieses Ereignis zu feiern; dann fragte der Scheich seinen Verwalter: »Und wie gedenkst du ihn zu nennen?«

Eigentlich wollte Gerios den Vornamen verkünden, den er im Sinn hatte, doch hörte er aus dem Tonfall seines Herrn heraus, daß auch dieser seine Meinung dazu hatte, daher sagte er lieber: »Darüber habe ich mir noch keine Gedanken gemacht. Solange er noch nicht geboren war . . .«

Zu dieser frommen Lüge schnitt er das angemessene Gesicht, das bedeuten sollte, daß er es aus Aberglauben nicht gewagt habe, schon im voraus einen Namen auszusuchen, denn damit hätte er ja vorausgesetzt, daß das Kind auf jeden Fall ein Junge sein und lebend zur Welt kommen werde, so als ob man schon für gesichert erachte, was einem noch nicht gewährt war; eine Anmaßung, die vom Himmel nicht geschätzt wurde.

»Also ich«, sagte der Scheich, »habe schon seit jeher eine Vorliebe für einen Namen, und zwar für Abbas.«

Wie üblich nickte Gerios; sobald der Scheich zu sprechen anfing, und als er den Vornamen vernommen hatte, war seine Entscheidung auch schon gefallen.

»Dann soll er Abbas heißen! Und später wird man dem Jungen einmal sagen, daß der Scheich persönlich ihm seinen Namen ausgesucht hat!«

Als Gerios freudestrahlend in die Runde blickte, um den erwarteten Beifall entgegenzunehmen, bemerkte er, daß der Pfarrer mit gerunzelter Stirn dasaß und die Scheikha plötzlich in unerklärlicher Wut ihr Kind an sich drückte. Sie war bleich wie ein Kurkumazweig, und hätte man sie in Gesicht oder Hände geschnitten, es wäre nicht ein Tropfen Blut herausgekommen.

Seine Augen verweilten ein wenig auf ihr. Und plötzlich begriff er. Wie zum Teufel hatte er diesen Namen nur billigen können? Und wie hatte vor allem der Scheich ihn überhaupt vorschlagen können? Vor lauter Freude und Arrak hatten sich wohl beiden die Sinne etwas verwirrt.

Die ganze Szene hatte nur Sekunden gedauert, doch für das Kind, für seine Familie, ja für das gesamte Dorf sollte nun alles eine völlig andere Wendung nehmen. »An jenem Tag«, heißt es in der *Bergchronik*, »wurde ihrer aller Schicksal festgelegt und besiegelt; wie ein Pergament brauchte es nur noch ausgerollt zu werden.«

So viel Wehklagen wegen eines vom Scheich begangenen Schnitzers, der noch dazu auf der Stelle wiedergutgemacht wurde?

Dazu muß gesagt werden, daß sich in Kfaryabda über Generationen hinweg bestimmte Namenstraditionen herausgebildet hatten. Die Dorfbewohner, die als »die von unten« bezeichnet wurden, benannten ihre Söhne nach Heiligen: Butros, Bulos, Gerios, Rukoz, Hann, Frem oder Wakim, zu Ehren von Petrus, Paulus, Georg, Rochus, Johannes, Ephraim oder Joachim; manchmal gaben sie ihnen auch biblische Namen wie Ayyub, Musse und Tubiyya für Job, Moses und Tobias.

In der Familie des Scheichs, also bei »denen von oben«, hatte man andere Gepflogenheiten. Dort mußten die Jungen Vornamen tragen, die an vergangene Macht und Glorie erinnerten. Sakhr, Raas oder Hosn etwa, was »Fels«, »Donner« und »Festung« bedeutet. Beliebt waren auch einige Namen aus der Geschichte des Islams; in der Familie des Scheichs hing man zwar seit Jahrhunderten dem christlichen Glauben an, was aber den Scheich nicht daran hinderte, zu seinen Vorfahren Abbas zu zählen, den Onkel des Propheten, sowie ein gutes Dutzend Kalifen; es hing ja auch im Pfeilersaal genau hinter der Stelle, an der der Scheich zu sitzen pflegte, eine mächtige Ahnentafel an der Wand, angesichts deren so manches gekrönte Haupt erblaßt wäre, selbst der Sultan in Istanbul, dessen Herkunft nicht etwa auf die ehrwürdige Prophetenfamilie in Mekka zurückging, sondern sich vielmehr, Kalif hin, Kalif her, in den Steppen Mittelasiens verlor.

Der Scheich hatte seinen Sohn Raad genannt, nach seinem eigenen Vater also. Er selbst – so merkwürdig es auch klingen mag – hieß Francis. Dieser Vorname rührte selbstverständlich weder von kriegerischen Ruhmestaten noch von der Familie des Propheten her und wies sogar beträchtliche Ähnlichkeit mit den bei den Dorfbewohnern üblichen Heiligennamen auf. Doch der Schein trog. Es lag kein direkter Bezug auf die Kalenderheiligen vor, weder auf Franz von Sales noch auf Franz von Assisi, oder nur insofern, als zu Ehren des letzteren der französische König Franz I. seinen Vornamen erhalten hatte. Einen »Scheich Francis« hatte es seit dem sechzehnten

Jahrhundert in jeder Generation gegeben, seit dem Tag nämlich, an dem Franz I., dem von Suleiman dem Prächtigen das Recht zur Betreuung der christlichen Minderheiten der Levante und der Heiligen Stätten eingeräumt worden war, den Anführern der großen in den Bergen ansässigen Familien einen Brief geschrieben hatte, um sie seines Schutzes zu versichern. Unter den Empfängern dieses Schreibens war auch ein Vorfahr unseres Scheichs gewesen; er erhielt, wie man sagt, die Botschaft am Tage der Geburt seines ersten Kindes, das man daraufhin sofort Francis genannt hatte.

So notwendig diese Erläuterungen heute sein mögen: Die Dorfbewohner von damals hätten ihrer keineswegs bedurft. Nicht einem von ihnen wäre es unverdächtig vorgekommen, daß der Scheich dem Kind Lamias den ehrenvollsten Namen seines eigenen Geschlechts verlieh. Gerios vermeinte schon das schallende Gelächter zu vernehmen, das bald ganz Kfaryabda erschüttern würde! Wie sollte er diese Schande verstekken? Als er vom Tisch aufstand, um zu seinem Kind zu gehen, hatte er rein gar nichts von einem stolzen und glücklichen Vater an sich, sein Schnurrbart hing ihm kläglich herunter, und er vermochte kaum in gerader Haltung bis zu dem Zimmer zu gehen, in dem Lamia nun vor sich hin dämmerte.

Es machten sich dort etwa ein Dutzend Frauen aller Altersstufen zu schaffen. Sie sahen in Gerios' Benommenheit nichts anderes als den Ausdruck überwältigender Freude und schoben den Mann zu der Wiege, in der das schon mit einem Leinenhäubchen bedeckte Kind schlief.

»Er macht einen gesunden Eindruck«, flüsterten sie. »Möge Gott ihn leben lassen!«

Nur die Frau des Pfarrers verstand im Gesicht des Verwalters zu lesen.

»Du siehst bedrückt aus, etwa deswegen, weil ihr Zuwachs bekommen habt?«

Er blieb reglos und stumm.

»Wie wirst du ihn denn nennen?«

Gerios hätte seine Verwirrung gerne verborgen, doch ihr,

der *Khuriyye*, mußte er sich ganz einfach anvertrauen. Wegen des Einflusses, den sie allein auf alle Dorfbewohner ausübte, nicht zuletzt auch auf den Scheich. Sie, die eigentlich Saada hieß, aber sogar von ihrem Gatten nicht mehr so genannt wurde, war zu ihrer Zeit das schönste Mädchen von Kfaryabda gewesen, so wie ihre Schwester zehn Jahre später. Und war sie auch durch ihre acht oder neun Schwangerschaften allmählich fülliger und gesetzter geworden, so hatte sie dadurch ihren Charme nicht etwa eingebüßt, sondern er war gleichsam ganz und gar an die Oberfläche ihrer listigen, gebieterischen Augen emporgestiegen. »Wir saßen gerade beim Mittagessen, und ... da hat der Scheich vorgeschlagen, ihn Abbas zu nennen.«

Gerios bemühte sich zwar, die Fassung zu bewahren, doch das letzte Stück des Satzes entfuhr ihm wie ein Stöhnen. Die *Khuriyye* ließ sich wohlweislich ihren Schrecken nicht anmerken. Es gelang ihr sogar, ein amüsiertes Gesicht aufzusetzen.

»Ja, so kenne ich deinen Scheich. Er ist ein Mensch, der stets der Stimme seines großzügigen Herzens folgt. Er schätzt deine Arbeit, deine Ergebenheit, deinen rechtschaffenen Charakter, er sieht dich als seinen Bruder an und glaubt dir eine Ehre zu erweisen, indem er deinem Sohn einen Vornamen aus seiner eigenen Familie gibt. Aber im Dorf wird man darüber anders denken.«

Gerios wollte zu der Frage ansetzen, wie die Leute wohl reagieren würden, doch kam ihm kein Ton über die Lippen, so daß die Frau des Pfarrers fortfuhr.

»Man wird sich zuraunen: Dieser Gerios kehrt uns den Rücken zu, weil er da oben wohnt; seinem Sohn will er keinen Namen geben, wie sie bei uns üblich sind. Sie werden dir und deiner Frau böse sein und sich die Mäuler über euch zerreißen. Wo sie dir doch jetzt schon um deine Stellung neidisch sind ...«

»Vielleicht hast du recht, *Khuriyye*. Nur habe ich dem Scheich schon gesagt, daß ich mich durch seinen Vorschlag geehrt fühle ...«

»Dann gehst du jetzt zu ihm und sagst, daß Lamia ein geheimes Gelübde getan hatte. Wie würdest du das Kind gerne nennen?«

»Tanios.«

»Gut, dann sagst du, daß seine Mutter gelobt habe, ihm den Namen *Mar* Tanios zu geben, falls der Heilige ihn gesund würde zur Welt kommen lassen.«

»Du hast recht, das muß ich ihm sagen. Ich werde gleich morgen mit ihm sprechen, wenn wir einmal allein sind.«

»Nein, dann ist es zu spät. Du gehst auf der Stelle zu ihm, sonst posaunt der Scheich den Namen Abbas schon überall herum, und dann kann er nicht mehr zurück.«

Also ging Gerios los. Ihm war ganz schlecht bei dem Gedanken, zum ersten Mal im Leben seinem Herrn widersprechen zu müssen. Er legte sich eine wortreiche Begründung voller Dankesformeln und trivialer Reuebekundungen zurecht . . . Doch die brauchte er gar nicht. Sein Unterfangen gestaltete sich viel einfacher, als er gedacht hatte.

»Ein Gelübde ist mir natürlich heilig«, unterbrach ihn der Scheich bei seinen ersten Worten. »Lassen wir es gut sein: Der Junge soll Tanios heißen!«

Der Scheich hatte nämlich ebenfalls Gelegenheit gehabt, sich die Sache noch einmal durch den Kopf gehen zu lassen. Vor allem, als die Scheikha aufgestanden war, ihren Sohn so heftig an sich gedrückt hatte, daß er losschrie, und sich dann ohne ein Wort an die Umsitzenden zurückgezogen hatte.

Sie flüchtete sich auf ihr Schlafzimmer, oder besser gesagt auf den Balkon ihres Schlafzimmers, auf dem sie den Rest des Tages auf und ab wanderte und dabei die bösesten Verwünschungen vor sich hin murmelte. Noch nie war sie derart gedemütigt worden. Da hatte sie wohlbehütet in einem der besten Häuser der Berge gelebt, und nun war sie bei diesem Dorfgockel gelandet! Der ganzen Welt war sie gram, sogar dem Patriarchen, ihrem Beichtvater. Der war doch auf diese Heirat überhaupt erst gekommen!

Sie schwor sich, daß sie am nächsten Tag noch vor Morgengrauen das Schloß mit ihrem Sohn verlassen würde, und wenn sich ihr jemand in den Weg stellen sollte, dann würde sie ihrem Vater und ihren Brüdern eine Nachricht zukommen lassen, und die würden dann mit all ihren Leuten herbeieilen, sie mit Waffengewalt befreien und die Besitzungen des Scheichs verwüsten! Bis jetzt hatte sie alles stillschweigend hingenommen. Aber diesmal ging es nicht mehr nur um irgendwelche Dorfeskapaden, sondern um etwas ganz anderes: Dieser Mensch hatte einer Frau ein Kind gemacht, die unter ihrem gemeinsamen Dach lebte, und nicht nur gemacht hatte er es, sondern sich sogar lauthals dazu bekannt, und nun wollte er diesem Kind auch noch den Namen eines erlauchten Vorfahren geben, damit es nur ja über die Vaterschaft nicht mehr den geringsten Zweifel geben könne!

Auch wenn sie sich noch so sehr um eine Erklärung bemühte und nach tausend Vorwänden suchte, um wieder einmal brav und fügsam zu sein: das konnte und durfte sie nicht dulden. Selbst die bescheidenste Bauersfrau hätte versucht, sich zu rächen, wenn man ihr eine solche Schmach angetan hätte; sollte da etwa sie, die Tochter eines mächtigen Grundherrn, sich alles gefallen lassen? Sie griff mit beiden Händen zu ihrem *Tantur* hinauf, riß ihn herunter und warf ihn zu Boden. Ihr Haar fiel ihr in dunklen Büscheln auf die Schultern herab. Da leuchtete in ihrem aufgequollenen Kindergesicht zwischen den Tränen plötzlich ein siegesgewisses Lächeln auf.

In der Schloßküche hatten inzwischen die Dorffrauen die Hände schon voller Zimt und Kümmel und bereiteten frohen Herzens zu Ehren des gerade geborenen Knaben das festliche *Meghli* zu.

## 2

Am Tag nach Tanios' Geburt ging der Scheich zu früher Stunde auf Rebhuhnjagd und wurde dabei von Gerios und einigen anderen Honoratioren aus Kfaryabda begleitet. Bei seiner Rückkehr am frühen Nachmittag rief ihm in Gegenwart des gesamten zu seinem Empfang angetretenen Schloßpersonals eine Dienerin zu, die Scheikha sei überstürzt in den Großen Jord aufgebrochen und habe ihren Sohn mitgenommen. Sie habe die Bemerkung fallenlassen, daß sie nicht so bald wiederkommen werde.

Es war niemandem verborgen geblieben, daß der Scheich seine Gattin auch bei längerer Abwesenheit durchaus entbehren konnte; wäre er von ihr über ihre Reisepläne unterrichtet worden, so hätte er nicht versucht, sie zurückzuhalten. Daß ihm das aber in aller Öffentlichkeit mitgeteilt wurde und er wie ein verlassener Ehemann dastand, konnte er nicht durchgehen lassen. Er würde sie aufs Schloß zurückbringen, und wenn er sie an den Haaren herschleifen müßte!

Er sattelte sein bestes Pferd, eine Fuchsstute namens Bsater-rih, »Windteppich«, nahm zwei ausgezeichnete Reiter mit und preschte los, ohne sich auch nur das Gesicht gewaschen zu haben. Er rastete irgendwo auf freiem Feld, mehr um den Tieren Ruhe zu gönnen als sich selbst, so wach hielt ihn sein Zorn, und erreichte das Schloß seines Schwiegervaters, noch bevor die Equipage seiner Gattin abgesattelt war.

Seine Frau war schluchzend in ihr Jungmädchenzimmer geeilt, wohin ihr Vater und ihre Mutter ihr nachgekommen waren. Der Scheich ging augenblicklich zu ihnen. Er kam ohne Umschweife zur Sache.

»Ich möchte nur eines sagen: Meine Frau ist die Tochter eines mächtigen Mannes, den ich ebensosehr achte wie meinen eigenen Vater. Aber sie ist meine Gattin geworden, und selbst wenn sie die Tochter des Sultans wäre, würde ich es nicht hinnehmen, daß sie das Haus ohne meine Erlaubnis verläßt!«

»Und ich«, versetzte der Schwiegervater, »möchte dir auch nur eines sagen: Ich habe meine Tochter dem Nachfahren einer angesehenen Familie gegeben, damit er sie ehrenhaft behandelt, und nicht, damit sie völlig aufgelöst zu mir zurückkommt.«

»Hat sie jemals irgend etwas verlangt, was sie nicht bekommen hätte? Hat sie nicht so viele Dienerinnen, wie sie nur will, und noch dazu Dutzende von Dorffrauen, die nur auf ein Wort von ihr warten, um ihr zu Diensten zu sein? Sie soll nur reden, ganz ohne Hemmungen, sie ist ja hier im Haus ihres Vaters!«

»Du hast es ihr vielleicht an nichts fehlen lassen, aber du hast sie erniedrigt. Ich habe meine Tochter schließlich nicht verheiratet, um sie vor materieller Not zu schützen. Ich habe sie mit dem Sohn einer großen Familie vermählt, damit sie im Haus ihres Gatten ebenso geachtet wird, wie sie es in diesem hier wurde.«

»Können wir einmal von Mann zu Mann reden?«

Der Schwiegervater bedeutete seiner Frau, sie solle mit ihrer Tochter ins Nebenzimmer gehen. Er wartete, bis sie die Tür hinter sich geschlossen hatten, und sagte dann: »Wir waren schon davon unterrichtet, daß in deinem Dorf keine Frau vor dir sicher ist, doch hofften wir, die Heirat würde dich zur Besinnung bringen. Es gibt leider Männer, die erst im Tode zur Ruhe kommen. Wenn das das Heilmittel ist, so haben wir in dieser Gegend genug Ärzte, die es verabreichen können.«

»Du drohst mir in deinem eigenen Haus mit dem Tode? Nun, bitte, dann töte mich doch! Ich stehe allein und unbewaffnet vor dir, und deine Leute sind überall. Du brauchst sie nur zu rufen.«

»Ich drohe dir nicht, sondern versuche nur herauszubringen, welche Sprache man mit dir sprechen kann.«

»Ich spreche die gleiche Sprache wie du. Und ich habe nichts getan, was du nicht auch schon getan hättest. Ich bin schon einmal in deinem Dorf umhergegangen; in deinem ganzen Herrschaftsgebiet gleicht die Hälfte der Kinder dir und die andere Hälfte deinen Brüdern und Söhnen! Ich habe in meinem Dorf den gleichen Ruf wie du in dem deinen. Und unsere Väter und Großväter hatten zu ihrer Zeit keinen anderen. Du wirst doch nicht mit dem Finger auf mich zeigen, nur weil deine Tochter sich bei dir ausweint. Hat etwa je deine Gattin dieses Haus verlassen, weil du mit irgendwelchen Dorffrauen beschäftigt warst?«

Dieses Argument schien Wirkung zu zeigen, denn der Gebieter über den Großen Jord schwieg eine Weile nachdenklich, als könne er sich zu keiner Entscheidung durchringen.

Als er wieder zu sprechen anhob, schlug er einen bedächtigeren Ton an. »Wir haben uns alle etwas vorzuwerfen; ich bin nicht der heilige Maro und du nicht Simeon der Säulenheilige. Ich für meinen Teil aber habe mich niemals in die Frau meines Feldhüters vernarrt und darüber meine eigene vernachlässigt, und vor allen Dingen habe ich nie unter meinem Dach eine andere Frau geschwängert. Und wenn eine Frau von mir einen Sohn bekommen hätte, wäre es mir nicht in den Sinn gekommen, ihm ausgerechnet den Namen meines ruhmreichsten Vorfahren zu geben.«

»Dieses Kind ist nicht von mir!«

»Es scheint aber jedermann das Gegenteil zu glauben.«

»Was jedermann glaubt, ist völlig bedeutungslos. Ich weiß die Wahrheit. Schließlich habe ich doch nicht mit dieser Frau geschlafen, ohne es zu merken!«

Wieder sann der Schwiegervater vor sich hin, als wollte er noch einmal das Für und Wider der Angelegenheit abwägen; dann öffnete er die Tür und rief seine Tochter.

»Dein Mann versichert mir, daß zwischen ihm und dieser Frau nichts vorgefallen ist. Und wenn er das sagt, müssen wir ihm Glauben schenken.«

Da ergriff die Mutter der Scheikha das Wort, die genauso beleibt wie ihre Tochter und nach Nonnenart ganz in Schwarz gehüllt war.

»Diese Frau und ihr Kind müssen weg!«

Doch der Scheich von Kfaryabda antwortete: »Wenn dieses Kind mein Sohn wäre, dann müßte ich ein Ungeheuer sein, um es aus meinem Haus zu verjagen. Und wenn es nicht mein Sohn ist, was wirft man mir dann überhaupt vor? Was wirft man dieser Frau vor? Was ihrem Gatten und ihrem Kind? Für welches Verbrechen sollen sie bestraft werden?«

»Ich werde nicht auf das Schloß zurückkehren, solange diese Frau noch dort ist«, sagte daraufhin die Scheikha in so entschiedenem Ton, als komme ein Nachgeben gar nicht in Frage.

Der Scheich wollte gerade antworten, doch der Hausherr kam ihm zuvor.

»Wenn dein Vater und dein Mann zu reden haben, dann schweigst du gefälligst!«

Seine Tochter und seine Frau sahen ihn entsetzt an. Er aber schenkte ihnen nicht die geringste Beachtung, sondern drehte sich zu seinem Schwiegersohn um und legt ihm die Hand auf die Schulter.

»In einer Woche wird deine Frau wieder auf deinem Schloß sein, und wenn sie sich sträubt, bringe ich sie dir eigenhändig zurück! Nun ist genug geredet. Komm, meine Gäste werden schon glauben, wir streiten uns!

Und ihr Frauen solltet lieber in der Küche nachsehen, ob das Abendessen fertig ist, anstatt uns hier mit Rabenaugen anzustarren. Was soll denn unser Schwiegersohn von uns denken, wenn wir ihn nach seiner langen Reise verhungern lassen? Man soll die Tochter von Sarkis kommen lassen, damit sie uns einen *Ataba* singt! Und laßt die Wasserpfeifen bringen, mit dem neuen Tombak aus Persien!

Du wirst sehen, Scheich, ein honigsüßer Rauch!«

Als der Scheich zurückkam, brodelten im Dorf die wildesten Gerüchte über die Abreise seiner Gattin, über sein eigenes Hinterhereilen und natürlich über Lamia, ihren Sohn und den Vornamen, mit dem dieser beinahe bedacht worden wäre. Der

Scheich hörte jedoch kaum hin; ihm bereitete etwas anderes Sorgen: sein Schwiegervater. Wie hatte dieser in den ganzen Bergen gefürchtete Mann plötzlich auf so wundersame Weise seinem Schwiegersohn recht geben können, den er kurz zuvor noch mit dem Tode bedroht hatte? Der Scheich vermochte nicht zu glauben, daß seine Argumente ihn überzeugt hatten, denn Männer wie sein Schwiegervater sind nicht darauf aus, zu überzeugen oder sich überzeugen zu lassen, sondern bei ihnen läuft alles auf einen Schlagabtausch hinaus. Und wenn er heute nicht auf der Stelle alle eingesteckten Schläge zurückgegeben hatte, dann war das ein Grund zur Beunruhigung.

Die zahlreichen Dorfbewohner, die sich zu seiner Begrüßung eingefunden hatten, speiste der Scheich mit knappen, nichtssagenden Floskeln ab, und über seine Gattin und seinen Schwiegervater äußerte er sich nur in sehr gemäßigten Tönen.

Er war erst seit ein paar Stunden zurück, als in den Pfeilersaal die *Khuriyye* gerauscht kam.

Sie trug einen Gegenstand vor sich her, der von einem malvenfarbigen Schleier bedeckt war, und schon von weitem rief sie ihrem Herrn zu: »Ich möchte unseren Scheich um etwas bitten, und zwar unter vier Augen.«

Alle Anwesenden erhoben sich daraufhin und gingen hinaus. Nur die *Khuriyye* durfte sich erlauben, so über den Schloßsaal zu verfügen, ohne daß der Scheich einen Ton sagte. Jener schmunzelte sogar und fragte die Vorwitzige belustigt: »Was willst du denn diesmal von mir?«

Das löste bei den hinausstrebenden Männern eine Lachsalve aus, die auch draußen nicht so bald verebbte.

Jeder wußte ja schließlich, was das Mal zuvor geschehen war.

Mehr als zwölf Jahre waren seither vergangen, und die korpulente Frau war damals noch ein ganz junges Mädchen gewesen; der Scheich hatte sich gewundert, als sie ohne ihre Eltern bei ihm vorgesprochen und verlangt hatte, sich ohne Beisein von Zeugen mit ihm unterhalten zu dürfen.

»Ich möchte einen Gefallen erbitten«, hatte sie gesagt, »kann aber selbst nichts geben.«

Ihr Ansuchen war heikler Natur: Sie war ihrem Cousin Butros versprochen worden, dem Sohn des damals amtierenden alten Pfarrers, doch der junge Mann, der sich in einem Kloster darauf vorbereitete, einmal den Platz seines Vaters einzunehmen, war einem italienischen Priester aufgefallen, der ihn überredet hatte, die Gelübde abzulegen, ohne zu heiraten, so wie in Europa, da dem Himmel kein Opfer wohlgefälliger sei als der Zölibat. Er hatte ihm sogar versprochen, wenn er keine Frau nehme, werde er nach Rom ins Große Seminar geschickt, und nach seiner Rückkehr könne er gar Bischof werden.

»Auf ein hübsches Mädchen wie dich will er verzichten, um Bischof zu werden? Dieser Butros hat wohl nicht alle Sinne beisammen«, sagte der Scheich ganz im Ernst.

»Der Meinung bin ich auch«, versetzte das junge Mädchen und wurde kaum rot dabei.

»Aber was soll ich da machen?«

»Unser Scheich wird schon irgendeinen Weg finden, ihm einmal ins Gewissen zu reden. Ich habe erfahren, daß Butros morgen mit seinem Vater aufs Schloß kommt ...«

Tatsächlich erschien tags darauf, auf seinen Sohn gestützt, der alte Pfarrer und setzte dem Scheich voller Stolz auseinander, sein Sohn habe so glänzende Studien betrieben, daß die Klosteroberen und insbesondere ein italienischer Gast ihn dazu ausersehen hätten, nach »Rumieh« zu gehen, in die Stadt des Papstes bitte schön!

»Künftig«, schloß er, »wird unser Dorf einen weit verdienstvolleren Pfarrer haben als meine Wenigkeit.«

Der alte Mann erwartete vom Scheich eine strahlende Miene und ein paar ermunternde Worte. Beschieden aber wurde ihm ein finsterer Blick, dem ein peinliches Schweigen folgte. Dann sprach der Scheich: »Wenn du einmal nach einem langen Leben von uns gegangen bist, *Buna*, werden wir keinen Pfarrer mehr brauchen.«

»Wie bitte?«

»Es ist schon seit langem beschlossene Sache. Ich und meine Familie und alle Pächter, wir haben uns entschieden, Moslems zu werden.«

Der Scheich und die vier, fünf Dorfbewohner, die gerade anwesend waren, tauschten einen flüchtigen Blick, dann verfielen jene in ein gemeinsames, trauriges Nicken.

»Zu deinen Lebzeiten möchten wir es nicht machen, um dir nicht das Herz zu brechen, aber sobald du einmal nicht mehr unter uns weilst, werden wir die Kirche in eine Moschee umwandeln und nie mehr eines Pfarrers bedürfen.«

Der junge Seminarist war bestürzt; für ihn brach eine Welt zusammen. Der alte Pfarrer aber schien nicht weiter beeindruckt zu sein. Er kannte schließlich »seinen« Scheich.

»Was ist los, Scheich Francis?«

»Ach, der Teufel ist los, *Buna*! Jedesmal, wenn einer von uns in Tripolis, Beirut, Damaskus oder Aleppo ist, muß er alle möglichen Vorwürfe über sich ergehen lassen, weil er nicht diese, sondern jene Farbe trägt, weil er rechts geht und nicht links und so weiter. Haben wir denn nicht genug gelitten?«

»Für seinen Glauben zu leiden ist dem Herrn wohlgefällig!« ereiferte sich der Seminarist. »Man muß zu allen Opfern bereit sein, selbst zum Märtyrertum!«

»Warum sollen wir für die Religion des Papstes sterben, wenn Rom uns ignoriert?«

»Wie das?«

»Sie bringen keinerlei Achtung für unsere Traditionen auf. Wir werden es noch erleben, daß sie uns ledige Pfarrer schikken, die dann begehrliche Blicke auf unsere Frauen werfen. Keine wird sich mehr in den Beichtstuhl trauen, und über unseren Köpfen werden sich die Sünden anhäufen.«

Da begann der Seminarist erst zu begreifen, worum es eigentlich ging. Er hielt es für angebracht, seine Argumente darzulegen.

»In Frankreich sind alle Pfarrer ehelos, und trotzdem sind es gute Christen!«

»Frankreich ist Frankreich, aber hier ist hier! Wir haben

schon immer verheiratete Pfarrer gehabt und ihnen stets das schönste Mädchen im Dorf gegeben, damit sie sich daran sattsehen können und nicht nach den Frauen der anderen schielen.«

»Es gibt Männer, die der Versuchung zu widerstehen wissen.«

»Der widerstehen sie aber leichter, wenn sie ihre Frau zur Seite haben!«

Die Besucher nickten jetzt noch eifriger, denn nun hatten sie beruhigende Gewißheit über die wahren Absichten des Scheichs, dessen Vorfahren ja gerade deshalb zu Christen geworden waren, um mit dem Glauben ihrer Untertanen konform zu gehen.

»Paß einmal auf, mein Sohn«, fuhr der Scheich fort, »ich werde jetzt ganz ohne Umschweife mit dir reden, aber keines meiner Worte werde ich zurücknehmen. Du willst also ein heiliger Mann werden; aber höre: In deinem Vater, und mag er noch so verheiratet sein, steckt mehr Heiligkeit als in ganz Rom; wenn du dem Dorf und den Gläubigen dienen willst, brauchst du nur seinem Beispiel zu folgen. Wenn es dagegen dein Ziel ist, Bischof zu werden, wenn also dein Ehrgeiz größer ist als dieses Dorf, dann kannst du gehen: nach Rom, nach Istanbul oder sonstwohin. Aber solange ich nicht unter der Erde bin, wirst du dann keinen Fuß mehr in diese Berge setzen.«

Der alte Pfarrer merkte, daß die Diskussion zu weit gegangen war, und suchte nach einem Ausweg.

»Was möchte unser Scheich? Um einen Rat zu erbitten, sind wir ja zu ihm gekommen.«

»Wozu soll man Ratschläge erteilen, wenn niemand sie befolgen will?«

»Sprich, o Scheich, wir werden tun, was deinen Wünschen gemäß ist.«

Aller Augen waren nun auf Butros gerichtet. Der stand unter solchem Druck, daß er schließlich billigend nickte. Daraufhin winkte der Scheich einen Wächter zu sich und flüsterte ihm kurz ins Ohr. Der Mann verschwand ein paar Minuten und kehrte schließlich mit der jungen Saada und ihren Eltern zurück.

Als der zukünftige Pfarrer an jenem Tag das Schloß verließ, war er ordnungsgemäß verlobt, und zwar mit dem Segen seines Vaters. Von einer Fortsetzung seiner Studien in Rom oder gar einer Bischofskarriere war keine Rede mehr. Das nahm er dem Scheich eine Weile übel. Sobald er aber mit der *Khuriyye* zusammenzuleben begann, war er seinem Wohltäter unendlich dankbar.

Auf diese Begebenheit spielte der Scheich an, als die Gattin des Pfarrers an jenem Tage zu ihm kam. Und als sie miteinander allein waren, sagte er herausfordernd: »Letztes Mal wolltest du die Hand von *Buna* Butros, und ich habe sie dir gegeben. Was willst du diesmal?«

»Diesmal will ich deine Hand, Scheich!«

Noch bevor er sich von seiner Überraschung erholen konnte, hatte sie schon selbige ergriffen und dann den Gegenstand enthüllt, den sie bei sich trug. Es war ein Evangelium, auf das sie nun ohne weitere Umstände die Hand des Scheichs legte. Bei jedem anderen Menschen hätte er sich gesträubt, sie aber ließ er gewähren. Die Selbstsicherheit dieser Frau nötigte ihm seit jeher eine gewisse Bewunderung ab.

»Erachte diesen Raum als einen Beichtstuhl, Scheich!«

»Seit wann legt man denn seine Beichte bei einer Frau ab?«

»Seit heute.«

»Haben etwa die Frauen gelernt, ein Geheimnis zu bewahren?«

»Was du hier sagst, wird niemand erfahren. Und sollte ich draußen gezwungen sein, zum Schutz meiner Schwester zu lügen, so werde ich es tun. Aber von dir will ich jetzt die Wahrheit wissen.«

Darauf soll der Scheich eine ganze Weile geschwiegen haben. Dann sagte er mit gespielter Verdrossenheit: »Das Kind ist nicht von mir, wenn du das wissen willst.«

Vielleicht wollte er noch weitersprechen, doch ließ sie ihm gar keine Zeit dazu und sagte auch selbst nichts mehr. Sie schlug das Evangelium wieder in den seidenen Schleier und ging damit hinaus.

Wäre der Scheich imstande gewesen, mit der Hand auf der Heiligen Schrift zu lügen? Ich denke nicht. Ob die *Khuriyye* allerdings seine Worte getreulich wiedergegeben hat, bleibt dahingestellt. Sie hatte sich vorgenommen, den Leuten im Dorf nur zu sagen, was sie für angebracht hielt.

Ob sie ihr wohl glaubten? Vielleicht nicht. Keiner aber hätte ihre Worte in Zweifel ziehen wollen.

Und zwar wegen der »Heuschrecken« . . .

# 3

Als die Scheikha in der ersten Augustwoche wieder nach Kfaryabda zurückkehrte, wurde sie von ihrem Vater begleitet, aber auch von ihren fünf Brüdern, von etwa sechzig Reitern und dreihundert Mann zu Fuß, des weiteren von Pächtern, Gesellschaftsdamen, Dienerinnen und Dienern – insgesamt an die sechshundert Menschen.

Die Schloßwachen wollten schon ausströmen und die Dorfbewohner zu den Waffen rufen, doch der Scheich forderte sie auf, sich zu beruhigen und gute Miene zum bösen Spiel zu machen; denn obwohl es nicht so den Anschein hatte, stand ja nichts weiter als ein Besuch bevor. Der Scheich selbst ging auf die Freitreppe hinaus, um seinen Schwiegervater würdig zu empfangen.

»Ich bin mit meiner Tochter gekommen, wie ich es versprochen hatte. Einige Cousins haben darauf bestanden, mich zu begleiten. Ich habe ihnen gesagt, daß man auf den Ländereien des Scheichs immer ein schattiges Plätzchen zum Betten seines Hauptes und ein paar Oliven für den ärgsten Hunger findet.«

»Fühlt euch hier wie zu Hause, wie in eurer eigenen Familie!« Da drehte sich der Gebieter über den Großen Jord zu seinen Leuten um.

»Habt ihr gehört, ihr sollt euch hier wie zu Hause fühlen. So kenne ich meinen Schwiegersohn und seine Gastfreundschaft!«

Die Hochrufe, die darauf erschollen, klangen zu freudig, um nicht Anlaß zur Besorgnis zu geben.

Am ersten Tag wurde ein Empfangsbankett gegeben, so wie die Sitte es erfordert. Am zweiten Tag mußten die Leute ebenfalls verköstigt werden, und auch am dritten, am vierten, am fünften ... Die Vorräte für das kommende Jahr waren noch nicht angelegt, und bei einem Festmahl pro Tag – und manchmal auch zweien – gingen die Bestände des Schlosses rasch zur Neige. Bald war kein Tropfen Öl, Wein oder Arrak mehr da, kein Mehl mehr, weder Kaffee noch Zucker, kein eingelegtes Lammfleisch. Ohnehin drohte die Ernte in diesem Jahr mager auszufallen, und wenn die Dorfbewohner dann auch noch mit ansehen mußten, wie Tag für Tag Kälber und Ziegen für das zerstoßene Fleisch, Dutzende von Schafen und stallweise Hühner geschlachtet wurden, dann sahen sie schon eine Hungersnot auf sich zukommen.

Warum wehrten sie sich dann nicht? Gute Lust dazu hätten sie wahrlich gehabt, und es war auch nicht die sprichwörtliche »Unantastbarkeit der Gäste«, die sie zurückhielt, weit gefehlt, sie hätten sie guten Gewissens bis auf den letzten Mann aufgespießt, da diese »Gäste« die Regeln der Gastfreundschaft bewußt mißachtet hatten. Konventionelle Maßstäbe wurden diesem merkwürdigen Ereignis jedoch ohnehin nicht gerecht. Denn das Ganze waren ja im Grunde genommen Streitigkeiten zwischen Eheleuten, groteske, außer Rand und Band geratene zwar, aber dennoch Eheangelegenheiten. Der Herr über den Großen Jord wies auf seine Weise den Schwiegersohn zurecht, der ihn beleidigt hatte, und niemand brachte das besser zum Ausdruck als die Scheikha, die eine klagende Dorffrau anzischte: »Dann sag deinem Herrn, wenn er nicht imstande ist, für eine große Dame aufzukommen, dann hätte er lieber eine seiner Bäuerinnen heiraten sollen!« In genau diesem Sinne wirkten die »Gäste«. Sie waren nicht gekommen, um die Bevölkerung zu massakrieren, das Dorf niederzubrennen und das Schloß zu verwüsten . . . Sie versuchten lediglich, die Reserven ihres Gastgebers gänzlich zu tilgen.

Als Helden galten ihnen demnach auch nicht ihre tapfersten Kämpfer, sondern ihre stärksten Esser. Diese saßen bei jedem Festmahl in der Mitte der Truppe zusammen und wurden von jedermann durch Schreien und Lachen angefeuert. Dann machten sie untereinander aus, wer die meisten hartgekochten Eier hinunterbrachte, wer einen ganzen Krug Wein in sich hineinschütten oder eine ganze Platte *Kebbe* verdrükken konnte, eine so große wohlgemerkt, daß sie mit beiden Armen kaum zu umfassen war. Es war gewissermaßen eine erfressene Rache.

Wäre es nun nicht möglich gewesen, ihnen bei einem dieser tüchtig begossenen Bankette an die Gurgel zu gehen? Bei den Leuten von Kfaryabda galten kriegerische Heldentaten nicht wenig, und so mancher Draufgänger hatte dem Scheich schon zugeflüstert, ein Wort von ihm würde genügen, ein kleiner Wink ... »Wir würden sie ja gar nicht niedermetzeln, ganz und gar nicht, lediglich ausziehen und splitternackt an Bäume fesseln, oder sie so lange an den Füßen aufhängen, bis sie sich übergeben.«

Doch die Antwort des Scheichs war stets die gleiche: »Dem ersten von euch, der seine Waffe zieht, schlitze ich eigenhändig den Bauch auf. Was ihr empfindet, empfinde auch ich; was euch weh tut, tut auch mir weh; und was ihr gerne tun würdet, würde ich noch viel lieber tun als ihr. Ich weiß, daß ihr zu kämpfen versteht, aber ich will kein Gemetzel und will keine Rachefehde mit meinem eigenen Schwiegervater, der zwanzigmal so viele Leute hat wie ich. Ich will nicht, daß dieses Dorf sich Generation auf Generation mit Witwen füllt, nur weil uns eines Tages mit diesen unsäglichen Menschen die Geduld ausgegangen ist. Vertrauen wir auf Gott; Er wird sie zu strafen wissen!«

Einige junge Männer murrten beim Verlassen des Schlosses. Auf Gott berief sich doch sonst immer der Pfarrer, wogegen der Scheich die Truppen in den Kampf führte ... Die meisten aber schlossen sich der Meinung ihres Herrn an, und von sich aus das erste Blut vergießen wollte jedenfalls keiner.

Also verlegte man sich auf die Rache des kleinen Mannes: Im Dorf begann es von bösen Anekdoten über den Mann zu wimmeln, der nun in einer leichten Abwandlung nicht mehr der Gebieter über den *Jord* genannt wurde – was »trockene Höhen« bedeutet –, sondern Gebieter über die *jrad*, die »Heuschrecken«. Witze wurden damals in volkstümliche Verse gekleidet, und das klang dann etwa so:

*Man fragt mich, warum ich mein Schicksal beklag',*
*Wo doch klar ist, daß keiner Heuschrecken mag.*
*Ich aber weiß noch, daß sie auf Feldern saßen,*
*Und nicht wie dieses Jahr Schafe fraßen!*

Bei jedem abendlichen Beisammensein ergingen sich die Verseschmiede in Schmähungen der Leute aus dem Großen Jord, machten sich über ihren Akzent und ihr Äußeres lustig, zogen ihre Heimat und ihren Anführer ins Lächerliche, bezweifelten ihre Männlichkeit und ließen von ihren sämtlichen vergangenen und künftigen Heldentaten keine anderen gelten als die von der Meute der gewaltigen Esser vollbrachten, die bei den Dorfleuten einen bleibenden Eindruck hinterlassen hatten. Am übelsten jedoch wurde über die Scheikha hergezogen, die man in den schamlosesten Posituren schilderte, ohne dabei Rücksicht auf die anwesenden Kinder zu nehmen. Und so lachte man, bis sich seliges Vergessen einstellte.

Niemand aber hätte sich unterfangen, mit irgendeinem Scherz oder einer kränkenden Anspielung auf Lamia, ihren Mann oder die ungewisse Vaterschaft ihres Sohnes abzuzielen. Wenn all diese Ereignisse nicht stattgefunden hätten, wenn also die Scheikha nicht versucht hätte, sich zu rächen, sondern lediglich mit einer giftigen Bemerkung auf den Lippen von dannen gezogen wäre, hätten das Getuschel und die schiefen Blicke der Leute Gerios und den Seinen das Leben unerträglich gemacht und sie zum Verlassen der Dorfes genötigt. Daß aber der Herr über den Großen Jord gewissermaßen dem ganzen Dorf den Krieg erklärt hatte, indem er es nach Kräften zu plündern und zu demütigen suchte, hatte genau das Gegenteil bewirkt. Wer nun an Lamias Tugendhaftigkeit oder der Vaterschaft ihres Sohnes Zweifel anmeldete, stellte damit die Argumente der »Heuschrecken« als stichhaltig dar und rechtfertigte ihren Frevel. Wer immer eine solche Haltung eingenommen hätte, hätte sich damit zum Feind des Dorfes und seiner Einwohner erklärt und keinen Platz mehr unter ihnen gehabt.

Selbst um Gerios, der nach der Geschichte mit dem Vornamen den Eindruck hatte, zum Gespött des Dorfes zu werden, drängten sich nun die Leute und umarmten ihn überschwenglich, als wollten sie ihm zu etwas gratulieren. Wozu aber eigentlich? Dem äußeren Anschein nach zur Geburt eines Sohnes, aber die Wahrheit lag woanders, und wenn auch niemand sie hätte erklären können, so verstand doch jeder sie in seinem Herzen: Die Dorfbewohner hatten nämlich die Tat, für die sie bestraft wurden, aus Trotz zu einer Herausforderung hochstilisiert, deren Hauptakteure von aller Schuld freigesprochen waren und verteidigt werden mußten, seien sie nun unvorsichtiger Liebhaber, ungetreue Ehefrau oder betrogener Gatte.

Letzterer hatte ja gleich bei der Ankunft der »Heuschrekken« – und in Erwartung ihres Abzugs – mit seiner Frau und dem damals vierzig Tage alten Säugling das Schloß vorsichtshalber verlassen und sich für eine Weile beim Pfarrer, seinem Schwager, in einem Nebenraum der Kirche einquartiert. Dort herrschte nun ein reger Zustrom aufmerksamer Besucher – mehr, als in zwei Jahren nach »oben« in ihre Gemächer gefunden hatten. Es waren vor allem Mütter, die unbedingt das Kind wenigstens einmal stillen wollten, um ihre Verbundenheit auf körperliche Weise zu bekunden.

Viele Leute fragten sich bestimmt, ob dieses außerordentliche Wohlwollen auch noch anhalten würde, wenn die »Heuschrecken« es einmal nicht mehr nähren sollten.

»Denn die schauerlichen Schwärme entflogen schließlich wieder«, heißt es in der *Bergchronik*, »in die trockenen Höhen des Großen Jord.«

Am Vorabend jenes gesegneten Tages waren bereits entsprechende Gerüchte im Umlauf gewesen, doch die Dorfbewohner hatten ihnen keinen Glauben geschenkt; sechs peinvolle Wochen lang wurde dergleichen bereits Tag für Tag gemunkelt, doch wenn die Nacht hereinbrach, waren die Hoffnungen wieder zunichte. Oft entstammten übrigens jene Nachrichten dem Schloß und sogar den Lippen des Scheichs höchstpersönlich, dem aber niemand diese Lügen übelnahm. »Werden nicht finstere Zeiten von Truglicht zu Truglicht durchlebt, so wie man im Frühjahr in den Bergen in einem Wasserlauf steht und ans andere Ufer gelangt, indem man von einem schlüpfrigen Stein auf den anderen hüpft?«

Diesmal jedoch hatte der Scheich das Gefühl, seine »Gäste« seien wahrhaftig im Aufbruch begriffen. Er war mehr oder weniger Gefangener in seinem eigenen Schloß, doch um den Schein zu wahren, lud er jeden Morgen seinen Schwiegervater zum Kaffee in den *Liwan,* eine Art Innenbalkon, der auf das Tal hinausging. Dies war der einzige Ort, von dem aus sich etwas anderes überblicken ließ als die Dutzende von kreuz und quer aufgeschlagenen Zelten, durch die der Umkreis des Schlosses sich in ein wahres Nomadenlager verwandelt hatte.

Schwiegervater und Schwiegersohn bedachten sich schon eine Weile mit honigsüßen Sticheleien, als plötzlich die Scheikha ihrem Vater eröffnete, sie sehne sich nach ihrem Sohn, den sie für die Zeit des »Besuchs« bei seiner Großmutter gelassen hatte, und sie wolle ihn wiedersehen. Der Gebieter über die »Heuschrecken« spielte den Entrüsteten.

»Was bittest du denn mich um die Erlaubnis zur Abreise, wenn dein Gatte daneben sitzt?«

Da hatte besagter Gatte den Eindruck, es sei nun soweit und der Strafbesuch gehe seinem Ende zu. Das freute und beunruhigte ihn zugleich. Er fürchtete nämlich, als Abschiedsgeschenk und Andenken könne die Horde noch eine Brand- und Plünderorgie feiern. Viele Leute im Dorf waren von der gleichen Angst geplagt, so daß sie den Schicksalstag schon gar nicht mehr herbeizuwünschen wagten, sondern sich eher mit dem Gedanken anfreundeten, noch weitere Wochen lang friedlich geschröpft zu werden.

Die Befürchtungen der Leute sollten sich nicht bestätigen. Wider alles Erwarten traten die »Heuschrecken« einen geordneten Rückzug an, einen halbwegs geordneten zumindest; es war Ende September, und so wurde auch noch den Weinbergen und Obstgärten ein recht verhängnisvoller »Besuch« abgestattet, aber das hatte man ohnehin als unvermeidlich erachtet. Menschenleben waren nicht zu beklagen, und auch zu Zerstörungen kam es nicht. Die Leute aus dem Jord waren genausowenig darauf aus, einen *Thar*, einen Rachezyklus, einzuleiten; sie hatten lediglich dem Schwiegersohn eine teure Demütigung beibringen wollen, und das war nun erledigt. Der Scheich und sein Schwiegervater umarmten sich sogar noch auf der Freitreppe, und wie schon bei der Ankunft ertönten wieder spöttische Hochrufe.

Als letztes Wort aus dem Munde der Scheikha vernahmen die Dorfbewohner: »Ich komme wieder, wenn der Winter vorbei ist.« Ob wieder mit so üppigem Geleit, das ließ sie offen.

In jenem Winter herrschte eine Hungersnot, und unser Dorf hatte darunter mehr zu leiden als die anderen. Je weiter die Lebensmittelvorräte schrumpften, desto mehr verfluchte man die »Heuschrecken«; wenn diese Leute sich wieder hätten blicken lassen, hätte niemand ein Blutbad verhindern können, nicht einmal der Scheich.

Jahrelang lauerte man noch auf sie, stellte an den Straßen und auf den Berggipfeln Beobachtungsposten auf, schmiedete Pläne zu ihrer Vernichtung, und wenn manche auch ihre Rückkehr fürchteten, so gab es viele andere, die sie herbeisehnten, weil sie untröstlich waren, beim ersten Mal so geduldig gewesen zu sein. Sie kamen nicht wieder. Vielleicht hatten sie auch nie die Absicht dazu gehabt. Vielleicht lag es jedoch auch an der Krankheit, von der die Scheikha heimgesucht wurde, der Schwindsucht, wie es hieß, in der die Leute meines Dorfes natürlich nur eine gerechte Strafe sahen. Besucher, die aus dem Großen Jord zurückkamen und sie im Haus ihres Vaters gesehen hatten, berichteten danach, sie sei abgemagert, gealtert, nicht wiederzuerkennen, und ganz offensichtlich gehe es mit ihr bergab ...

Als die Gefahr zu schwinden begann, meldeten sich allmählich jene zu Wort, die seit jeher bezüglich Tanios' Geburt ihre Zweifel gehabt hatten und nun der Meinung waren, jenes Liebesabenteuer sei ein wenig zu teuer bezahlt worden.

Dem Sohn Lamias kam davon anfangs nichts zu Ohren, denn niemand hätte darüber in seiner Gegenwart gesprochen. Er war zwar wie alle Dorfbewohner seiner Generation mit dem Schreckgespenst der »Heuschrecken« aufgewachsen, doch konnte er nicht ahnen, daß ausgerechnet seine Geburt diesen Unsegen über das Dorf gebracht hatte. Er hatte eine glückliche, friedsame Kindheit voll kleiner Freuden erlebt und war gewissermaßen das Dorfmaskottchen, was er in aller Unschuld genoß.

Im Lauf der Jahre kam es vor, daß ein unwissender oder übelwollender Besucher beim Anblick des schönen, gut gekleidet in den Schloßgängen herumhüpfenden Tanios den Jungen fragte, ob er nicht der Sohn des Scheichs sei. Worauf Tanios dann lachend antwortete: »Nein, ich bin der Sohn von Gerios.« Ohne zu zögern oder an irgend etwas Böses zu denken.

So war wohl in ihm noch nicht der mindeste Verdacht an seiner Herkunft wach geworden, bis ihm an jenem auf ewig verfluchten Tage jemand dreimal hintereinander ins Gesicht rief: Tanios-Kischk! Tanios-Kischk! Tanios-Kischk!

## Dritte Passage

# *Das Schicksal auf den Lippen des Narren*

Die Worte des Weisen fließen im Licht dahin. Seit jeher trinken aber die Menschen lieber das Wasser, das den dunkelsten Grotten entspringt.

Nader
*Die Weisheit des Maultiertreibers*

# I

Die Stelle, an der das Kind Lamias stand, als sich dieser Zwischenfall ereignete, könnte ich genau angeben. Vom Äußeren her hat Kfaryabda sich wenig verändert. Auch der Dorfplatz sieht noch gleich aus und trägt noch immer denselben Namen, *Blata*, was »Platte« bedeutet. Man trifft sich nicht »auf dem Platz«, sondern »auf der Platte«. Heute so wie damals. Daneben die Pfarrschule, die seit drei Jahrhunderten existiert, worauf sich aber hier niemand etwas einbildet, denn die Eiche im Schulhof zählt bald sechshundert Jahre, und die Kirche ist fast doppelt so alt, zumindest ihre ältesten Steine.

Gleich hinter der Schule ist das Pfarrhaus. Der Pfarrer heißt *Buna* Butros, genau wie sein Vorgänger zu Zeiten Tanios'; es wäre mir lieb gewesen, wenn ich ihn als einen seiner Nachkommen hätte präsentieren können, doch sind die beiden nur Namensvettern, einmal abgesehen von der Tatsache, daß alle Dorfbewohner ohnehin irgendwie miteinander verwandt sind, sobald man die Ahnentreppe nur vier Stufen emporsteigt.

Die Kinder von Kfaryabda spielen noch immer vor der Kirche und unter dem Baum. Früher trugen sie eine Kittelschürze, den *Kumbaz*, und eine Mütze; man mußte schon völlig mittellos oder nicht ganz recht im Kopf oder zumindest sehr ursprünglich sein, um *kscheif* – barhäuptig – aus dem Haus zu gehen; das bloße Wort klang schon wie ein Vorwurf.

Am anderen Ende des Platzes steht ein Brunnen, dessen Wasser aus dem Hügelinneren durch eine Grotte abläuft; es ist dies der nämliche Hügel, auf dem früher das Schloß thronte. Selbst heute noch bleibt man unwillkürlich stehen und bewundert die Schloßruine; früher mußte sich einem dort ein überwältigender Anblick geboten haben. Erst kürzlich habe ich einen Stich aus dem letzten Jahrhundert gesehen, der von einem englischen Reisenden verfertigt und von einem Maler aus meinem Dorf koloriert worden war. Das Schloß wandte darauf dem Dorf eine mächtige, einheitliche Fassade zu, die einer von Menschenhand errichteten Felswand glich; der dabei verwendete harte, weiße Stein mit dem bläulichroten Schimmer wird übrigens Kfaryabda-Stein genannt.

Die Leute hatten unzählige Bezeichnungen für den Wohnsitz ihres Herren. Man ging »ins Serail«, »auf den Hügel«, »ins Haus droben« oder gar »zur Nadel« – was es damit für eine Bewandtnis hat, sollte ich erst später erfahren; am häufigsten aber ging man »aufs Schloß« oder ganz einfach »hinauf«. Von der *Blata* aus führten zum Schloß sehr unregelmäßige Stufen, die die Dorfbewohner erklommen, wenn sie »die Hand des Scheichs sehen« wollten.

Den Grotteneingang bildet ein mit griechischen Inschriften versehenes Gewölbe, ein majestätischer Schrein, wie er sich für den wertvollen, altehrwürdigen Brunnen gehört, um den herum dieses Dorf ja eigentlich entstanden ist. Das zu jeder Jahreszeit eiskalte Wasser fließt die letzte Strecke auf einem trichterförmigen Felsen dahin und ergießt sich dann über einen breiten gewellten Ablauf in ein kleines Becken, von dem aus einige umliegende Felder bewässert werden. Seit jeher erprobt dort die Dorfjugend ihre Ausdauer: Es wird gewettet, wer am längsten die Hand unter das herabrauschende Wasser halten kann.

Ich selbst habe es mehr als einmal versucht. Jeder Sohn Kfaryabdas hält es fünfzehn Sekunden aus; ab dreißig Sekunden strahlt ein dumpfer Schmerz von der Hand über den Arm bis zur Schulter aus, und es überkommt einen ein Gefühl der Erstarrung; jenseits von einer Minute ist der Arm wie amputiert, wie abgerissen, man droht jeden Augenblick das Bewußtsein zu verlieren und muß schon heldenhaft oder lebensmüde sein, um nicht endlich aufzugeben.

Zu Tanios' Zeit maß man sich am liebsten gegeneinander. Zwei Jungen hielten ihre Hand gleichzeitig unter den Wasserstrahl; wer sie zuerst zurückzog, hatte verloren und mußte auf einem Bein um den Platz hüpfen. Alle Müßiggänger des Ortes, die in der einzigen Kneipe um ein *Tavli*-Spiel herum saßen oder sonst irgendwo in der Nähe der »Platte« standen, warteten schon immer auf diese uralte Attraktion und klatschten dann in die Hände, um die Hüpfenden anzufeuern und zugleich zu verspotten.

An dem bewußten Tage hatte Tanios einen der Söhne des Pfarrers herausgefordert. Nach der Schule waren sie gemeinsam auf den Duellplatz zugeschritten, gefolgt von einem ganzen Schwarm von Klassenkameraden. Und auch von Challita, dem Dorftrottel, einem spindeldürren, langbeinigen alten Kind, das barfuß und barhäuptig herumtorkelte. Er schlich in einem fort um die Kinder herum, war harmlos, aber manchmal lästig, lachte mit ihnen, ohne zu wissen, warum, schien sich über ihre Spiele mehr zu amüsieren als sie selbst und lauschte ihren Gesprächen, ohne daß irgend jemand sich um ihn gekümmert hätte.

Als die beiden Jungen am Brunnen ankamen, legten sie sich zu beiden Seiten des Beckens in Positur, hoben die Hand und waren bereit, mit der Ausdauerprüfung zu beginnen, sobald das Zeichen dazu gegeben würde. Da kam es dem hinter Tanios stehenden Challita plötzlich in den Sinn, den Jungen ins Wasser zu stoßen. Tanios verlor das Gleichgewicht, stürzte vornüber und fühlte sich schon ins Becken tauchen, da ergriffen ihn Hände und zogen ihn rechtzeitig heraus. Ganz naß stand er auf, schnappte sich sogleich einen herumliegenden Napf, füllte ihn mit Wasser und goß es auf den Kopf des Unseligen, den er dabei an seinen Lumpen festhielt. Challita, der bis dahin über seinen Spaß gelacht hatte, begann wie ein Stummer unartikuliert zu schreien, und als Tanios ihn derb zu Boden fallen ließ, hörte man ihn mit plötzlich verständlicher Stimme rufen: Tanios-Kischk! Tanios-Kischk! Tanios-Kischk!, und dabei schlug er jedesmal mit der linken Faust in die rechte Hand, wie um seine Rache zu bekräftigen.

Denn eine Rache war es weiß Gott. Das ließ sich deutlich an den Augen aller Umstehenden ablesen, mehr noch als an

Tanios' Augen selbst. Ein paar Jungen fingen zu kichern an, besannen sich aber gleich eines Besseren und schlossen sich der allgemeinen Bestürzung an. Der Sohn Lamias brauchte eine geraume Weile, bis er begriff, was er da zu hören bekommen hatte. Das Lösungswort dieser furchtbaren Scharade setzte sich in seinem Kopf nur ganz allmählich zusammen.

Das Wort *Kischk* war keineswegs als Name gedacht, sondern war vielmehr die Bezeichnung für eine sämige, saure Suppe aus geronnener Milch und Weizen. Diese Speise gehört zu den ältesten kulinarischen Traditionen, die heute noch lebendig sind, denn man bereitet sie in Kfaryabda noch auf die gleiche Weise zu wie vor hundert, vor tausend, vor siebentausend Jahren. Der Mönch Elias geht in seiner *Bergchronik* in dem Kapitel der lokalen Gebräuche ausführlich auf diese Suppe ein und gibt genau an, auf welche Weise der vorab geschrotete Weizen mehrere Tage lange in großen Schüsseln »seine Milch aufsaugen« muß. »So entsteht der ›grüner *Kischk*‹ genannte Teig, auf den die Kinder ganz versessen sind und der nun auf einem gegerbten Schaffell verstrichen wird, um auf der Terrasse zu trocknen; die Frauen zerbröckeln und sieben ihn dann zu einem weißlichen Pulver, das sich in Leinensäcken den ganzen Winter über hält . . .« Es brauchen dann nur ein paar Schöpflöffel davon in kochendem Wasser aufgelöst werden, und schon ist die Suppe zubereitet.

Ihr Geschmack mag einem Ortsfremden sonderbar erscheinen, doch einem Sohn der Berge verhilft kein Essen so gut durch die Strenge des Winters wie der *Kischk*, der lange Grundbestandteil eines jeden Abendessens im Dorf war.

Der Scheich konnte sich zwar durchaus etwas anderes auftischen lassen als dieses Armengericht, doch trieb er aus einer persönlichen Vorliebe und vielleicht auch aus politischen Erwägungen einen regelrechten Kult um den *Kischk*, erklärte ihn fortwährend für den König unter den Mahlzeiten und stellte vor seinen Gästen Vergleiche über die verschiedenen Arten seiner Zubereitung an. Als Gesprächsthema erfreute sich der *Kischk* beim Scheich fast ebenso großer Beliebtheit wie der Schnurrbart.

Das erste, was Tanios einfiel, als er von Challita so genannt wurde, war ein Bankett, das zwei Wochen vorher im Schloß stattgefunden hatte und in dessen Verlauf der Scheich zum besten gegeben hatte, daß keine Frau im ganzen Dorf den *Kischk* so zuzubereiten verstehe wie Lamia; diese war bei dem Essen nicht anwesend, doch ihr Sohn saß dabei und blickte gleich zu seinem Vater hinüber, ob jener sich ebenso geschmeichelt fühle wie er selbst. Mitnichten, Gerios schien eher betreten zu sein und sah bleichgesichtig auf seinen Schoß hinab. Tanios hatte diese Reaktion als Höflichkeit interpretiert, denn ziemte es sich nicht, bei Lobreden des Gebieters eine beschämte Miene aufzusetzen?

Nunmehr jedoch legte er der übergroßen Verlegenheit seines Vaters einen ganz anderen Sinn bei. Er wußte nämlich, daß man sich über manchen jungen oder auch nicht mehr ganz so jungen Dorfbewohner erzählte, der Scheich bestelle manchmal seine Mutter ins Schloß, um sich von ihr das eine oder andere Gericht kochen zu lassen, und diese Besuche stünden in einem gewissen Zusammenhang mit der Geburt jener Kinder, an deren Namen dann die Bezeichnung des entsprechenden Gerichtes angehängt wurde: Hanna-*Uze*, Bulos-*Ghamme* ... Diese Namenszusätze waren äußerst beleidigend und wären von niemandem in Anwesenheit der Betroffenen auch nur andeutungsweise verwendet worden; wenn Tanios diese Namen hörte, errötete er.

In seinen schlimmsten Alpträumen hätte er sich nicht vorstellen können, daß er selbst, das Hätschelkind des Dorfes, zu den armen Tröpfen zählte, die mit diesem Makel behaftet waren, oder daß seine eigene Mutter zu den Frauen gehören könnte, die ...

Wie soll man schildern, was da in ihm vorging? Er zürnte der ganzen Welt, dem Scheich und Gerios, seinen beiden »Vätern«, Lamia und allen im Dorf, die wußten, was über ihn gesagt wurde, und ihm Mitleid oder Spott entgegenbrachten.

Und von seinen Spielkameraden, die der Szene beigewohnt hatten, fanden auch jene keine Gnade in seinen Augen, die sich bestürzt zeigten, denn ihr Verhalten bewies ja, daß es da ein Geheimnis gab, das sie mit den anderen teilten, ein Geheimnis, das als einziger der Dorftrottel in einem Wutanfall preisgegeben hatte. »Zu jeder Zeit«, schreibt dazu der Mönch Elias, »hat es unter den Leuten von Kfaryabda einen Narren gegeben, und wenn er verstarb, war ein anderer zur Stelle und nahm seinen Platz ein, so wie unter der Asche die Glut schwelt, damit das Feuer niemals ausgeht. Vermutlich braucht die Vorsehung solche Marionetten, die sie mit ihren Fingern herumzappeln läßt, bis sie den Schleier zerreißen, den die Weisheit der Menschen gewoben hat.«

Tanios stand noch immer wie erstarrt an derselben Stelle und wagte es nicht einmal, seinen Blick umherschweifen zu lassen, als der Sohn des Pfarrers Challita drohte, er werde ihn das nächste Mal, wenn er ihn im Dorf erwische, am Seil der Kirchenglocke aufhängen, auf das er unmißverständlich deutete; der Unglückliche war so entsetzt, daß er es nie wieder wagte, den Kindern bei ihren Spielen zu folgen oder auch nur in die Nähe der *Blata* zu kommen.

Er richtete sich von da an außerhalb des Dorfes auf einem weiten, abschüssigen Gelände ein, das »Felssturz« genannt wird, weil dort so viele wackelige Felsen herumliegen. Zwischen denen lebte Challita nun, wischte und bürstete an ihnen herum und redete auf sie ein; er behauptete gar, des Nachts bewegten sie sich fort, stöhnten, husteten und bekämen auch Junge.

Diese seltsamen Vorstellungen sollten im Gedächtnis der Dorfbewohner ihre Spuren hinterlassen. Wenn wir als Kinder spielten und sich einer von uns bückte, um an einem Felsen etwas nachzusehen, riefen die anderen ihm wie aus einem Mund zu: »Na, Challita, hat der Stein schon entbunden?«

Auf seine Weise distanzierte auch Tanios sich vom Dorf. Kaum tat er am Morgen die Augen auf, da zog er auch schon zu langen, einsam-nachdenklichen Wanderungen los, auf denen er sich an Erlebnisse seiner Kindheit erinnerte und sie im Lichte dessen betrachtete, was ihm nun nicht mehr verborgen war.

Niemand, der ihn vorüberkommen sah, fragte ihn, was denn mit ihm los sei; die Episode am Brunnen hatte sich innerhalb von zwei Stunden im ganzen Dorf herumgesprochen, und höchstens den unmittelbar in die Geschichte Verwickelten – Tanios' Mutter, Gerios und dem Scheich – war sie nicht zu Ohren gekommen. Es fiel Lamia durchaus auf, daß ihr Sohn sich verändert hatte, doch zählte er zu jener Zeit dreizehn, fast vierzehn Jahre und war damit in dem Alter, in dem man zum Mann wird, so daß sie in der betont ruhigen Art, die er nun überall an den Tag legte, nur ein Zeichen früher Reife sah. Zwischen den beiden kam es auch zu keinerlei Streit, zu keinem Mißklang mehr; Tanios schien an Höflichkeit gewonnen zu haben. Es war aber die Höflichkeit dessen, der sich fremd fühlt. In der Pfarrschule war es ähnlich. Der Junge saß zwar andächtig im Schönschreibunterricht oder im Katechismus und gab die richtigen Antworten, wenn er von *Buna* Butros abgefragt wurde, doch sobald die Glocke ertönte, machte er sich so schnell wie möglich davon, mied die *Blata* und wählte einsame Pfade, um bis zum Einbruch der Dunkelheit allen Blicken entzogen dahinwandern zu können.

Als er eines Tages geradewegs bis in die Umgegend der Ortschaft Dayrun marschiert war, erblickte er in einiger Entfernung eine näher kommende Gruppe, einen Mann zu Pferde mit einem Diener, der neben ihm herging und ihm die Zügel hielt, und um ihn herum noch ein Dutzend Reiter, seine Garde vermutlich. Alle trugen Gewehre und lange Bärte, die schon von weitem zu sehen waren.

## 2

Diesem Menschen war Tanios in der Umgegend von Dayrun bereits zwei- oder dreimal begegnet, ohne daß er ihn je gegrüßt hätte. So lautete im Dorf die Verhaltensmaßregel. Mit einem Verbannten sprach man nicht.

Es war Rukoz, der frühere Schloßverwalter. Ebender, dessen Stelle fünfzehn Jahre zuvor Gerios übernommen hatte. Der Scheich hatte ihn damals beschuldigt, den Erlös aus dem Ernteverkauf unterschlagen zu haben; es war dies einerseits das Geld des Scheichs, nämlich der Ernteanteil, den die Pächter ihm schuldeten; es war aber auch das Geld der Bauern, weil damit die *Miri*, die Steuer, zu zahlen war. Aufgrund dieser Missetat hatten die Dorfbewohner in jenem Jahr eine zusätzliche Leistung erbringen müssen. So erklärt es sich, daß ihre Feindseligkeit gegenüber dem früheren Verwalter ebensosehr ihrem Gehorsam entsprang als auch ihren ureigenen Ressentiments.

Der Mann war gezwungen gewesen, seine Heimat auf Jahre hinaus zu verlassen. Nicht nur im Dorf und seiner Umgebung war ihm der Aufenthalt verwehrt, sondern in den ganzen Bergen, da der Scheich sich geschworen hatte, seiner habhaft zu werden. So hatte Rukoz bis nach Ägypten fliehen müssen, und als Tanios ihn traf, war er seit knapp drei Jahren wieder im Lande. Seine Rückkehr hatte nicht wenig Aufsehen erregt, denn er hatte in unmittelbarer Nachbarschaft zu den Gütern des Scheichs Ländereien erstanden und darauf Maulbeerbäume zur Aufzucht von Seidenraupen gepflanzt sowie ein Haus für sich selbst und ein Gebäude für die Zuchtraupen bauen lassen. Mit welchen Mitteln? Daran konnte es für die Leute aus dem Dorf keinen Zweifel geben: Was dieser Schurke am Nilufer gewinnbringend angelegt hatte, war nichts anderes als ihr Geld!

Freilich war das nur die eine Darstellung des Sachverhaltes;

Rukoz hatte eine andere, die Tanios von in der Schule verbreiteten Gerüchten her bekannt war: danach sei die Geschichte mit dem Diebstahl nur ein Vorwand gewesen, den der Scheich ersonnen habe, um seinen ehemaligen Verwalter in Verruf zu bringen und ihm eine Rückkehr nach Kfaryabda unmöglich zu machen; der wahre Grund für ihren Zwist sei gewesen, daß der Scheich versucht habe, die Frau von Rukoz zu verführen, und daß dieser sich darauf entschieden habe, das Schloß zu verlassen, um seine Ehre zu retten.

Wer sagte die Wahrheit? Bislang hatte Tanios an der Version des Scheichs nicht den geringsten Zweifel gehabt; um nichts auf der Welt hätte er mit dem Geächteten in freundschaftlichen Kontakt treten wollen, ja er wäre sich dabei wie ein Verräter vorgekommen! Doch nun sah er die Dinge in einem anderen Licht. War es wirklich so undenkbar, daß der Scheich Rukoz' Frau Avancen gemacht hatte? Und hätte er nicht tatsächlich die Sache mit der Unterschlagung erfinden können, um seinen Verwalter im Dorf ins Unrecht zu setzen und ihn zur Flucht zu zwingen?

Je näher die Reiter herankamen, um so mehr fühlte Tanios sich plötzlich zu diesem Manne hingezogen, der es gewagt hatte, um seiner Ehre willen dem Schloß im Unfrieden den Rücken zu kehren. Er hatte die gleiche Funktion ausgeübt wie Gerios, sich aber im Gegensatz zu diesem nicht zu lebenslanger Kriecherei hergegeben, sondern war lieber ins Exil gegangen und bemühte sich nun, dem Scheich vor seiner Haustür ein Schnippchen zu schlagen.

Als sein früherer Verwalter heimgekehrt war, hatte der Herr über Kfaryabda seinen Untertanen befohlen, ihn auf der Stelle festzunehmen und aufs Schloß zu schaffen. Doch Rukoz hatte sich mit einem vom Emir der Berge ausgestellten Schutzbrief versehen, mit einem weiteren, der die Unterschrift des Vizekönigs von Ägypten trug, und schließlich mit einem dritten, den der Patriarch höchstpersönlich verfaßt hatte. Diese Dokumente zeigte er umsichtigerweise bei jeder sich bietenden Gelegenheit vor, und der Scheich, der nicht all diesen bedeutenden Autoritäten zugleich die Stirn zu bieten vermochte, mußte seinen Ärger hinunterschlucken und mit ihm einen Teil seiner Würde.

Zudem verließ sich Rukoz nicht einzig und allein auf seine Papiere, sondern hatte aus Furcht vor einem Handstreich etwa drei Dutzend Männer angeworben, die er großzügig entlohnte und mit Feuerwaffen ausgestattet hatte; diese kleine Truppe sorgte nun für die Bewachung seines Besitzes und begleitete ihn, sobald er den Fuß vor die Tür setzte.

Tanios blickte voller Entzücken auf die Eskorte und ergötzte sich an dem Reichtum und der Macht, die davon ausgingen, und als er endlich in Rufweite war, grüßte er jauchzend: »Guten Tag, *Khweja* Rukoz!«

Ein Bengel aus Kfaryabda, der ihn so respektvoll ansprach und dabei noch so herzlich lächelte? Der ehemalige Verwalter ließ seine Leute anhalten.

»Wer bist du, junger Mann?«

»Man nennt mich Tanios, ich bin der Sohn von Gerios.«

»Der Sohn von Gerios, dem Schloßverwalter?«

Der Junge nickte, und Rukoz tat es ihm in seiner Verdutzung mehrere Male nach. Über sein graubärtiges, blatternarbiges Gesicht ging ein gerührtes Zittern. Es mußte schon Jahre her sein, daß jemand aus dem Dorf ihm einen guten Tag gewünscht hatte ...

»Wohin des Wegs?«

»Nirgendwohin. Ich komme gerade aus der Schule und wollte nachdenken, also bin ich einfach drauflosmarschiert.«

Die Begleiter Rukoz' mußten lachen, als sie das Wort »nachdenken« hörten, doch ihr Gebieter hieß sie schweigen. Dann sprach er zu dem Jungen: »Wenn du kein bestimmtes Ziel hast, könntest du mich vielleicht mit einem Besuch beehren.«

»Die Ehre ist ganz auf meiner Seite«, erwiderte Tanios förmlich. Da gab Rukoz seinen verblüfften Leuten den Befehl zum Umkehren und schickte einen seiner Reiter zu der hochgestellten Persönlichkeit, die er hatte aufsuchen wollen.

»Richte ihm aus, daß mir etwas dazwischengekommen ist und ich meinen Besuch auf morgen verschoben habe.«

Rukoz' Leute konnten es nicht fassen, daß er so einfach umdisponiert hatte, nur weil dieser Knabe gerade über freie Zeit verfügte. Sie begriffen eben nicht, wie sehr ihr Herr darunter litt, aus dem Dorf verbannt worden zu sein, und was es für ihn bedeutete, daß ein Bewohner von Kfaryabda, und sei es nur ein Junge, bereit war, ihn zu grüßen und über die Schwelle seines Hauses zu treten. Er wies Tanios den Ehrenplatz an, ließ ihm Kaffee und Süßigkeiten reichen, sprach über die Vergangenheit, über seine Auseinandersetzung mit dem Scheich, und schilderte dabei, welcher Nachstellungen sich seine Gattin von dessen Seite hatte erwehren müssen. Seine arme Gattin war inzwischen in der Blüte ihrer Jahre verstorben, kurz nach der Geburt ihres einzigen Kindes Asma, das Rukoz kommen ließ, um es Tanios vorzustellen. Dieser drückte das Mädchen in der Art an sich, wie Erwachsene Kinder umarmen.

Der »Geächtete« redete und redete, hatte dabei stets eine Hand auf der Schulter seines ehrenwerten Gastes ruhen und wirbelte mit der anderen theatralisch in der Luft, um seine Worte gebührend zu unterstreichen.

»Es kann doch nicht dein einziger Ehrgeiz sein, jeden Morgen dem Sohn des Scheichs die Hand zu küssen, so wie dein Vater sie dem Scheich selbst küßt. Du mußt dir Bildung und Reichtum verschaffen, wenn du einmal auf dich selbst gestellt leben willst. Zuerst die Studien, dann das Geld. Nicht umgekehrt. Wenn du einmal zu Geld gekommen bist, hast du nicht mehr die Geduld und auch nicht mehr das Alter, um dich zu bilden. Zuerst die Studien also, aber richtige Studien, nicht nur beim Pfarrer in der Dorfschule. Und dann arbeitest du bei mir. Ich errichte gerade neue Gebäude für meine Seidenraupenzucht, die größte in den Bergen, und ich habe weder einen Sohn noch einen Neffen, der das einmal übernehmen könnte. Ich bin schon jenseits der fünfzig, und selbst wenn ich noch einmal heiraten sollte und endlich einen Sohn bekäme, hätte ich nicht mehr genug Zeit, um ihn auf die Nachfolge vorzubereiten. Dich hat der Himmel geschickt, Tanios . . .«

Als der Junge wieder in Richtung Dorf ging, ließ er diese Worte noch in sich nachklingen. Und sein Gesicht hellte sich auf. Dieser Tag hatte einen angenehmen Beigeschmack: Revanche. Zwar hatte er die Seinen verraten, indem er sich mit dem Verbannten zusammengetan hatte, doch das Gefühl dieses Verrats gab ihm neue Kraft. Vierzehn Jahre lang hatte das ganze Dorf ihm etwas verheimlicht, und noch dazu etwas, was einzig und allein ihn und seine fleischliche Existenz betraf. Nun hatte zum gerechten Ausgleich er ein Geheimnis, von dem das gesamte Dorf ausgeschlossen war.

Diesmal schlich er nicht an der *Blata* vorbei, sondern überquerte sie demonstrativ mit großen hallenden Schritten und grüßte dabei flüchtig nach links und rechts.

Als er schon am Brunnen vorbei war und die Stufen zum Schloß emporzusteigen begann, drehte er sich noch einmal um, ließ seinen Blick über den Platz schweifen und wurde gewahr, daß die Menschen dort dichter zusammenstanden als sonst und die Gespräche lebhafter waren.

Einen Augenblick meinte er, sein »Verrat« sei schon bekanntgeworden, doch beredeten die Leute eine ganz andere Nachricht: Ein Bote hatte am Abend verkündet, die Scheikha sei ihrer langen Krankheit erlegen. Der Scheich bereitete sich schon darauf vor, mit einigen Honoratioren in den Großen Jord zu reiten und an der Bestattung teilzunehmen.

Niemand im Dorf heuchelte Trauer. Gewiß war diese Frau betrogen und verhöhnt worden und ihre Ehe nichts als eine einzige demütigende Prüfung gewesen, doch seit ihrem letzten »Besuch« war niemand mehr gewillt, ihr in irgendeiner Weise mildernde Umstände zuzugestehen. Was sie mit ihrem Gatten in den wenigen Ehejahren durchgemacht hatte, war nach Ansicht der Leute auf der *Blata* genau das, was die »Scheikha der Heuschrecken« verdient hatte; und in ebendiesem Augenblick, in dem sie beerdigt werden sollte, kam einigen Dorffrauen nur der häßliche Fluch von den Lippen: »Möge Gott sie noch tiefer in den Boden rammen!«

Das wurde aber nur gemurmelt, denn der Scheich hätte für eine so unnachgiebige Haltung kein Verständnis aufgebracht. Er machte einen teilnahmsvolleren, zumindest würdigeren Eindruck. Als ihm von dem Boten die Nachricht überbracht worden war, hatte er die angesehensten Leute des Ortes zusammenrufen lassen und zu ihnen gesprochen.

»Meine Gattin hat euch den Rest ihrer Tage geschenkt. Daß wir unter dem Frevel ihrer Verwandten zu leiden hatten, weiß ich durchaus, doch angesichts des Todes sind diese Dinge vergessen. Ich möchte, daß ihr mich zur Bestattung begleitet, und wenn irgend jemand von den Leuten dort eine unangebrachte Bemerkung fallenläßt, dann haben wir nichts gehört, sind stumm, tun unsere Pflicht und reiten wieder nach Hause.«

Von den Menschen im Großen Jord wurde ihnen ein kühler Empfang bereitet, doch zu Belästigungen kam es nicht.

Nach seiner Rückkehr ließ der Scheich drei weitere Trauertage ausrufen. Kondoliert wurde diesmal bei ihm auf dem Schloß, die Männer im Pfeilersaal und die Frauen in dem Salon, in dem die Scheikha oft unter den Dorffrauen gesessen hatte, die sich vor den Zudringlichkeiten des Scheichs zu ihr in diesen großen Raum mit den nackten Wänden geflüchtet hatten. Als einzige Möbel standen mit blauer Baumwolle bespannte niedrige Bänke darin. Wem aber sollte das Beileid eigentlich ausgesprochen werden?

In der *Bergchronik* heißt es dazu: »Da die Verstorbene an jenem Tage im Dorf weder Mutter noch Schwester, noch Tochter oder Schwägerin hatte, kam es der Gattin des Schloßverwalters zu, die Rolle der Hausherrin zu übernehmen.« Der gute Mönch enthält sich jeglichen Kommentars dazu und überläßt es unserer Phantasie, sich auszumalen, was für eine Atmosphäre geherrscht haben muß, als die schwarz oder weiß verschleierten, aber trauerlosen Dorffrauen, die aus purer gesellschaftlicher Konvention kamen, den Raum betraten, sich der Stelle zuwandten, an der einst die Schloßherrin gesessen hatte, dort Lamia entdeckten und dann auf sie zugehen, sich zu ihr vorbeugen, sie umarmen und dabei aufsagen mußten: »Möge Gott dir die Kraft geben, dieses Unglück zu ertragen!« oder »Wir wissen, wie sehr du leidest!« oder irgendeine andere dem Anlaß entsprechende Lüge. Wie viele Frauen sich wohl diesem tückenreichen Ritual voller Ernst und Würde zu unterziehen wußten? Dazu schweigt der Chronist sich aus.

Ganz anders ging es bei den Männern zu. Auch dort zweifelte keiner an den Gefühlen seines Nebenmannes, doch mußte der Schein gewahrt werden. Zum einen aus Achtung vor dem Scheich, aber mehr noch wegen seines Sohnes, den er aus dem Großen Jord zu sich geholt hatte. Er hieß Raad, war fünfzehn Jahre alt und als einziger von wahrer Trauer erfüllt. Die Dorfbewohner – und sogar sein eigener Vater – musterten ihn wie einen Fremden. Was er schließlich auch war, da er das Dorf seit seinem ersten Lebensjahr nicht mehr betreten hatte; seine Familie mütterlicherseits hatte ihn nicht gerade dazu ermuntert, und der Scheich hatte nicht zu sehr darauf drängen wollen, da er gefürchtet hatte, sein Schwiegervater könne wiederum auf der ihm eigenen Art der »Begleitung« bestehen ...

Die nähere Bekanntschaft mit diesem jungen Mann wurde den Leuten von Kfaryabda zu einer schweren Prüfung. Sie litten allein schon, wenn er den Mund auftat und mit dem Akzent des Jord sprach, dem verhaßten Akzent der »Heuschrekken«. Wie hätte er auch anders reden sollen, schließlich hatte er immer dort gelebt. »Gott allein weiß, was sich hinter diesem Akzent verbirgt«, hieß es im Dorf, »und was seine Mutter ihm über das Dorf alles erzählt haben mag.« Solange Raad fern gewesen war, hatten die Leute sich darüber keine Gedanken gemacht, aber nun wurde ihnen schmerzhaft klar, daß ihr Scheich, der auch auf die Sechzig zuging, von heute auf morgen sterben konnte, wodurch seine Ländereien und seine Untertanen in feindliche Hände übergehen würden.

Mochte auch der Scheich solche Befürchtungen hegen, so

ließ er sich jedenfalls nichts davon anmerken und behandelte seinen Sohn wie einen Mann, der er bald sein würde, und wie einen Erben, der er schon war.

Zur Entgegennahme der Kondolenzen ließ er ihn zu seiner Linken Platz nehmen, sagte ihm manchmal den Namen des gerade Eintretenden und prüfte aus dem Augenwinkel heraus, ob er die Gesten des Vaters auch gut beobachtet hatte und sie nachzuahmen wußte.

Es genügte nämlich nicht, jeden Besucher seinem Rang gemäß zu empfangen, sondern man mußte auch den Nuancen seiner Stellung gerecht werden. Der Pächter Bu-Nassif etwa, der einst versucht hatte, an den Ernteanteilen herumzumogeln, hatte sich zu verbeugen, die Hand des Scheichs zu ergreifen, sie lange zu küssen und dann wieder aufzustehen. Bei dem Pächter Tubiyya, einem redlichen Diener der herrschaftlichen Familie, galt es nach dem Handkuß so zu tun, als helfe man ihm auf, indem man ihn am Ellbogen anfaßte.

Der Pächter Chalhub, seit vielen Jahren ein Kriegs- und Jagdgefährte des Scheichs, würde sich gleichfalls verbeugen, jedoch mit kaum merklicher Bedächtigkeit und in der Erwartung, daß der Scheich seine Hand zurückziehen, ihm aufhelfen und ihn umarmen werde; darauf würde er an seinen Platz zurückkehren und sich dabei den Schnurrbart glattstreichen. Dem Pächter Ayyub, der zu Geld gekommen war und sich gerade in Dayrun ein Haus hatte bauen lassen, mußte man ebenfalls aufhelfen und ihn kurz umarmen, aber erst dann, wenn er mit seinen Lippen die Finger des Scheichs schon berührt haben würde.

So verhielt es sich mit den Pächtern, aber daneben gab es noch andere Normen für die Leute aus der Stadt, für den Pfarrer, die Honoratioren, die Waffengefährten, die Adeligen, die Schloßdiener . . . Bei manchen mußte der Name ausgesprochen werden, bei anderen wiederum galt es, auf die Trostformel mit einer anderen, sie selbst betreffenden Formel zu antworten, die natürlich, ebenso wie der Tonfall, jedesmal eine andere war.

Und dann waren da noch einige Sonderfälle, wie etwa Nader, der Maultiertreiber und fliegende Händler, der vier Jahre zuvor vom Schloß verjagt worden war und nun die Gunst der Stunde nutzte, um Verzeihung zu erheischen. Er hatte sich unter die Menge gemischt und trug eine betrübtere Miene zur Schau, als nötig gewesen wäre; der Scheich flüsterte daraufhin seinem Sohn lange ins Ohr; schließlich ging der Maultiertreiber nach vorne, verneigte sich, ergriff die Hand des Scheichs, führte sie zu den Lippen und verharrte so.

Wenn der Scheich eine Versöhnung verschmäht hätte, was allerdings während einer Trauerperiode ungewöhnlich gewesen wäre, so hätte er sich abgewandt und so getan, als spreche er mit dem hinter ihm stehenden Gerios, und dann hätte er den Bittsteller so lange ignoriert, bis dieser sich zurückgezogen hätte oder man ihm dabei »behilflich« gewesen wäre. Eine solche Haltung hätte der Scheich jedoch nur im Falle einer äußerst schweren Verfehlung einnehmen können, wenn zum Beispiel ein Individuum wie Rukoz, der vom Scheich als Dieb und Verräter angesehen wurde, sich in aller Seelenruhe eine billige Absolution hätte verschaffen wollen. Der von Nader begangene Verstoß war nicht »vom gleichen Karat«, wie man im Dorf zu sagen pflegt; daher ließ der Scheich ihn nur einige Sekunden lang an seiner Hand schmachten und berührte ihn schließlich seufzend an der Schulter.

»Gott möge dir verzeihen, Nader, aber du hast schon ein sehr loses Mundwerk!«

»Schon von Geburt an, Scheich!«

In den Augen seines Herrn hatte der Maultiertreiber sich einer schwerwiegenden Ungehörigkeit schuldig gemacht. Er war regelmäßiger Gast auf dem Schloß gewesen, wo man ihn als geistreichen Gesellschafter zu schätzen wußte; tatsächlich war er einer der gelehrtesten Menschen hier in den Bergen, wenn auch sein Äußeres und sein Beruf dies nicht hätten vermuten lassen. Er horchte sich stets nach Neuigkeiten und Nachrichten um und hörte den Gebildeteren unter seinen Kunden genau zu. Am liebsten redete er jedoch selbst, und dann kümmerte ihn die Qualität seiner Zuhörerschaft wenig.

Es wird behauptet, er sei manchmal auf sein Maultier gestiegen, habe in dessen Nacken ein aufgeschlagenes Buch befestigt und sei in dieser Haltung durch Berg und Tal geritten. Wenn er sich für irgendeine auf türkisch oder arabisch verfaßte Schrift interessierte – nur diese Sprachen verstand er geläufig zu lesen –, dann war er bereit, sich ihren Erwerb etwas kosten zu lassen. Er sagte immer, daß er aus diesem Grund nicht geheiratet habe, denn keine Frau wolle von einem Mann etwas wissen, der jeden Piaster, den er verdiene, für Bücher ausgebe. Gerüchteweise war im Dorf zwar von etwas anderem die Rede, von einer Vorliebe für schöne Jünglinge nämlich, doch ertappt wurde er bei solcherlei nie. Was der Scheich ihm übelnahm, hatte ohnehin nichts mit solchen uneingestandenen Neigungen zu tun, sondern mit der Französischen Revolution.

Der hatte Nader schon in seiner Kindheit uneingeschränkte Bewunderung entgegengebracht; dem Scheich und seinesgleichen erschien sie dagegen als ein Greuel, als eine zum Glück nur vorübergehende Verblendung; »unsere« Franzosen hätten wohl den Verstand verloren, sagten sie, doch Gott werde sie »uns« schon wieder auf den rechten Weg zurückbringen. Ein- oder zweimal hatte der Maultiertreiber eine Bemerkung über die Abschaffung der Adelsprivilegien fallenlassen; der Scheich hatte in halb belustigtem, halb drohendem Ton geantwortet, und sein Gast hatte sich diese Mahnung zu Herzen genommen. Eines Tages jedoch, als er dem Dragoman des französischen Konsulats seine Ware feilgeboten hatte, war ihm eine Nachricht von solcher Bedeutsamkeit zuteil geworden, daß er sie nicht für sich behalten konnte. Man schrieb das Jahr 1831; in Frankreich war es im Vorjahr zu einem Regierungswechsel gekommen, und Louis-Philippe hatte den Thron bestiegen.

»Unser Scheich wird nie erraten, was mir ein Franzose letzte Woche erzählt hat.«

»Mach es nicht so spannend, Nader!«

»Der Vater des neuen Königs soll ein Anhänger der Revolution gewesen sein und sogar für den Tod Ludwigs XVI. gestimmt haben!«

Damit glaubte er in dem ewigen Streitgespräch der beiden einen Erfolg verbucht zu haben. Sein breites, bartloses Gesicht strahlte vor Befriedigung. Doch der Scheich war nicht zum Scherzen aufgelegt. Er stand auf und brüllte: »In meinem Hause will ich so etwas nicht hören! Scher dich auf der Stelle fort und laß dich hier nie wieder blicken!«

Warum diese Reaktion? Gebrayel, von dem ich den Vorfall erfuhr, wußte sich keinen Reim darauf zu machen. Sicher ist, daß der Scheich Naders Worte als in höchstem Maße ungebührlich, ja impertinent auffaßte, und vielleicht erschienen sie ihm in Gegenwart seiner Untertanen sogar als subversiv. War er jedoch über die Information als solche schockiert? Empfand er sie als Beleidigung für den neuen König der Franzosen? Oder war vielmehr der Ton ihm verletzend vorgekommen? Niemand wagte ihn danach zu fragen, am wenigsten der Maultiertreiber selbst, den seine Worte bitter reuten, denn das Dorf war schließlich seine Heimat, er hatte dort sein Haus und seine Bücher, und der Scheich zählte zu seinen besten Kunden. So nützte er den ersten Kondolenzfall, um Abbitte zu leisten.

Das Wichtigste über diesen Mann habe ich jedoch noch gar nicht erwähnt: Er ist der Verfasser der einzigen Schrift, die für das Verschwinden von Tanios-Kischk eine plausible Erklärung enthält.

Nader schrieb in einem Heft seine ureigenen Beobachtungen und Maximen nieder, die zuweilen länger oder kürzer, leicht verständlich oder rätselhaft ausfielen und meist in Versen oder aber in reichlich manierierter Prosa verfaßt waren.

Mehrere dieser Texte beginnen mit »Ich sagte zu Tanios« oder »Tanios sagte mir«, ohne daß sich mit Gewißheit feststellen ließe, ob dies lediglich als effektvoller Auftakt oder aber als Einleitung zur Wiedergabe authentischer Gespräche zu verstehen ist.

Vermutlich waren diese Aufzeichnungen nicht zur Veröffentlichung bestimmt, jedenfalls wurden sie erst lange nach Naders Tod von einem Universitätsdozenten aufgefunden und unter einem Titel herausgegeben, den ich mit »Die Weisheit des Maultiertreibers« übersetzt habe; ich werde auf diese wertvolle Quelle noch des öfteren zurückgreifen.

## 3

Kaum war dem Maultiertreiber Gnade gewährt worden, da setzte er sich neben Tanios und flüsterte ihm ins Ohr: »Das ist schon ein Hundeleben! Daß man Hände küssen muß, um nicht brotlos zu werden!«

Tanios pflichtete ihm unauffällig bei. Er blickte fortwährend auf die Gruppe, die vom Scheich, seinem Sohn und dem einen Schritt dahinter stehenden Gerios gebildet wurde, und es war ihm gerade der gleiche Gedanke gekommen; vor allem fragte er sich, ob er in einigen Jahren genauso unterwürfig gebückt der Befehle Raads harren würde wie nun sein Vater. »Lieber sterben«, schwor er sich, und seine Lippen bebten vor Zorn.

Nader neigte sich wieder zu ihm hinüber.

»Die Französische Revolution, das war noch was, da sind die Scheichköpfe nur so gerollt!«

Tanios reagierte nicht. Nader rückte auf seinem Stuhl hin und her, als sitze er auf dem Rücken seines Maultiers, das nicht so recht vorwärts wolle. Wie eine Eidechse streckte er den Hals und sah in einem fort in alle Richtungen, auf die Teppiche am Boden und die Bögen an der Decke und die Schloßherren und die Kondolierenden, wobei er beständig zwinkerte und Grimassen schnitt. Schließlich beugte er sich nochmals zu seinem jungen Nachbarn hinüber. »Hat der Sohn des Scheichs nicht ein rechtes Strolchgesicht?«

Tanios mußte schmunzeln. Zugleich mahnte er aber: »Du wirst gleich noch einmal aus dem Schloß hinausfliegen!«

Da begegnete sein Blick den Augen Gerios', der ihn daraufhin zu sich winkte.

»Bleib nicht neben Nader sitzen! Sieh nach, ob nicht deine Mutter etwas braucht!«

Während Tanios sich noch fragte, ob er gehorchen oder lieber trotzen und sich wieder an den gleichen Platz setzen sollte, ertönten draußen plötzlich laute Rufe. Jemand flüsterte dem Scheich etwas ins Ohr, worauf dieser auf die Tür zuging und seinem Sohn Raad bedeutete, ihm zu folgen. Gerios eilte den beiden hinterdrein.

Ein hoher Gast war angekündigt, und gemäß der Tradition mußte man ihm entgegengehen. Es war Said Beyk, der Herr über das Drusendorf Sahlain, der mit einer breit gestreiften *Abaya* bekleidet war, die von den Schultern bis zu den Knöcheln lang und glatt herabfiel und sein Antlitz mit dem blonden Schnurrbart noch majestätischer aussehen ließ.

Wie die Sitte es gebot, sagte er einleitend: »Es ist eine Nachricht im Umlauf; möge sie nur nicht wahr sein!«

Der Scheich gab die erforderliche Antwort: »Der Himmel hat uns prüfen wollen.«

»So wisset, daß euch in dieser Prüfung Brüder zur Seite stehen.«

»Seit ich dich kenne, Said Beyk, klingt das Wort Nachbar in meinen Ohren süßer als das Wort Bruder.«

Es waren dies Floskeln, aber eben doch nicht nur Floskeln; mit seiner Verwandtschaft hatte der Scheich nichts als Verdruß gehabt, während die Beziehungen zu seinem Nachbarn seit zwanzig Jahren völlig ungetrübt waren. Die beiden Männer faßten sich an den Armen und betraten gleichen Schrittes den Saal.

Der Scheich ließ den Gast zu seiner Rechten Platz nehmen und stellte ihn Raad mit den folgenden Worten vor: »An dem Tag, an dem ich einmal sterbe, wirst du wieder einen Vater haben, der über dich wachen wird!«

»Gott schenke dir ein langes Leben, Scheich Francis.«

Wieder Floskeln. Aber schließlich kam man zum Wesentlichen. Zu dem seltsamen Menschen nämlich, der etwas abseits stand und von allen neugierig gemustert wurde. Selbst in dem Saal, in dem die Frauen saßen, war seine Anwesenheit ruchbar geworden, und einige waren auch schon herübergeeilt, um ihn zu betrachten. Sein Gesicht war bartlos, und er trug eine Art abgeflachten Hut, der ihm über den Nacken und die Ohren ging. Die wenigen Haare, die darunter hervorstanden, waren grau, fast weiß.

Said Beyk winkte ihn näher heran.

»Der vortreffliche Mann in meiner Begleitung ist ein englischer Pastor. Er hat darauf bestanden, bei diesem schmerzlichen Anlaß seiner geistlichen Pflicht nachzukommen.«

»Er sei uns willkommen!«

»Er ist mit seiner tugendreichen Gattin zu uns nach Sahlain gezogen, und wir dürfen uns glücklich schätzen, ihn unter uns zu wissen.«

»Aus deinem Munde spricht dein edles Blut, Said Beyk!« sagte der Pastor in einem Arabisch, das etwas gestelzt klang wie das der Orientalisten.

Auf den bewundernden Blick des Scheichs hin erläuterte Said Beyk: »Der Reverend hat sieben Jahre in Aleppo verbracht. Und nach dem Leben in dieser Metropole ist er nicht etwa nach Istanbul oder nach London gegangen, sondern hat sich unser bescheidenes Dorf zur Wohnstätte erwählt. Gott wird ihm dieses Opfer lohnen!«

Der Pastor wollte gerade zu einer Antwort ansetzen, als der Scheich ihm einen Sitzplatz anwies. Und zwar nicht direkt neben sich, was bei der Außerordentlichkeit dieses Besuches niemanden wundergenommen hätte, sondern etwas weiter seitlich. Denn was der Scheich soeben gehört hatte, war ihm eigentlich schon bekannt gewesen – alles, was sich in Sahlain tat, wußte man in Kfaryabda noch vor Einbruch der Dunkelheit, und daß sich in der Gegend ein Engländer niedergelassen hatte, sei er nun Pastor oder nicht, war schließlich alles andere als alltäglich. Nun wollte der Scheich darüber Näheres erfahren, ohne daß der Reverend zuhören sollte. Der Scheich und Said Beyk neigten ihre Köpfe einander zu, und jeder der Anwesenden konnte daran ermessen, wie vertraut die beiden miteinander waren.

»Ich habe mir sagen lassen, daß er eine Schule eröffnen will.«

»Ja, und ich habe ihm dazu eine Räumlichkeit zur Verfügung gestellt. Wir haben ja keine Schule in Sahlain, und ich wollte schon einen ganze Weile eine. Auch meine Söhne werden sie besuchen; der Reverend hat mir versprochen, ihnen dort Englisch und Türkisch beizubringen, außerdem arabische Poesie und Rhetorik. Ich möchte nicht an seiner Stelle sprechen, aber ich glaube, er hofft sehr, daß auch dein Sohn zu ihm kommt.«

»Wird er nicht etwa versuchen, unsere Kinder zu bekehren?«

»Nein, das hat er mir schon zugesagt.«

»Du vertraust ihm also.«

»Ich vertraue auf seine Intelligenz. Wenn er unsere Kinder zu bekehren suchte, würden wir ihn noch in der gleichen Stunde aus dem Dorf jagen, warum sollte er also so ungeschickt sein?«

»Bei deinen und meinen Kindern würde er es vielleicht nicht wagen. Aber unsere Bauern wird er schon bekehren wollen.«

»Nein, auch das hat er mir versprochen.«

»Ja, wen soll er denn sonst bekehren?«

»Ich weiß es nicht, ein paar Kaufmannssöhne, ein paar Orthodoxe ... Vielleicht den Juden Yaacub und seine Familie.«

»Wenn ihm die Bekehrung meines Schneiders gelingt, dann darf er sich beglückwünschen ... Aber ich bin nicht sicher, ob das *Buna* Butros gefallen wird; dem ist ein Jude immer noch lieber als ein Ketzer!«

Der Pfarrer hatte den ganzen Vormittag auf dem Schloß geweilt und sich gerade eine Stunde zuvor vom Scheich und seinen Gästen verabschiedet. Nun war er plötzlich wieder zurück; es mußte ihn wohl jemand davon unterrichtet haben, daß der Wolf im Schafstall saß, und so war er sofort herbeigeeilt. Er hatte wieder seinen Platz eingenommen und unterzog den Pastor mit dem komischen Hut einer dreisten Musterung.

»Eigentlich«, fuhr Said Beyk fort, »habe ich überhaupt nicht das Gefühl, als wollte der Reverend jemanden bekehren.«

»Ach so«, sagte der Scheich und war nun zum ersten Mal überrascht.

»Er will vor allem, daß wir gegen ihn nicht voreingenommen sind, und wird nichts tun, was uns irgendwie lästig sein könnte.« Der Scheich beugte sich noch ein wenig weiter vor.

»Vielleicht ist er ein Spion.«

»Daran habe ich auch schon gedacht. Doch sind wir in Sahlain schließlich nicht in die Geheimnisse des Sultans eingeweiht. Und er wird doch seinem Konsul nicht schreiben, daß die Kuh von Halim Zwillinge geworfen hat!«

Beide unterdrückten ein tiefes Lachen, ließen die Luft stoßweise entfahren und hielten dabei aber ihre Lippen und Kiefer in Trauerposition, bis sie ihnen weh taten. Sie blickten zum Pastor hinüber, der ihnen ehrerbietig zulächelte, worauf sie wohlwollend zurücknickten.

Als Said Beyk sich nach einer Stunde erhob, um aufzubrechen, sagte der Scheich zu ihm: »Der Plan des Pastors hat etwas für sich. Ich werde darüber nachdenken. Heute ist Dienstag . . . Wenn er am Freitagvormittag zu mir kommt, werde ich ihm meine Antwort geben.«

»Laß dir ruhig Zeit, Scheich, ich werde ihm sagen er soll viel später einmal kommen, wenn du willst.«

»Nein, das ist nicht nötig, am Donnerstag abend werde ich meine Entscheidung gefällt haben und sie ihm auf jeden Fall am Tag darauf mitteilen.«

Nachdem der Scheich seine hohen Gäste auf die Freitreppe hinausbegleitet hatte, machte er es sich im Saal wieder bequem, und der Pfarrer setzte sich neben ihn auf den Ehrenplatz.

»Ein englischer Pastor in unserem Dorf! Wie lautet doch das Sprichwort: Wer lange lebt, wird viele Wunder sehen! Ich muß gleich das Weihwasser holen und das Schloß damit segnen, bevor noch ein anderes Unglück geschieht.«

»Warte, *Buna*, verschwende dein Weihwasser nicht. Der Pastor kommt am Freitag noch einmal, dann kannst du hinterher deinen Ysopwedel gründlich schwenken und brauchst dich nicht zweimal zu bemühen.«

»Er ist also heute gekommen und kommt in drei Tagen wieder!«

»Ja, das Klima im Dorf scheint ihm zuzusagen.«

Der Pfarrer schnupperte demonstrativ.

»Liegt bei uns etwa Schwefel in der Luft?«

»Du tust ihm unrecht, *Buna*, das scheint ein kreuzbraver Mann zu sein.«

»Und wozu ist er hergekommen, der kreuzbrave Mann?«

»Um mir sein Beileid auszusprechen, wie alle anderen auch!«

»Und was hat er am Freitag vor? Möchte er da wieder kondolieren? Zu einem Tod, den er schon vorausgesehen hat? Zu dem meinigen vielleicht?«

»Da sei Gott vor! Dieser Mann wird in Sahlain eine Schule eröffnen ...«

»Das weiß ich.«

»... und hat mir lediglich angeboten, meinen Sohn dorthin zu schicken!«

»Ach, weiter nichts? Und was hat unser Scheich geantwortet?«

»Daß ich mir die Sache bis Donnerstagabend überlegen werde. Und daß er am Freitag meine Antwort bekommt.«

»Warum gerade Donnerstagabend?«

Der Scheich hatte bis dahin mit leicht spöttischer Miene gesprochen, denn es machte ihm sichtlich Spaß, den Pfarrer ein wenig zu foppen. Nun aber verfinsterte sich sein Gesicht. »Ich sage dir jetzt ganz genau, wie die Dinge stehen, *Buna*, damit es später nicht heißt, ich hätte dich übergangen. Wenn mir am Donnerstag bis Sonnenuntergang dein Patriarch noch immer nicht sein Beileid ausgesprochen hat, dann schicke ich meinen Sohn in die Schule des Engländers.«

Seit beinahe vierzehn Jahren – seit Tanios' Geburt nämlich – war der Prälat nicht mehr ins Dorf gekommen. Er hatte sich bedingungslos auf die Seite der Scheikha geschlagen, vielleicht, weil man ihm an der mißglückten Ehe die Schuld gab und er es dem Scheich übelnahm, ihn in eine so heikle Lage gebracht zu haben. So parteiisch war er in diesem Zwist gewesen und so gefühllos gegenüber den Leiden des Dorfes während der Expedition der Jord-Männer, daß man ihn ohne Rücksicht auf seinen weißen Bart und seinen hohen Rang mit dem gleichen Spitznamen bedacht hatte wie seine Schutzbefohlenen; darauf hatte der »Patriarch der Heuschrecken« den Entschluß gefaßt, Kfaryabda nie wieder zu betreten.

Man fand sich allmählich mit seinem Fernbleiben ab. Es wurde gerne betont, daß genausogut ohne ihn auszukommen war, sowohl beim Kreuzesfest als auch bei der Firmung, bei der die vom Prälaten verabreichte Ohrfeige auf dem Gesicht der Jugendlichen eine bleibende Erinnerung hinterlassen sollte; die Backpfeife eines *Buna* Butros tat es wahrlich auch. Und doch war diese Art Fluch den Gläubigen eine Last; bei jedem Todesfall, jeder schweren Krankheit und jeder Mißernte – jenen ganz gewöhnlichen Schicksalsschlägen also, die einen zu der Frage veranlassen »Womit habe ich das nur verdient?« – rührte der Streit mit dem Patriarchen wieder wie ein altes Messer in einer alten Wunde. Sollte man nicht doch endlich Schluß damit machen? Waren die Kondolenztage nicht die beste Gelegenheit zu einer Versöhnung?

Bei der Bestattung der Scheikha im Großen Jord hatte der Prälat, der die Trauerfeier leitete, jedem Familienmitglied vor der Gruft ein Wort des Trostes zukommen lassen. Nur dem Scheich nicht. Obwohl jener doch mit seinem Kommen über das ihm und dem Dorf Angetane hinweggesehen hatte und nicht zuletzt der Gatte der Verstorbenen war.

Der Scheich hatte sich um so verletzter gefühlt, als die Verwandten seiner Frau und die Honoratioren von Kfaryabda Zeugen dieser Erniedrigung gewesen waren. Auf der Stelle hatte er den Küster des Patriarchen aufgesucht und ihm in beinahe drohendem Tone mitgeteilt, daß in seinem Schloß drei Kondolenztage stattfinden würden und er erwarte, daß dazu der *Sayyedna* erscheine, andernfalls . . .

Den ganzen ersten Tag über hatte der Scheich, während die Kondolierenden an ihm vorbeizogen, nur einen Gedanken im Kopf: »Ob er wohl kommt?« Und dem Pfarrer gegenüber wiederholte er seine Botschaft: »Wenn dein Patriarch nicht kommt, brauchst du mir das, was ich dann tun werde, nicht zum Vorwurf zu machen.«

Zwei Tage lang ward *Buna* Butros im Dorf nicht gesehen. Es war dies ein letzter Versuch, der zu nichts führen sollte. Bei seiner Rückkehr sagte der Pfarrer, *Sayyedna* sei auf einer Rundreise durch die Dörfer des Großen Jord begriffen, so daß er ihn nicht habe erreichen können. Es läßt sich aber auch vorstellen, daß er ihn getroffen habe, ohne ihn überreden zu können. Jedenfalls war am Donnerstagabend, als der Scheich mit den letzten Besuchern den Kondolenzsaal verließ, am Horizont noch immer keine Mitra zu sehen.

Der Pfarrer schlief wenig in jener Nacht. Die zwei vergeblich auf dem Rücken seines Maultiers zugebrachten Tage hatten seinen Körper lahm und steif werden lassen, ohne seine Seelenpein zu lindern.

»Dabei«, sagte er zur *Khuriyye*, »weiß man bei dem Maultier wenigstens, wohin es geht; dem würde es nie in den Sinn kommen, geradewegs auf einen Abgrund zuzumarschieren. Der Scheich und der Patriarch hingegen tragen alle Christen auf ihrem Rücken und stoßen dabei die Hörner aneinander wie zwei junge Böcke.«

»Sprich in der Kirche ein Gebet«, erwiderte seine Frau. »Wenn der Herr es gut mit uns meint, setzt er uns morgen ein Maultier ins Schloß und ein zweites ins Patriarchenhaus.«

Vierte Passage

# *Die Schule des englischen Pastors*

Es freut mich, Ihnen in Beantwortung Ihres Schreibens mitteilen zu können, daß zu den allerersten Zöglingen der Schule von Sahlain tatsächlich ein gewisser Tanios Gerios aus Kfaryabda zählte.

Der Gründer unserer Anstalt, Reverend Jeremy Stolton, hatte sich mit seiner Gattin Anfang der dreißiger Jahre hier im Gebirge niedergelassen. Wir verwahren in unserer Bibliothek eine Schatulle, die sein Archiv enthält, insbesondere seine Tageskalender mit den verschiedensten Aufzeichnungen und seine Briefe. Wenn Sie darin Einsicht nehmen wollen, sind Sie bei uns willkommen, doch haben Sie sicher Verständnis dafür, daß wir diese Unterlagen nicht außer Haus geben können ...

Auszug aus einem Schreiben von Reverend Ishaac,
dem derzeitigen Leiter der Englischen Schule von Sahlain.

# I

Die Gebete des *Buna* Butros waren wohl nicht inbrünstig genug, denn als er am folgenden Tag zerzausten Bartes den Pfeilersaal betrat, saß dort unverwechselbar der Scheich; seine Kleider hatten sich nicht in das Geschirr eines Zugtieres verwandelt, seine Ohren drangen nicht durch die Mütze hindurch, und auch die Lippen und Kiefer unter seinem ergrauenden Schnurrbart waren nicht länger als zuvor ... Er war sichtlich schon eine ganze Weile wach, ja hatte vielleicht wegen seiner eigenen Sorgen seinerseits keinen Schlaf gefunden. Bei ihm standen Gerios und einige Dorfbewohner. Sauertöpfisch grüßte der Pfarrer zu ihnen vor und nahm dann gleich neben dem Eingang Platz.

»*Buna* Butros«, schrie ihm der Scheich mit lauter, aber doch jovialer Stimme entgegen, »setz dich lieber zu uns, das mindeste ist doch, daß wir ihn gemeinsam empfangen.«

Im Pfarrer glomm noch einmal Hoffnung auf. Vielleicht war wenigstens eines seiner zahlreichen Gebete erhört worden!

»Dann kommt er also?«

»Natürlich kommt er. Und da ist er auch schon.«

Eine herbe Enttäuschung. Nicht der Patriarch schritt herein, sondern der Pastor. Zur Verblüffung der anwesenden Dorfbewohner wandte er sich an den Schloßherrn in kunstvoll gedrechselten arabischen Grußformeln. Auf ein Zeichen des Scheichs setzte er sich dann.

»Wie sind doch die Werke des Himmels wohlgetan, *Buna*, der Reverend hat sich auf genau den Platz gesetzt, von dem du gerade aufgestanden bist.«

Doch dem Pfarrer war nicht zum Scherzen zumute. Er bat den Scheich um eine kurze Unterredung unter vier Augen im *Liwan*. »Wenn ich recht verstanden habe, hat unser Scheich seine Entscheidung gefällt.«

»Dein Patriarch hat sie für mich gefällt; ich habe getan, was ich konnte, und mein Gewissen ist rein. Sieh mich an: Sind das die Augen von jemandem, der schlecht geschlafen hat?«

»Du hast vielleicht dein Möglichstes getan, was *Sayyedna* angeht. Tust du aber deinem Sohn gegenüber das, was die Pflicht dir gebietet? Kannst du ihn wirklich guten Gewissens zu Leuten schicken, die ihm ein verfälschtes Evangelium zu lesen geben und weder die Jungfrau Maria noch die Heiligen respektieren?«

»Wenn Gott nicht gewollt hätte, daß ich diese Entscheidung treffe, dann hätte er dem Patriarchen befohlen, bei den Kondolenztagen seinen Bart sehen zu lassen.«

*Buna* Butros fühlte sich nicht wohl, wenn der Scheich von Bärten sprach, und noch weniger, wenn er von Gott sprach, denn es klang dabei stets eine übertriebene Vertraulichkeit heraus. So entgegnete er würdig: »Es geschieht manchmal, daß Gott seine Geschöpfe auf den Weg der Verderbnis lenkt.«

»Sogar einen Patriarchen?« fragte der Scheich so scheinheilig wie möglich.

»Damit meine ich nicht nur den Patriarchen!«

Als ihre Aussprache beendet war, kehrten der Pfarrer und der Scheich in den Pfeilersaal zurück. Dort harrte der Pastor ihrer schon voller Sorge. Doch der Scheich beruhigte ihn sofort.

»Ich habe über die Sache nachgedacht. Mein Sohn wird auf Ihre Schule gehen, Reverend.«

»Ich werde mich dieser Ehre würdig erweisen.«

»Er soll wie alle anderen Schüler behandelt werden, ohne besondere Rücksichtnahme, und wenn er es verdient hat, soll er ruhig auch durchgeprügelt werden. Aber auf zweierlei bestehe ich, und da bitte ich mir eine förmliche Zusage vor Zeugen aus. Zum ersten will ich, daß er nichts über Religion zu hören bekommt; er soll weiter dem Glauben seines Vaters anhängen und jeden Sonntag zu dem hier anwesenden *Buna* Butros in den Religionsunterricht gehen.«

»Dazu verpflichte ich mich«, sagte der Pastor, »wie ich es schon gegenüber Said Beyk getan habe.«

»Zweitens heiße ich Scheich Francis und nicht Scheich Ankliz, und deshalb will ich, daß in dieser Schule ein Französischlehrer tätig ist.«

»Auch das verspreche ich, Scheich Francis. Rhetorik, Poesie, Schönschreiben, Naturwissenschaften, Türkisch, Französisch, Englisch. Und jeder bleibt bei seiner Religion.«

»Unter diesen Umständen läßt sich nichts dagegen einwenden. Ich frage mich sogar, ob *Buna* Butros jetzt nicht erwägt, auch seine eigenen Söhne in Ihre Schule zu schicken, Reverend ...«

»In dem Jahr, in dem die Feigen im Januar reifen«, zischte der Pfarrer.

Dann stand er auf, zog sich hastig die Mütze auf den Kopf und ging hinaus.

»Selbst wenn wir auf diese Feigen noch warten müssen«, fuhr der Scheich fort, »kenne ich jetzt schon mindestens einen Jungen, der meinen Sohn voller Freude in diese Schule begleiten wird. Nicht wahr, Gerios?«

Wie immer zeigte sich der Verwalter augenblicklich einverstanden und dankte seinem Herrn für das andauernde Wohlwollen, das er ihm und den Seinen entgegenbrachte. In seinem Innersten jedoch hegte er erhebliche Bedenken. Nur schweren Herzens würde er Tanios von der Schule des Pfarrers nehmen, der ja sein Schwager war, ihn zu den Engländern schicken und sich damit den Zorn der Kirche zuziehen. Andererseits konnte er sich nicht dem Willen seines Herren entgegensetzen und die ihm gewährte Gunst verschmähen.

Seine Vorbehalte schwanden dahin, als er sah, wie der Knabe reagierte. Kaum vernahm dieser den Vorschlag des Scheichs, da strahlte er über das ganze Gesicht, und Lamia hielt den Augenblick für gekommen, wieder ein wenig Wärme in das Familienleben zu bringen.

»Na, hat dein Vater für diese Nachricht nicht einen Kuß verdient?«

Tanios umarmte und küßte ihn, und dann auch seine Mutter, so wie er es seit dem Zwischenfall am Brunnen nicht mehr getan hatte.

An seinem inneren Aufbegehren änderte das freilich nichts. Er hatte ganz im Gegenteil das Gefühl, seine durch die Worte des Dorftrottels bewirkte und durch den Besuch bei dem verbannten Rukoz offenbar gewordene Verwandlung habe sein Dasein von allen Fesseln losgelöst. Als erwarte der Himmel von ihm nun eine Tat, um ihm dann alle Wege zu ebnen. Nicht zur Schule des Pastors ging er, sondern zur Schwelle des weiten Universums, dessen Sprachen er bald sprechen und dessen Geheimnisse er enthüllen würde.

Da stand er mit Lamia und Gerios zusammen und war doch so weit weg, ja er sah die Szene, die er gerade erlebte, als blickte er aus der Erinnerung darauf zurück. Er schwebte über diesem Ort, über seinen Bindungen und Vorbehalten, über seinen schlimmsten Zweifeln.

Zur gleichen Zeit mühte sich zwei Gänge weiter im Hauptgebäude des Schlosses der Scheich damit ab, seinen Sohn davon zu überzeugen, daß es, auch wenn er schon fünfzehn sei, für ihn keine Schande bedeute, auch noch etwas anderes zu lernen als den Umgang mit Waffen und den gestreckten Galopp.

»Falls du einmal so wie unser Urahn eine Botschaft des französischen Königs bekommst . . .«

»Dann lasse ich sie von meinem Sekretär übersetzen.«

»Und wenn es eine vertrauliche Botschaft ist, wäre es dann wirklich ratsam, daß dein Sekretär darüber Bescheid weiß?«

Pastor Stolton sollte schon bald den Unterschied zwischen den beiden Schülern feststellen, die jeden Morgen die Abkürzung durch den Kiefernwald nahmen und nach etwa einer Stunde in Sahlain eintrafen. In seinen Kalendereintragungen aus dem Jahre 1835 kommt er zu den folgenden Beurteilungen: »Tanios. Ungeheurer Wissensdurst und wache Intelligenz, aber durch Seelenstürme beeinträchtigt.« Und zwei Seiten weiter: »Wirkliches Interesse bringt Raad einzig und allein dafür auf, daß man ihn mit der gebotenen Ehrerbietung behandelt. Wenn ein Lehrer oder Schüler ihn bei irgendeiner Gelegenheit ohne den Titel ›Scheich‹ anredet, dann tut er so, als habe er nichts gehört, oder er blickt hinter sich, als suche er den Knilch, an den so derbe Worte gerichtet sein könnten. Ich fürchte, daß er als Schüler der undankbarsten Sorte angehört, deren Devise zu lauten scheint: *Teach me if you can!* Es würde mir nicht einfallen, ihn um jeden Preis an unserer Anstalt halten zu wollen, wenn ich nicht außer rein schulischen Gesichtspunkten noch andere Erwägungen zu berücksichtigen hätte.«

Dieser letzte Satzteil kommt fast schon einem Geständnis gleich. Dem Pastor war zwar die geistige Bildung seiner Zöglinge ein ernsthaftes Anliegen, doch stand er auch der Orientpolitik Seiner Majestät des Königs nicht ganz gleichgültig gegenüber.

Wieso zum Teufel sollte sich eine europäische Großmacht darum scheren, welche Schulbildung irgendein Junge aus einem Gebirgsdorf bekam? Mir ist durchaus verständlich, wenn dieser Gedanke mitleidig belächelt wird, denn mir selbst war lange eine solche Haltung zu eigen. Dies änderte sich jedoch, als ich einen Blick ins Archiv tat, wo tatsächlich verbürgt ist, daß die Anwesenheit der beiden Jungen in der Schule von Pastor Stolton bis hinauf in das Büro von Lord Ponsonby, dem Botschafter bei der Hohen Pforte, und auf Initiative Alphonse de Lamartines wohl auch bis ins Pariser Abgeordnetenhaus bekannt war und kommentiert wurde.

»Jawohl«, entrüstete sich »Professor« Gebrayel, »dieser Lümmel von Raad hat wohl nie etwas von seinem Zeitgenossen Lamartine gehört, aber Lamartine wußte von Raad!«

Dazu muß gesagt werden, daß in jenen Jahren die europäischen Staatskanzleien mit einem außergewöhnlichen Ereignis beschäftigt waren: Mehmet Ali Pascha, der ägyptische Vizekönig, unternahm gerade den Versuch, im Orient auf den Trümmern des Osmanischen Reiches eine neue Großmacht aufzubauen, die sich vom Balkan bis zu den Quellen des Nils erstrecken und den Landweg nach Indien kontrollieren sollte.

Die Engländer wollten dies um keinen Preis geschehen lassen. Die Franzosen hingegen sahen in Mehmet Ali den Mann der Stunde, der den Orient aus seiner Lethargie reißen und ein neues Ägypten nach französischem Vorbild errichten würde. Schon hatte er französische Ärzte und Ingenieure ins Land geholt und in den Generalstab seiner Armee sogar einen früheren Offizier Napoleons berufen. Französische Utopisten waren in der Hoffnung nach Ägypten gekommen, dort die erste sozialistische Gesellschaft zu verwirklichen, und trugen sich mit den kühnsten Absichten – so etwa mit dem Plan, vom Mittelmeer einen Kanal bis zum Roten Meer zu graben. Der Pascha war daher so recht nach dem Geschmack der Franzosen. Und wer die Engländer so sehr reizte, der konnte schließlich kein durch und durch schlechter Mensch sein. Also durfte es London auf keinen Fall gelingen, sich den Störenfried vom Hals zu schaffen.

Welches Gewicht konnte jedoch in diesem Kampf der Giganten den Leuten meines Dorfes und insbesondere den beiden Schülern des englischen Pastors zukommen?

Ein größeres, als man zunächst annehmen würde. Es war, als seien ihre beiden Namen auf den Balken der Waage graviert und als genügte es, sich weit genug vorzubeugen, um sie lesen zu können. Und genau das hatte Lord Ponsonby gemacht. Er hatte sich über die Karte gebeugt und dann seinen Finger auf eine ganz bestimmte Stelle gelegt: Hier würde das Reich Mehmet Alis aufsteigen oder untergehen, hier würde die Entscheidungsschlacht stattfinden!

Dieses angehende Reich hatte nämlich zwei Flügel: einen im Norden – den Balkan und Kleinasien – und den anderen im Süden – Ägypten und seine Vasallen. Zwischen den beiden bestand nur eine einzige Verbindung: die lange Küstenstraße von Gaza nach Alexandria über Haifa, Akko, Sidon, Beirut, Tripolis und Lattakia. Ein schmaler, zwischen Meer und Bergen eingezwängter Landstreifen. Wenn der Vizekönig über diesen Streifen die Kontrolle verlöre, wäre kein Durchkommen mehr, die ägyptische Armee wäre von ihrem Hinterland abgeschnitten und das neue Reich in zwei Teile zerfallen. Eine Totgeburt.

Und von einem Tag auf den anderen hatten alle Staatskanzleien nur noch Augen für jenes Fleckchen Erde. Nie zuvor hatten sich in den Bergen so viele Missionare, Händler, Maler, Dichter, Ärzte, überkandidelte Damen und Liebhaber alter Steine herumgetrieben. Die Bewohner der Berge fühlten sich geschmeichelt. Und als sie ein wenig später dahinterkamen, daß Engländer und Franzosen sich bei ihnen bekriegten, um nicht direkt gegeneinander kämpfen zu müssen, da fühlten sie sich erst recht geschmeichelt. Es war dies zwar ein verheerendes Privileg, aber eben doch ein Privileg.

Das Ziel der Engländer war klar: Sie wollten die Bergbewohner dazu bringen, sich gegen die Ägypter aufzulehnen; letztere wiederum waren selbstverständlich bemüht, mit Unterstützung Frankreichs eine solche Rebellion zu verhindern.

In der *Bergchronik* heißt es dazu: »Als die ägyptischen Truppen bei uns anlangten, ließ ihr Oberbefehlshaber unserem Emir durch einen Boten die Aufforderung überbringen, sich ihm anzuschließen.« Der Emir hielt es für höchst unvorsichtig, in einer Auseinandersetzung, der sein winziges Fürstentum und seine bescheidenen Kräfte bei weitem nicht gewachsen waren, Partei zu ergreifen, und versuchte daher zu lavieren; da schickte der General ihm eine zweite Botschaft folgenden Inhalts: »Entweder du schlägst dich mit deinen Truppen auf meine Seite, oder ich komme zu dir, mache deinen Palast dem Erdboden gleich und pflanze darauf Feigenbäume!«

Der Arme mußte klein beigeben, und so gerieten die Berge unter ägyptische Oberherrschaft. Natürlich war der »Arme« noch immer ein gefürchteter Mann; Bauern und Scheichs zitterten bei der bloßen Erwähnung seines Namens, doch vor dem Pascha und seinen Stellvertretern zitterte er.

Mehmet Ali hoffte, mit dem Emir auf seiner Seite Herr über das ganze Land zu sein. In anderen Ländern wäre das wohl auch der Fall gewesen, hier aber nicht. Der Emir besaß zwar Einfluß und Autorität, aber er allein machte nicht das ganze Gebirge aus. Es gab da auch noch die Glaubensgemeinschaften mit ihrem Klerus, ihren Oberhäuptern und ihren Honoratioren, und die großen Familien und die kleinen Grundherren. Da waren die Tratschereien auf dem Marktplatz und die Dorfzwistigkeiten. Und da war der Scheich, der nicht gut mit dem Patriarchen stand, weil dieser davon überzeugt war, der Scheich habe ein Kind mit Lamia. Da diese noch immer auf dem Schloß wohnte, weigerte sich der Patriarch, das Schloß zu betreten, und der Scheich, der zeigen wollte, daß man mit ihm so nicht umgehen könne, schickte seinen Sohn aus Trotz auf die Schule des englischen Pastors!

Als Lord Ponsonby sich über diesen winzigen Punkt auf der Karte beugte, versahen ihn seine Mitarbeiter nicht mit all diesen Details. Sie teilten ihm lediglich mit, daß die Drusen, die dem Emir feindlich gesinnt seien, seit dieser einen ihrer Anführer habe töten lassen, bereit seien, sich gegen ihn und seine ägyptischen Verbündeten zu erheben. Eine solche Revolte könne jedoch zu nichts führen, wenn die Christen, die die Bevölkerungsmehrheit bildeten, nicht daran teilnähmen.

»Und haben bei diesen Christen unsere Leute noch nichts ausrichten können?« erkundigte sich der Botschafter.

Da erinnerte man ihn daran, daß für diese mehrheitlich katholische Bevölkerungsgruppe die Engländer in erster Linie Ketzer seien.

»Nicht einer unserer Leute hat es bisher geschafft, nennenswerte Kontakte herzustellen, bis auf einen Pastor, der eine Schule eröffnet hat.«

»Eine englische Schule in einem katholischen Dorf?«

»Nein, wo denken Sie hin, da wäre er auf der Stelle davongejagt worden, oder ein Brand hätte sein Gebäude verwüstet. Nein, er hat sich auf dem Land eines alten Drusenführers namens Said Beyk niedergelassen. Dort ist es ihm gelungen, an seine Anstalt zwei katholische Schüler zu holen, darunter sogar den Sohn des Scheichs von Kfaryabda.«

»Kfar wie bitte?«

Es mußte eine noch genauere Karte herbeigeschafft werden, auf der dann mit der Lupe die Namen Kfaryabda und Sahlain auszumachen waren.

»Interessant«, sagte Lord Ponsonby.

In seinem Bericht an das Foreign Office wurde Kfaryabda zwar nicht namentlich erwähnt, doch war von »ermutigenden Anzeichen« die Rede. Daß der Abkömmling einer der größten katholischen Familien, einer Familie noch dazu, die sich ihrer seit drei Jahrhunderten währenden Beziehungen zu Frankreich rühmte, in die Schule des englischen Pastors ging, war tatsächlich ein Erfolg, ja der Durchbruch.

Scheich Raad wegen einer schlechten Note wegzuschicken kam da natürlich nicht in Frage!

## 2

Im anderen Lager nahm niemand die Sache so ernst wie Lord Ponsonby. Weder der Emir noch Monsieur Guys, der französische Konsul, noch Suleiman Pascha alias Octave Joseph de Sèves, der in ägyptischem Auftrag die Festung Beirut kommandierte. Man war in einen größeren Konflikt verwickelt, da hatte niemand Zeit, sich mit Dorfstreitigkeiten abzugeben. Niemand, außer dem Patriarchen. Der wurde nicht müde, lauthals auf die Gefahr hinzuweisen, die von der Anwesenheit der beiden Jungen an der Schule des Pastors ausginge, und um ihn nicht zu kränken, beschloß man schließlich, den überheblichen Scheich zu strafen: Es wurde ein Beamter aus der Schatzkammer des Emirs zu ihm gesandt, der eine endlose Liste unbezahlter Steuern überbrachte, der Steuern nämlich, von denen der Scheich sich bis dahin listenreich hatte befreien können. Nun wurde er zur Kasse gebeten, und es waren noch neue Abgaben hinzugekommen, insbesondere die von den ägyptischen Besatzern erhobene *Ferde*. Als Vorwand für diese Maßnahme wurde angegeben, die durch den Konflikt sehr in Mitleidenschaft gezogenen Kassen des Emirs müßten wieder aufgefüllt werden. Doch niemandem blieben die wahren Gründe verborgen. Und um auch noch den letzten Zweifel auszuräumen, bestellte der Patriarch den Pfarrer zu sich und machte ihm deutlich, daß er beim Emir ein Wort für den Scheich einlegen werde, falls die beiden Jungen von der Ketzerschule genommen würden.

Dem Scheich wurde damit das Messer an die Kehle gesetzt. Es hatte in jenem Jahr eine fürchterliche Mißernte gegeben, und die Summe, die man von ihm einforderte – hundertfünfzigtausend Piaster – ging weit über das hinaus, was er hätte aufbringen können, selbst wenn er seine sämtlichen Untertanen gezwungen hätte, dafür ihre Ersparnisse herzugeben.

Eine Zahlung war daher unmöglich, doch die andere Lösung war doppelt erniedrigend: Zuerst würde der Scheich die Jungen von der Schule nehmen und damit das Gesicht verlieren, und dann stünde auch noch ein Kniefall vor dem »Patriarchen der Heuschrecken« an, damit dieser sich herabließe, beim Emir vorzusprechen.

Bevor der Schatzkammerbeamte mit seiner Eskorte das Dorf wieder verließ, stellte er noch klar, die geschuldete Summe sei innerhalb des folgenden Monats zu zahlen, andernfalls würden die Ländereien des Scheichs konfisziert und den Gütern des Emirs zugeschlagen. Also reichlich unerfreuliche Aussichten für die Bewohner von Kfaryabda, denen bewußt war, daß ihr Herr noch das kleinste Übel von allen war.

Am seltsamsten war, wie Tanios auf diese Neuigkeiten reagierte. Sie versöhnten ihn für eine Weile mit dem Dorf und gewissermaßen sogar mit seiner angeblich illegitimen Geburt. Was sich da vor seinen Jünglingsaugen abspielte, war ja eigentlich nichts anderes als die Fortsetzung des Streites, der seinerzeit die Invasion der »Heuschrecken« ausgelöst hatte, eines Streites also, der auf die Umstände seiner Herkunft zurückging. Das begriff er jetzt vollkommen; er wußte, warum der Patriarch so reagierte, und verstand auch die Haltung des Scheichs und der Dorfbewohner. Und er schloß sich ihr an. Sei es auch nur aus einem einzigen Grund: wegen der Schule. Die zählte für ihn mehr als alles andere. Er lernte wie ein Besessener, saugte gleich einem trockenen Schwamm jedes Wort, jedes Fetzchen Wissen auf und wollte nichts anderes sehen als diese Brücke zwischen ihm, Tanios, und dem Rest des Universums. Deshalb war er auf seiten des Scheichs, auf seiten der Dorfbewohner, gegen alle Feinde des Dorfes, gegen den Emir, gegen den Patriarchen ... In allen vergangenen und gegenwärtigen Angelegenheiten ergriff er Partei.

Er rückte sogar von Rukoz ab, weil jener sagte: »Warum sollte ich mich grämen, wenn die Ländereien des Scheichs konfisziert werden? Willst du nicht genauso wie ich, daß die Privilegien der Feudalherren abgeschafft werden?« Der junge Mann antwortete: »Das ist sogar mein sehnlichster Wunsch, aber daß es auf diese Weise geschieht, will ich nicht!« Darauf Rukoz in schulmeisterlichem Ton: »Wenn du einen Herzenswunsch hast, dessen Erfüllung dich überglücklich machen würde, dann kannst du Gott bitten, dich zu erhören. Wie Er dabei zu verfahren hat, kannst du Ihm aber nicht vorschreiben. Ich habe den Himmel gebeten, den Scheich von Kfaryabda zu strafen. Nur Er kann entscheiden, welchen Mittels Er sich dabei bedient: einer Naturkatastrophe, eines Heuschrekkenschwarms oder der ägyptischen Armee!«

Dieser Gedankengang mißfiel Tanios. Auch er wollte die Privilegien des Scheichs abschaffen und hatte wahrlich keine Lust, fünfzehn Jahre später Raad beim Ausziehen seiner Schuhe behilflich zu sein ... In dem Machtkampf aber, der sich gerade abspielte, wußte er genau, wo sein Platz war und welche Wünsche er erfüllt haben wollte.

»Heute mittag«, schreibt der Pastor am 12. März 1836 in seinen Kalender, »ist Tanios in mein Büro gekommen und hat mir die schlimme Lage seines Dorfes geschildert, das er mit einem Ichneumon vergleicht, der in der Falle zappelt und auf das Messer des Jägers wartet ... Ich habe ihm geraten, zu beten, und ihm versprochen, zu tun, was in meiner Macht steht.

Sodann habe ich ein ausführliches Schreiben an unseren Konsul verfaßt, das ich hoffentlich schon morgen einem Reisenden nach Beirut mitgeben kann.«

Sehr wahrscheinlich rührt es von diesem Brief her, diesem richtiggehenden Hilferuf, daß sich auf dem Schloß ein seltsamer Besucher einstellte. In Kfaryabda erzählt man sich noch heute von der Visite des englischen Konsuls. Bei genauerer Prüfung stellte sich heraus, daß Richard Wood gar nicht Konsul war – es aber später noch werden sollte; damals war er inoffizieller Abgesandter von Lord Ponsonby und wohnte seit einigen Wochen in Beirut bei seiner Schwester, die zufällig die Gattin des echten Konsuls von England war. Was den Verlauf der Ereignisse und die Berichterstattung darüber angeht, ist diese kleine Richtigstellung jedoch nicht von Belang.

»In jenem Jahr«, verzeichnet die *Bergchronik*, »erhielt unser Dorf Besuch vom englischen Konsul, dessen wertvolle Geschenke groß und klein erfreuten. Er wurde empfangen wie noch kein Besucher vor ihm und wohnte der heiligen Messe bei; drei Tage und drei Nächte lang wurde gefeiert.«

Sind die vielen Superlative und das viele Feiern nicht etwas übertrieben für den Besuch eines Pseudokonsuls? Nicht, wenn man weiß, was es mit den »wertvollen Geschenken« auf sich hatte. Der Mönch Elias läßt sich nicht näher darüber aus, wohl aber Wood selbst, der seinen Besuch in einem kurz darauf an Pastor Stolton gerichteten und heute in dessen Archiv in der Schule von Sahlain aufbewahrten Brief schildert. Der Abgesandte geht nur oberflächlich auf das Ziel seiner Mission ein, über das sein Briefpartner offenbar genausogut Bescheid weiß wie er selbst; ausführlich aber berichtet er über die mitgebrachten Geschenke und den Empfang, der ihm zuteil wurde. Der Pastor hatte sicherlich in seinem eigenen Brief die genaue, vom Schatzmeister des Emirs geforderte Summe angegeben, denn was Wood als erstes in den großen Schloßsaal hineintragen und gleich hinter der Wasserpfeife des Scheichs ablegen ließ, waren Beutel mit dem Gesamtinhalt von hundertfünfzigtausend Piastern. Der Scheich tat, als wolle er protestieren, aber sein Gast wehrte ab.

»Was Ihnen da zu Füßen liegt, ist kein Geschenk für Sie, sondern für Ihren Schatzmeister, damit er den Ansprüchen des Emirs Genüge tun kann, ohne Sie belästigen zu müssen.«

Der Scheich nahm es würdig zur Kenntnis, dabei hüpfte ihm das Herz vor lauter Freude wie einem Kind.

Tatsächlich waren da noch drei »echte« Geschenke, die Wood in seinem Brief beschreibt. »Für den Scheich eine auf Kamelrücken aus Beirut herbeigeschaffte Standuhr mit dem Wappen des Hauses Hannover.« Warum wohl eine Standuhr und nicht etwa ein Vollblutpferd? Das bleibt ein Geheimnis. Vielleicht war die Uhr ja als Symbol einer dauerhaften Freundschaft gedacht.

Die beiden anderen Geschenke waren für die beiden Schüler des Pastors bestimmt. Tanios bekam »eine herrliche Schreibgarnitur aus Perlmutt, die er sogleich an seinem Gürtel befestigte«. Raad – der bereits eine goldene Schreibgarnitur besaß und sie beim Verlassen der Schule sorgfältig verbarg, damit es nur ja nicht heiße, der Scheich sei zu einem Sekretär herabgesunken – »erhielt eine Jagdflinte, ein Forsyth-Perkussionsgewehr, mit dem selbst auf einer königlichen Treibjagd Ehre einzulegen wäre. Sein Vater nahm es ihm sofort aus der Hand und befühlte es neidisch; vielleicht hätte man es besser ihm anstatt seinem Sohn schenken sollen, er wäre begeistert gewesen, und die Waffe würde sich nun in sichereren Händen befinden.«

Ein Satz, der keineswegs prophetisch gemeint war und einen dennoch nachdenklich stimmt, wenn man weiß, wieviel Unglück aus diesem Gewehrlauf noch hervorgehen sollte.

Der »Konsul« war an einem Samstagnachmittag angekommen, und der Scheich lud ihn ein, mit seinem Gefolge die Nacht im Schloß zu verbringen. Die Dorffrauen gaben ihr Bestes bei der Zubereitung der erlesensten Speisen – Wood erwähnt einen gefüllten Lammhals und rühmt ein »*Kebbe* mit Bergamotte«, wobei es sich um eine Verwechslung handeln muß, denn es gibt zwar sehr wohl ein Gericht aus zerstoßenem Fleisch und Bitterorangen, doch Bergamotte ist in der Küche unserer Berge unbekannt. Der Abgesandte merkt ferner an, daß Scheich Francis schmunzeln mußte, als er sah, daß sein Gast seinen Wein mit Wasser mischte.

Am folgenden Tag kam es im *Liwan* zu einer kurzen freundschaftlichen Unterredung, zu der Kaffee und Trockenfrüchte gereicht wurden, dann bat der Scheich den »Konsul«, ihn für eine Stunde zu entschuldigen.

»Es beginnt gleich die Messe. Eigentlich sollte ich meinen Gast nicht einfach allein lassen, aber Gott hat es in den letzten beiden Tagen gut mit mir gemeint; Er hat beinahe ein Wunder vollbracht, da möchte ich ihm gerne Dank sagen.«

»Ich werde mitkommen, wenn Sie nichts einzuwenden haben ...«

Der Scheich lächelte nur. Er persönlich hatte gar nichts einzuwenden, doch fürchtete er, *Buna* Butros werde eine Szene machen, wenn der Scheich gemeinsam mit einem Engländer die Kirche betreten werde.

Tatsächlich erwartete sie der Pfarrer schon am Portal. Höflich, aber bestimmt sagte er: »Für das, was Sie getan haben, ist unser Dorf Ihnen zu Dank verpflichtet. Es wäre mir daher eine Ehre, Sie in meiner bescheidenen Bleibe begrüßen zu dürfen, deren Eingang gleich um die Ecke ist und wo meine Frau schon einen Kaffee für Sie bereitet hat. Sie wird Ihnen zusammen mit meinem ältesten Sohn Gesellschaft leisten, bis ich die Heilige Messe gelesen habe. Dann werde auch ich mich zu Ihnen gesellen.«

Verstohlen blickte er zum Scheich, als wollte er sagen: »Noch höflicher kann ich zu deinen englischen Freunden ja nun wirklich nicht sein!«

Der »Konsul« jedoch erwiderte in seinem gebrochenen Arabisch: »Es bedarf meinetwegen gar keiner besonderen Umstände, ich bin selbst katholisch und werde der Messe zusammen mit den anderen Gläubigen beiwohnen.«

»Engländer und katholisch, da sind Sie ja das achte Weltwunder«, entfuhr es *Buna* Butros.

Dann bat er den Gläubigen hinein.

Diesem katholischen Volk einen Iren zu schicken – in unseren Bergen trug dieser raffinierte Schachzug Lord Ponsonbys den »Ankliz, diesen Teufelskerlen«, jahrelange Bewunderung ein.

## 3

In jener Nacht schlief der Patriarch »flach auf dem Gesicht«, wie es in Kfaryabda heißt, und die Gebete, die er murmelte, ließen es an Nächstenliebe gehörig fehlen; er wünschte so viele Seelen und Leiber zur Hölle, daß man sich fragen mußte, welchem Reich er eigentlich zu dienen suchte. Der Schnurrbart des Scheichs war wie eine Distel in seinem Bettlager: Soviel er sich auch hin und her wälzte, wickelte er sich doch in einem fort um diesen Schnurrbart.

Dabei stand er auf dem Höhepunkt seiner Macht. Zwischen dem Emir, dem ägyptischen Generalstab, den französischen Diplomaten und den bedeutendsten Feudalherren der Berge war er der anerkannte Unterhändler, der Dreh- und Angelpunkt der Koalition und auch ihr Heilkundiger, denn alle Augenblicke gab es etwas einzurenken. Der französische Konsul ließ kein gutes Haar an Mehmet Ali, »ein orientalischer Despot, der sich als Reformer ausgibt, um die braven Europäer um den Finger zu wickeln«, und wenn man ihn über seinen früheren Landsmann Sèves befragte, sagte er nur: »Suleiman Pascha? Ein treuer Diener seiner neuen Herren«, und verzog dabei das Gesicht. Der Emir freute sich heimlich über den Verdruß seiner ägyptischen Beschützer, die wiederum von ihm behaupteten, er werde genau so lange ihr getreuer Verbündeter sein, wie ihre Truppen unter den Fenstern seines Palastes lagerten.

Dem Patriarchen kam es manchmal so vor, als hielte er die wackelige Koalition allein mit seiner Hände Kraft zusammen, und überall in den Bergen wurde er geachtet, ja manchmal verehrt. Keine Tür war ihm verschlossen, kein Gefallen wurde ihm verweigert. Außer in meinem Dorf. In Kfaryabda kehrte sogar der Pfarrer ihm den Rücken zu.

So verbrachte er also eine unruhige Nacht, doch am Morgen war er wieder zuversichtlicher.

»Die werden mir noch ihr Reuegebet hersagen«, prophezeite er dem Küster, der ihm beim Ankleiden half. »Zu Füßen werden sie mir fallen wie die Münzen in den Opferstock. Jedes Übel laßt sich kurieren, und was die für eine Kur brauchen, das weiß ich jetzt.«

Einige Tage später traf im Schloß ein Bote aus dem Großen Jord ein und vermeldete, die Großmutter Raads liege im Sterben und wünsche ihren Enkel noch einmal zu sehen. Der Scheich hatte gegen eine solche Reise nichts einzuwenden, sondern sah darin sogar eine Gelegenheit, sich mit der Familie seiner Frau wieder zu versöhnen, so daß er seinem Sohn einen von Gerios verfaßten Brief mit Genesungswünschen und einige kleinere Geschenke mitgab.

Mit dem Sterben hatte die Großmutter es nicht eilig. Die *Bergchronik* führt ihr Ableben erst hundertdreißig Seiten und siebzehn Jahre später auf, als die Dame schon vierundsiebzig war. Einerlei, nach ihrem Enkel sehnte sie sich wohl tatsächlich. Hauptsächlich betrieben wurde dessen Kommen aber vom Patriarchen. Der hatte nämlich Wichtiges mit ihm zu bereden.

Ihr Gespräch begann wie ein Kinderrätsel aus dem Religionsunterricht.

»Wenn du ein Gottesstreiter wärst und plötzlich im Hause Satans gefangen wärst, was würdest du dann machen?«

»Ich würde versuchen zu fliehen, aber vorher noch alles kurz und klein schlagen!«

»Das nenn' ich eines wahren Ritters Antwort.«

»Und Satan und seine ganze Brut würde ich niedermetzeln!«

»Gemach gemach, Scheich Raad, kein Sterblicher kann Satan töten. Man kann in seinem Hause aber Verwirrung stiften, so wie er Verwirrung in dem unseren stiftet. Dein Eifer gefällt mir, ich habe zu Recht mein Vertrauen in dich gesetzt, und ich bin sicher, daß dein Glaube und dein edles Geblüt dich nicht nur zu Worten anspornen werden, sondern auch zu Taten.«

Der Prälat ergriff die Hände des Jungen, schloß die Augen und murmelte ein langes Gebet. Raad verstand kein einziges Wort davon, doch hatte er das Gefühl, als stiege ihm Weihrauch in die Nase. Der fensterlose Raum war in tiefes Dunkel getaucht, und der einzige Lichtschein ging vom weißen Bart des Patriarchen aus.

»Du bist im Hause Satans!«

Der junge Scheich stutzte. Ziemlich erschrocken blickte er um sich herum.

»Ich meine nicht das Haus deines Großvaters.«

»Das Schloß ...«

»Auch nicht das Haus deines Vaters, Gott verzeihe ihm. Ich meine die englische Schule, diese Stätte des Ketzertums und der Verderbtheit. Jeden Morgen gehst du in das Haus Satans und weißt es nicht einmal.«

Sein Gesicht war so ernst wie ein Grabstein. Doch allmählich zeigte sich ein Lächeln darauf.

»Aber sie wissen auch nicht, wer du bist. Sie glauben, sie hätten es nur mit Scheich Raad zu tun, dem Sohn von Scheich Francis; sie wissen nicht, daß sich in dir der strafende Ritter verbirgt.«

Als Raad einige Tage darauf ins Dorf zurückkam und wieder wie üblich die Abkürzung durch den Kiefernwald einschlug, fiel Tanios auf, daß an seinem Kinn nun Barthaare sprossen und in seinen Augen ein Ausdruck lag, der nicht sein eigener war.

An der Schule von Pastor Stolton wurde im ältesten Teil des Gebäudes unterrichtet, dem aus zwei länglichen, gewölbten, fast identisch gestalteten Räumen bestehenden *Kabu*, in dem es für einen dem Lernen gewidmeten Ort ziemlich dunkel war. Später sollten noch andere Zimmer hinzukommen, doch zu Tanios' Zeit waren kaum mehr als dreißig Schüler eingeschrieben, und die ganze Schule verfügte über nicht mehr als ebendiese beiden Räume sowie noch einen dritten, in dem der Pastor seine Bücher und seinen Schreibtisch hatte. Seine Wohnung war im ersten Stock. Das Haus war nicht sehr geräumig, aber mit seinen zu einer vollendeten Pyramide geschichteten Dachziegeln, den symmetrischen Balkons, den schmalen Bogenfenstern und den efeuüberwachsenen Mauern vermittelte es einen gefälligen und zugleich soliden Eindruck. Zudem verfügte die Schule über ein großes umzäuntes Gelände, das den Schülern als Pausenhof diente. Jahre später wurden dort aus durchaus löblichem Grunde – nämlich einem Zuwachs um gut und gerne tausend Schüler – bedeutend unansehnlichere Gebäude errichtet. Doch das ist eine andere Geschichte ...

Auf einem Teil des Geländes frönte die Gattin des Pastors ihrer einzigen wahren Leidenschaft: der Gartenarbeit. Sie hatte ein Gemüsegärtlein und Blumenbeete angelegt – Osterglocken, Nelken, Lavendel und ein großes Rosenbeet. Von den Schülern wurde diese Parzelle nicht betreten, um die die Pastorsfrau sogar eigenhändig ein Mäuerchen gebaut hatte, nichts weiter als aufeinandergeschichtete Steine, aber doch eine symbolische Abgrenzung.

Über die stieg nun Raad gleich am ersten Tag nach seiner Rückkehr umstandslos hinweg. Er ging schnurstracks auf die Rosensträucher zu, die – es war April – gerade zu blühen begannen; dann zog er aus dem Gürtel ein Messer und begann die schönsten Blüten abzuschneiden, ganz knapp unter den Kronblättern, so als köpfte er sie.

Die Frau des Pastors stand nicht weit davon im Gemüsegarten. Sie sah alles mit an, doch der Schüler ging so selbstsicher vor, so dreist, daß sie eine ganze Weile stumm verharrte und erst dann einen unverständlichen Satz herausschrie. Den jungen Scheich beeindruckte das wenig. Er fuhr mit seinem Treiben fort, bis ihm auch die letzte Rosenblüte ins hingehaltene Taschentuch gefallen war. Dann steckte er sein Messer wieder ein, stieg seelenruhig über das Mäuerchen zurück und präsentierte den Schülern seine Beute.

Der Pastor eilte herbei, fand seine Frau in Tränen aufgelöst und zitierte den Schuldigen in sein Arbeitszimmer. Lange musterte er ihn, um bei ihm ein Anzeichen der Reue auszumachen. Dann sagte er im Predigerton: »Ist dir eigentlich klar, was mit dir vorgegangen ist? Bei deiner Ankunft heute morgen warst du noch ein geachteter Scheich, und jetzt bist du ein Dieb geworden!«

»Ich habe keinen Diebstahl begangen.«

»Meine Frau hat gesehen, wie du die Rosen genommen hast, wie kannst du da noch leugnen?«

»Sie hat mich gesehen, und ich habe auch gesehen, daß sie mich gesehen hat. Also ist es kein Diebstahl, sondern Plünderung!«

»Und worin besteht da der Unterschied?«

»Diebstahl wird von armen Hunden begangen, Plünderung dagegen ist wie Krieg und seit jeher die Domäne von Adeligen und Rittern.«

»Mir ist, als spräche jemand anderer aus deinem Mund. Wer hat dich gelehrt, so zu antworten?«

»Warum sollte ich es nötig haben, daß mir jemand so etwas beibringt? Das kann ich schon, seit ich auf der Welt bin!«

Der Pastor seufzte. Er überlegte. Dachte an den Scheich. An Mr. Wood. An Lord Ponsonby. Vielleicht sogar an Seine Majestät den König. Er seufzte noch einmal. Eindrücklich, aber nunmehr resigniert sprach er dann: »Merk dir jedenfalls das eine: Geplündert werden sollte – wenn überhaupt – nur auf Kosten von Feinden, deren Land man erobert oder deren Tür man durch eine Kriegshandlung aufgebrochen hat. Aber ganz gewiß nicht in einem Haus, in dem man als Freund empfangen wird.«

Darüber schien Raad intensiv nachzudenken, und in Ermangelung eines Besseren wertete der Pastor dies als Zeichen von Reue. Er bat den jungen Scheich, sich mit seiner Schule nicht mehr im Kriegszustand zu wähnen, und ließ es dabei sein Bewenden haben.

Ein Verrat also an seiner Aufgabe als Erzieher, um nicht die Interessen der Krone zu verraten? Aus den Kalendereintragungen des Pastors ist herauszulesen, daß der Mann sich ein wenig schämte.

An den folgenden Tagen machte Raad einen ruhigeren Eindruck. Doch der Dämon – Pardon: der Engel – der Versuchung sollte ihn nicht loslassen.

Als Werkzeug der Vorsehung fungierte diesmal eine wertvolle hölzerne Gebetskette, die der Sohn eines Dayruner Kaufmanns mit in die Schule gebracht hatte; das Besondere an dieser Kette war der Moschusduft, den sie verströmte, wenn man sie durch die Finger gleiten ließ oder besser noch die Kugeln zwischen den Handflächen gegeneinanderrieb. Diese Kette wollte Raad um jeden Preis haben, doch als sein Kamerad sie ihm zum Kauf anbot, lehnte er verärgert ab. Schließlich wäre es viel einfacher gewesen, sie durch edle Plünderung an sich zu bringen! Oder aber, wie ein Spaßvogel den beiden vorschlug, er konnte sie gewinnen. Und zwar bei dem unter den Schülern weitverbreiteten Spiel »Aassi«, was frei übersetzt »Herausforderung« bedeutet. Dabei galt es, jemandem eine Probe aufzuerlegen und ihm, falls er sie bestand, den festgelegten Einsatz auszuhändigen.

Scheich Raad sagte *Aassi!*, und seine Mitschüler, die über diese Zerstreuung nur froh waren, skandierten so lange *Aassi! Aassi!*, bis der Besitzer des begehrten Gegenstandes endlich seinerseits das Zauberwort sprach und die von ihm erdachte Wette vorschlug.

»*Aassi*, daß du zu Mrs. Stolton gehst, ihr mit beiden Händen das Kleid bis zum Kopf hochhebst, als suchtest du irgend etwas, und daß du dann rufst: Wo ist denn diese Gebetskette, ich finde sie nicht!«

Der Kaufmannssohn war ganz stolz auf seinen Einfall. Er meinte auf die Probe der Proben gekommen zu sein, die kein Schüler je bestehen würde. Raad aber ging augenblicklich in die angegebene Richtung los. Die anderen – sieben an der Zahl – folgten ihm in einer gewissen Entfernung. Sie waren überzeugt, daß er über kurz oder lang umkehren würde. Die Frau des Pastors war über ihre Blumenbeete gebeugt, und der Saum ihres bodenlangen Kleides war schon ganz schlammgeschwärzt. Diesen Saum ergriff nun mit beiden Händen der wackere Scheich und riß ihn so plötzlich hoch, daß die Pastorengattin kopfüber in ihre Blumen fiel.

»Wo ist denn diese Gebetskette? Ich finde sie nicht!« rief er triumphierend aus.

Es lachte aber keiner mit.

Diesmal vergaß der Pastor die höheren Interessen seines Vaterlandes und schrie dem Strolch auf englisch ins Gesicht: »Hinaus! Verschwinde auf der Stelle aus dieser Anstalt und laß dich hier nie wieder blicken! Deine Anwesenheit ist eine Zumutung für jeden einzelnen von uns. Und selbst wenn König William höchstpersönlich nach Sahlain käme und mich bäte, dich hierzubehalten, würde ich antworten: Nein, nein, nein und nochmals nein!«

Wie hätte er auch anders reagieren sollen? Wie hätte er sonst für sich selbst und seine Aufgabe noch die nötige Achtung aufbringen können? Und dennoch: In den darauffolgenden Stunden begann sich bei ihm die Reue zu regen, eine bittere Reue, das Gefühl nämlich, er habe dem Gebäude, das da im Entstehen war, eigenhändig den Garaus gemacht. Er empfand das Bedürfnis, sich darüber mit seinem Gönner Said Beyk auszusprechen.

Der Herr von Sahlain, dem der Zwischenfall schon zu Ohren gekommen war, versuchte erst gar nicht, die Besorgnisse seines Besuchers zu zerstreuen.

»Gott hat niemandem alle guten Eigenschaften verliehen, Reverend. Sie verfügen über Intelligenz, Wissen, Rechtschaffenheit, Tugend, Ergebenheit ... Es fehlt Ihnen lediglich an Geduld.«

»Geduld?« Der Pastor tat einen langen Seufzer, dann bemühte er sich um ein Lächeln.

»Sie haben gewiß recht, Said Beyk. Aber um Scheich Raad zu ertragen, bedarf es einer ganz besonderen Art von Geduld. Und die, fürchte ich, gedeiht in England nicht.«

»So sind unsere Berge nun mal, Reverend. Sie waren der Meinung, einen frechen Schüler zu bestrafen, und dabei haben Sie nur seinen Vater bestraft, der Ihr Freund ist und sich wegen dieser Freundschaft mit der halben Welt überworfen hat.«

»Das bedaure ich von Herzen, und wenn ich nur den Schaden, der ihm dadurch entstanden ist, wiedergutmachen könnte ... Vielleicht sollte ich ihn einmal aufsuchen.«

»Dazu ist es zu spät. Ihre Freundschaft können Sie ihm nur dadurch bezeigen, daß Sie ihm das, was er in seiner Not jetzt sagen muß, nicht übelnehmen.«

# 4

Auszug aus der *Bergchronik:* »Ende April, kurz nach dem Großen Fest, beschloß Scheich Francis, der Herr über Kfaryabda, seinen Sohn, Scheich Raad, von der Schule der englischen Ketzer zu nehmen. Es hieß, einige Tage vorher sei es zu einem Zwischenfall gekommen; der Pastor habe nämlich seine Gattin in einer kompromittierenden Situation mit dem jungen Scheich überrascht. Das Fleisch ist schwach im Lebensfrühling, und auch im Lebensherbst.

Am dritten Tage, der auf einen Freitag fiel, traf im Dorf mit großem Gefolge *Sayyedna*, der Patriarch, ein. Er war seit fünfzehn Jahren nicht mehr gekommen, und alle freuten sich über seine Wiederkehr. Er sagte, er wolle Scheich Raad die Beichte abnehmen, so wie er schon der Beichtvater von dessen Mutter gewesen sei.

Scheich Francis und der Patriarch umarmten sich auf der *Blata* vor dem versammelten Volk; in seiner Predigt sprach *Sayyedna* dann von Verzeihen und Versöhnen und verfluchte Ketzerei und Irrgläubigkeit, die unter den Gläubigen schon zu soviel Zwietracht und Zerrissenheit geführt hätten.

Bis zum Morgengrauen wurde im Dorf gefeiert. Am folgenden Tage machten sich der Patriarch und der Scheich gemeinsam auf den Weg nach Beit ed Dine, um dem Emir, dem Herrn über unsere Berge, erneut ihre Treuepflicht zu bekunden und ihm ihre Versöhnung anzuzeigen. Sie wurden ehrenvoll empfangen.«

»Mein Gott, wie fremd mir all dies Feiern ist!« Tanios' Stimmung war wieder umgeschlagen in Wut und Verachtung. Um sich von seinen trüben Gedanken abzulenken, stellte er sich manchmal vor, wie die Pastorengattin starr in den Armen Raads gelegen hatte oder wie jener im Beichtstuhl zu den Sünden, die er bekannte, vom Prälaten wärmstens beglückwünscht wurde. Dann ertappte der Sohn Lamias sich bei lautem Loskichern, aber gleich darauf verfiel er wieder in seine stumme Entrüstung. Und unablässig marschierte er umher, wie jedesmal, wenn der Zorn ihn packte.

»Na, Tanios, denkst du mit den Füßen nach?«

Eigentlich war der Junge nicht in der Laune, sich so eine Anrede gefallen zu lassen, aber die Stimme war ihm vertraut, und mehr noch die Gestalt. Nicht so sehr die Gestalt Naders als vielmehr die seines unvermeidlichen Maultiers, das bis in Manneshöhe beladen war.

Spontan umarmte Tanios den Maultiertreiber, doch als ihm wieder einfiel, was für einen Ruf der Mann hatte, trat er einen Schritt zurück. Nader spann seinen Gedanken fort.

»Auch ich denke mit den Füßen nach. Notgedrungen, schließlich bin ich ja ständig unterwegs. Die Gedanken, die du mit den Füßen bildest und die zum Kopf emporsteigen, stärken und stimulieren dich, die anderen hingegen, die vom Kopf zu den Füßen hinabsinken, bedrücken und entmutigen dich. Lach nicht, du solltest mir aufmerksam zuhören ... Ach was, du kannst ruhig lachen wie die anderen auch. Meine Weisheit interessiert eben keinen. Deswegen muß ich ja umherwandern und mein Zeug verkaufen. Bei den Arabern wurde man früher für jedes weise Wort mit einem Kamel entlohnt.«

»Ja wenn du deine Worte verkaufen könntest, Nader ...«

»Ich weiß, ich rede viel, aber versetz dich mal in meine Lage; wenn ich von Dorf zu Dorf ziehe, geht mir eben vieles durch den Kopf, ohne daß ich es jemandem mitteilen kann. Und wenn ich dann in einem Dorf ankomme, hole ich das alles nach ...«

»Und zwar so hemmungslos, daß sie dich davonjagen.«

»Das ist schon vorgekommen, aber noch mal passiert mir das nicht. Bilde dir ja nicht ein, ich würde auf der *Blata* herumerzählen, daß Scheich Raad von der Schule geflogen ist, weil er der Pastorengattin die Rosen massakriert und ihr wie ein rechter Lump das Kleid gehoben hat. Und ich werde auch nicht sagen, daß sein Vater ihm eine Maulschelle links und eine Maulschelle rechts verpaßt hat, bevor er ihn dem jubelnden Dorf wie einen Helden präsentiert hat.«

Tanios drehte sich um und spuckte dreimal kurz zu Boden. Nader mißbilligte das.

»Du solltest diesen Leuten nicht zürnen. Sie wissen genausogut wie du und ich, was vorgefallen ist, und sie denken über Raad geradeso, wie du und ich es tun. Aber dieser Streit mit dem Patriarchen und dem Emir war auf die Dauer zu kostspielig und zu gefährlich, das Bündnis mit den Engländern war eine ziemliche Bürde, man mußte davon loskommen, und zwar erhobenen Hauptes ...«

»Erhobenen Hauptes?«

»Ein kühner Verführer kann getadelt werden; verachtet wird er nie. So ist es nun mal. Der Vater kann die Heldentaten seines Sohnes lachend herumerzählen.«

»Ich kann darüber nicht lachen. Wenn ich an Mrs. Stolton denke, an die Gerüchte, die ihr zu Ohren kommen werden, dann schäme ich mich.«

»Mach dir nur wegen der Pastorenfrau keine Sorgen, die ist schließlich Engländerin.«

»Na und?«

»Die ist Engländerin, sage ich dir; der kann es schlimmstenfalls passieren, daß sie von hier fortmuß. Wenn du und ich dagegen von hier wegkämen, dann wäre das noch das Beste, was uns passieren könnte.«

»Mach, daß du deiner Wege gehst, Nader, ich bin auch ohne deine Eulenweisheit schon traurig genug!«

Die Empörung, die Scham und die Trauer, die Tanios angesichts der Festlichkeiten im Dorf überkamen, hatten dennoch etwas Tröstliches an sich, boten sie ihm doch die Gewißheit, daß er recht hatte und als einziger die Augen offenhielt, während die anderen, und zwar alle anderen, sich von ihrer Feigheit und Willfährigkeit blenden ließen. Er nahm sich vor, am nächsten Montag, wenn er wieder in der Schule sein würde, zu Mrs. Stolton zu gehen, ihr die Hand zu küssen, wie die Edelleute in den englischen Büchern das taten, ihr »seinen tiefsten Respekt und seine innige Zuneigung« zu bekunden – mit diesen oder anderen wohlgesetzten Worten – und ihr dann zu sagen, daß das ganze Dorf über das tatsächlich Vorgefallene Bescheid wisse ... Keinen Augenblick wurde Tanios bewußt, daß auch ihn etwas blendete, nicht die Willfährigkeit, sondern die Hoffnung. Die Hoffnung nämlich, am nächsten Morgen in aller Herrgottsfrühe aus dem Schloß zu gehen und wieder die unbeschwerte Atmosphäre des Klassenzimmers genießen zu dürfen. Keinen Augenblick dachte er an das, was doch auf der Hand lag: Es kam nicht mehr in Frage, daß ein Junge aus dem Dorf die Schule des englischen Pastors besuchte. Das hatten der Scheich und der Patriarch Gerios deutlich zu verstehen gegeben, bevor sie sich untergehakt zum Palast des Emirs aufgemacht hatten.

Seither schob der Verwalter Tag um Tag, Stunde um Stunde, den gefürchteten Moment hinaus, in dem er Tanios würde aufklären müssen. Vielleicht würde der Junge ja von alleine darauf kommen und sich mit der Sache abfinden ... Nein, ausgeschlossen, das war bei ihm ganz undenkbar. Diese Schule war seine Hoffnung, seine Zukunft, seine ganze Freude, er lebte nur für sie. Sie hatte ihn mit seiner Familie versöhnt, mit dem Schloß, dem Dorf, mit sich selbst, mit seiner Herkunft.

Am Sonntagabend saß die Familie um eine Schüssel *Kischk* herum und tunkte Brotstücke in die dicke Suppe. Gerios erzählte, was er über den Konflikt zwischen dem ägyptischen Pascha und der Hohen Pforte erfahren hatte; es war die Rede von einer Schlacht, die am Ufer des Euphrat geschlagen werden sollte.

Lamia stellte ab und zu eine Frage und gab Anweisungen an das Mädchen, das sie bediente. Tanios nickte nur, er dachte an etwas anderes, an den folgenden Tag, an das, was er zu dem Pastor und seiner Frau sagen würde, wenn er das erste Mal nach dem Zwischenfall mit ihnen zusammenträfe.

»Du solltest es Tanios vielleicht sagen«, schlug die Mutter vor, als sie eine Weile geschwiegen hatten.

Gerios nickte.

»Nun, ich will gerne wiedergeben, was mir selbst gesagt worden ist, aber neu wird Tanios das nicht sein. Einem so intelligenten Jungen wie ihm braucht man keine langen Erklärungen zu liefern, der begreift von alleine.«

»Wovon redet ihr denn?«.

»Von der englischen Schule. Muß ich dir wirklich sagen, daß du dort nicht mehr hingehen wirst?«

Tanios fröstelte plötzlich, als hätte sich ein kalter Sturzbach in das Zimmer ergossen. Mit Mühe brachte er noch das Wort *»Laych?«* über die Lippen – »Warum?«

»Nach allem, was geschehen ist, darf unser Dorf mit dieser Schule nichts mehr zu tun haben. Das hat mir unser Scheich vor seiner Abreise klar und deutlich gesagt. In Anwesenheit des Patriarchen.«

»Der Scheich soll gefälligst für seinen Dummkopf von Sohn entscheiden, aber nicht für mich.«

»Ich verbiete dir, solche Reden zu führen; schließlich sind wir unter seinem Dach.«

»Raad hat nie etwas lernen wollen, der ging nur zur Schule, weil sein Vater ihn dazu gezwungen hat, und jetzt ist er froh, daß er nicht mehr hinmuß. Ich dagegen gehe in diese Schule, um mich zu bilden, ich habe dort viel gelernt und will weiterlernen.«

»Was du bisher gelernt hast, reicht aus. Vertraue auf meine Erfahrung: Wenn du zuviel weißt, erträgst du es nicht mehr, in deiner ursprünglichen Umgebung zu leben. Du mußt gerade so viel lernen, um deinen angestammten Platz ausfüllen zu können. Das ist wahre Weisheit. Du wirst mir bei meiner Arbeit helfen, und ich werde dir alles beibringen. Du bist jetzt ein Mann. Es wird Zeit, daß du dir dein Brot selbst verdienst.«

Tanios stand auf wie ein Toter.

»Ich werde kein Brot mehr essen.«

Er stieg zu dem erhöhten Alkoven hinauf, der seine Schlafstätte war, legte sich hin und rührte sich nicht mehr.

Zunächst dachte man, er schmolle ganz einfach. Als aber am folgenden Tag die Sonne aufgegangen und wieder untergegangen war, ohne daß Tanios auch nur ein einziges Mal den Mund aufgetan hatte, um zu sprechen, zu essen oder wenigstens einen Schluck Wasser zu trinken, da geriet Lamia in Panik, und Gerios schloß sich in sein Büro ein, angeblich um sein Register auf den neuesten Stand zu bringen, vor allem aber, um seine Angst zu verbergen. Im Dorf waren schon die ersten Gerüchte im Umlauf. Am Mittwochabend, dem vierten Fastentag, hatte Tanios eine rauhe Zunge und starre, ausgetrocknete Augen. Von den Leuten, die aus dem Dorf zu ihm hinaufpilgerten, versuchten manche, ihn anzusprechen – aber vergeblich, denn er wollte nichts hören –, und andere waren neugierig und bestaunten den seltsamen Anblick, den ein langsam in den Tod hinabgleitender junger Mann ihnen bot.

Nichts ließ man unversucht. Weder die Höllenqualen noch das Bestattungsverbot, die eines Selbstmörders harrten . . . allein, er glaubte an nichts mehr und schien den Tod wie den Antritt einer wunderbaren Reise zu erwarten.

Als Gerios ihm schließlich weinend versprach, er dürfe wieder in die Schule des Pastors, wenn er nur dieses eine Glas Milch zu sich nehme, da antwortete Tanios, ohne ihn auch nur anzusehen: »Du bist nicht mein Vater! Ich weiß nicht, wer mein Vater ist!«

Einer der Umstehenden, der diese Worte mitbekam, beeilte sich zu sagen: »Jetzt spricht er schon im Fieberwahn!« Man fürchtete nämlich, aus Kummer und Scham werde auch Gerios sich töten. Am fünften Fastentag schlugen einige vor, den Jungen zwangsweise zu ernähren, aber andere rieten davon ab, da ein Ersticken zu befürchten war.

Ein jeder war ratlos. Selbst der Pfarrer. Nur die *Khuriyye* nicht. Als Lamia sich in ihren Armen ausweinte wie damals als kleines Kind, da stand ihre ältere Schwester auf und sprach: »Jetzt gibt es nur noch eines zu tun, und das werde ich übernehmen. Lamia, gib mir deinen Sohn!«

Ohne eine Antwort abzuwarten, rief sie den Männern zu: »Ich brauche einen Wagen.«

Der fast bewußtlose Tanios wurde auf das Gefährt gebettet. Die *Khuriyye* selbst griff zu den Zügeln und fuhr mit ihm den Schloßweg hinunter.

Es war ein trockener Nachmittag, und die Pistazienbäume waren mit rosafarbenem Samt bedeckt.

Die Pfarrersfrau hielt erst am Zaun der englischen Schule an. Sie lud den Sohn ihrer Schwester auf ihre Arme und ging mit ihm auf das Gebäude zu. Der Pastor und Mrs. Stolton kamen ihr entgegen.

»In unseren Händen wird er sterben. Ich lasse Ihnen den Jungen. Wenn er gewahr wird, daß er bei Ihnen ist, wird er wieder Nahrung zu sich nehmen.«

Sie übergab ihn den beiden und fuhr wieder fort, ohne einen Fuß über ihre Schwelle gesetzt zu haben.

## Fünfte Passage

## *Greisenhaupt*

In den Tagen nach dieser überraschenden Ankunft wurden Mrs. Stolton und ich Zeugen einer höchst seltsamen Erscheinung. Tanios' Haar, das bis dahin von kastanienbraun schimmerndem Schwarz gewesen war, begann mit beunruhigender Geschwindigkeit weiß zu werden. Wir saßen oft am Bett des Jungen, um ihn zu pflegen, und hatten den Eindruck, von einer Stunde auf die andere habe sich die Zahl seiner weißen Haare vermehrt. Nach weniger als einem Monat hatte der Fünfzehnjährige die Haartracht eines Greises.

Ich weiß nicht, ob sich dieses Wunder durch die Hungerstrapazen, die er sich aufgeladen hatte, oder durch einen anderen natürlichen Grund erklären läßt. Die hiesige Bevölkerung jedenfalls sah darin für Tanios und vielleicht sogar für die ganze Gegend ein Zeichen. Ein gutes oder ein schlechtes? Darüber war man sich nicht einig. Der Aberglaube der Leute ließ anscheinend die widersprüchlichsten Auslegungen zu, denen ich nur wenig Aufmerksamkeit schenkte.

Soweit ich mitbekam, ist in diesem Teil der Berge eine Legende im Umlauf, derzufolge seit jeher immer wieder während unruhiger Zeiten frühzeitig ergraute Menschen aufgetaucht und wieder verschwunden seien. Man nennt sie »Greisenhäupter« oder »Irrsinnsweise«. Gelegentlich wird auch behauptet, es handle sich dabei um ein und dieselbe Person in immer neuer Inkarnation. Tatsächlich ist der Glaube an eine Seelenwanderung in der drusischen Bevölkerung fest verwurzelt.

Aus dem Kalender von Reverend Jeremy Stolton, 1836

# I

So wie einen Gläubigen nach dem Tod das Paradies erwartet, hatte Tanios sich durch seinen ansatzweisen Tod auch ein ansatzweises Paradies verschafft, ohne daß der Herrgott ihm seine Selbstmordgelüste übelzunehmen schien. Das Schloß des Scheichs war zwar geräumig, doch war es eine Welt voller Handküsse und hoher Mauern. Schreibgarnituren wurden dort schamhaft versteckt, Symbole des Müßiggangs aber stolz herumgezeigt. Im Hause des Pastors dagegen ging Achtung mit Wissen einher. Tanios stand erst auf der niedrigsten Stufe der Leiter, doch fühlte er sich imstande, sie alle zu erklimmen. Er hatte ständigen Zugang zur Bibliothek, deren in prachtvolles Leder gebundene Werke er so gerne aufschlug. Manche würde er erst in einigen Jahren verstehen, doch eines Tages würde er sie alle gelesen haben, dessen war er gewiß.

Sein neues Leben war jedoch nicht auf die Bibliothek, das Arbeitszimmer des Reverend und die gewölbten Unterrichtsräume beschränkt. Er hatte nunmehr im ersten Stock ein eigenes Zimmer. Bis dahin waren dort Durchreisende untergebracht worden, in der Regel Engländer und Amerikaner; das Ehepaar Stolton hatte seinem unerwarteten Gast jedoch sogleich versichert, daß das Zimmer nun ihm gehöre. Es stand auch ein Bett darin. Ein Himmelbett. Nie zuvor hatte Tanios in einem Bett geschlafen.

In den ersten Tagen war er zu geschwächt, zu benommen noch, um sein weiches Lager genießen zu können. Rasch aber gewöhnte er sich so sehr daran, daß er sich schon gar nicht mehr vorstellen konnte, auf dem Boden zu schlafen, in ständiger Furcht vor unter die Decke kriechenden Schlangen und Skorpionen, vor der hellgelben Eidechse *Bu-Braiss* mit dem brennenden Biß und besonders vor der schlimmsten aller Plagen, dem Schrecken seiner Kindheit, der »Mutter vierundvierzig«, nämlich dem Tausendfüßler, von dem es hieß, er schleiche sich ins Ohr des Schläfers und kralle sich in seinem Gehirn fest!

Tanios' behagliches Zimmer bei den Stoltons enthielt ein Regal mit kleinen Büchern, einen Hängeschrank, einen Holzofen und ein Glasfenster, von dem man auf die Blumenbeete der Reverendsgattin hinaussah.

Der Junge hatte sein Hungern sofort beendet, als er die Augen in einem Bett geöffnet und Mrs. Stolton gesehen hatte, die ihm eine Tasse hinhielt. Am nächsten Tag tat seine Mutter vom Gang aus heimlich einen Blick in sein Zimmer und ging beruhigt wieder nach Hause. Als drei Tage später Lamia und die *Khuriyye* wieder an des Pastors Tür klopften, wurde ihnen von Tanios selbst geöffnet. Die erstere fiel ihm um den Hals und überschüttete ihn mit Küssen, während die *Khuriyye* ihn am Ärmel hinauszupfte, weil sie das Ketzerhaus noch immer nicht betreten wollte.

»Dann hast du also erreicht, was du wolltest!«

Der Junge hob die Hände zu einer bedauernden Geste, als wollte er sagen: »So bin ich nun mal!«

»Mich wenn man ärgert«, sagte die *Khuriyye*, »dann überschreie ich alle anderen, und keiner sagt mehr einen Ton, nicht einmal *Buna* Butros . . .«

»Und wenn man mich ärgert, werde ich leise.«

Er lächelte pfiffig, und seine Tante schüttelte in gespielter Verzweiflung mehrmals den Kopf.

»Arme Lamia, du hast deinen Sohn nicht richtig erzogen! Wenn er bei mir aufgewachsen wäre, mit vier großen und vier kleinen Brüdern, dann hätte er schon gelernt, zu schreien und sich durchzusetzen, und zur Eßschüssel würde er dann die Hand ausstrecken, ohne daß man ihn lange bitten müßte! Na ja, aber Hauptsache, er lebt, und auf seine Weise versteht er ja auch zu kämpfen.«

Der Junge strahlte übers ganze Gesicht, und Lamia nützte die Gelegenheit, um zu sagen: »Morgen kommen wir mit deinem Vater her.«

»Mit wem?«

Sprach's und verschwand im dunklen Gang des Pastorenhauses. Den beiden Frauen blieb nichts übrig, als sich auf den Heimweg zu machen.

Bald besuchte Tanios wieder den Unterricht, und alle Schüler, die irgendeine Bitte oder Frage hatten, kamen nunmehr damit zu ihm, als sei er »der Sohn des Hauses«. Schließlich wurde er – »wegen seiner Fähigkeiten und als Gegenleistung für Unterricht, Kost und Logis«, wie es in dem Kalender heißt – vom Pastor beauftragt, Schülern, die längere Zeit gefehlt hatten oder aus anderen Gründen nicht mitkamen, Nachhilfe zu geben. So kam es, daß er auch bei älteren Schulkameraden in die Rolle des Lehrers schlüpfte.

Vermutlich um in Ausübung dieser neuen Funktion einen reiferen Eindruck zu machen, ließ er sich einen Bart wachsen; vielleicht wollte er damit aber auch die endlich erlangte Unabhängigkeit vom Scheich und dem ganzen Dorf unterstreichen. Es war ein recht spärliches Bärtchen, kaum dichter als ein Flaum, aber er stutzte, kämmte und pflegte es voller Hingabe. Als sei es der Sitz seiner Seele.

»Dabei haftete seinen Zügen, seinem Blick, ja auch seinen Händen etwas weiblich Sanftes an«, sagte mir Gebrayel. »Er glich Lamia, als sei er nur von ihr geboren.«

Seine Mutter besuchte ihn nun alle vier oder fünf Tage, oft in Begleitung ihrer Schwester. Weder die eine noch die andere wagte ihm noch vorzuschlagen, einmal mit ins Dorf zu kommen. Erst nach mehreren Monaten unternahmen sie einen Vorstoß in dieser Richtung, aber nicht bei Tanios selbst, sondern auf dem Umweg über den Pastor. Der willigte ein, dem Jungen gut zuzureden. Er war zwar froh, den besten seiner Schüler bei sich beherbergen zu dürfen, und geschmeichelt, von ihm wahre Sohnesliebe zu empfangen, doch war ihm nicht verborgen geblieben, daß es seiner Mission in der Gegend förderlicher wäre, wenn Tanios mit seiner Familie, dem Scheich und dem Dorf wieder im Einklang leben würde.

»Damit die Dinge klar sind: Du sollst Kfaryabda einen Besuch abstatten und deinen Vater und deine ganze Familie wiedersehen. Danach sollst du in dieses Haus zurückkommen und hier fortan nicht mehr als Flüchtling, sondern als Gast leben. Die Geschichte mit Raad wird so fast vergessen sein, und wir werden uns alle wieder wohler in unserer Haut fühlen.«

Als Tanios mit seinem Esel auf der *Blata* stand, kam es ihm vor, als sprächen ihn die Leute nur ganz vorsichtig, ja furchtsam an, wie einen Auferstandenen. Und alle taten so, als hätten sie sein weißes Haupt nicht bemerkt.

Er beugte sich über den Brunnen, trank aus den Handflächen das kalte Wasser, und kein Gaffer trat an ihn heran. Dann stieg er allein zum Schloß hinauf und zog sein Reittier hinter sich her. Lamia erwartete ihn an der Tür und führte ihn zu Gerios, wobei sie ihn inständig bat, zu jenem so liebenswürdig wie möglich zu sein und ihm ehrerbietig die Hand zu küssen. Ein unangenehmer Augenblick, denn Gerios hatte ganz offensichtlich angefangen zu trinken. Er roch nach Arrak, und Tanios fragte sich, ob der Scheich ihn unter diesen Umständen wohl noch lange in seinen Diensten behalten würde. Durch den Alkohol wurde Gerios jedenfalls nicht gesprächiger; er sagte kaum ein Wort zu seinem verloren geglaubten Sohn. Mehr denn je schien er in sich selbst versunken, in sein gequältes Selbst. Der Junge empfand die ganze stumme Begegnung über ein so drückendes Schuldgefühl, daß er es bereute, wiedergekommen zu sein und fortgegangen zu sein ... und vielleicht sogar bereute, wieder Nahrung zu sich genommen zu haben.

Das war eine Schattenseite seines Besuchs, aber die einzige. Raad weilte außerhalb des Dorfes auf der Jagd oder bei seinen Großeltern; so genau wollte Tanios das nicht wissen, sondern war froh, ihm nicht begegnen zu müssen. Er erfuhr lediglich, daß es zwischen dem Scheich und seinem Erben turbulent herging und letzterer sogar erwog, seinen Anteil an den Gütern einzufordern, wozu der Landesbrauch ihn berechtigte.

Lamia bestand schließlich darauf, ihren Sohn auch zum Scheich zu bringen. Der schloß ihn in die Arme wie früher, als Tanios noch ein Kind war, drückte ihn an sich und musterte ihn dann. Er schien über das Wiedersehen gerührt zu sein, konnte sich aber nicht verkneifen zu sagen: »Du solltest dir diesen Bart abrasieren, *Yabne*, der sieht ja aus wie Unkraut!«

Tanios war auf derlei Bemerkungen gefaßt, hatte sich aber vorgenommen, seine Verärgerung darüber nicht spürbar werden zu lassen. Er wollte die anderen reden lassen und dann tun, was ihm beliebte. Kommentare zu seinem Äußeren waren ihm ohnehin lieber als solche zur Schule des Pastors. Jene Frage schien der Scheich offensichtlich nicht anschneiden zu wollen; er sagte sich wohl, daß es letztlich besser sei, dieses letzte dünne Band zu den Engländern nicht zu durchtrennen. Überhaupt schien niemand das heikle Thema zur Sprache bringen zu wollen. Nicht einmal *Buna* Butros, der seinen Neffen lediglich beiseite nahm und ihn schwören ließ, sich niemals zur Ketzerei verleiten zu lassen.

Der Tag nach Tanios' Rückkehr fiel auf einen Sonntag, und der Junge wohnte der Messe bei; so konnte jeder sich davon überzeugen, daß er sich vor dem Bild der Jungfrau mit dem Kinde noch immer auf die gleiche Weise bekreuzigte. Befriedigt nahm man zur Kenntnis, daß er sich wenigstens in dieser Hinsicht noch nicht hatte »anglifizieren« lassen.

Als Tanios aus der Kirche trat, sah er vom Marktplatz her den fliegenden Händler mit seinem über und über beladenen Maultier näher kommen.

»Der gottlose Nader richtet es doch immer so ein, daß er gerade eintrifft, wenn die Messe zu Ende ist«, rief die Frau des Pfarrers aus. »Er muß so viel auf dem Gewissen haben, daß er sich ins Gotteshaus gar nicht mehr hineintraut.«

»Täusche dich da nicht, *Khuriyye*, ich selbst bemühe mich immer, rechtzeitig hier zu sein, aber mein Maultier will nicht. Kaum hört es aus der Ferne die Glocke, rührt es sich nicht mehr von der Stelle. Da muß sich wohl das Tier so viel vorzuwerfen haben.«

»Oder es hat schon so viel mit ansehen müssen ... Wenn das arme Vieh reden könnte, wärst du sicherlich schon im Gefängnis. Oder im Fegefeuer.«

»Im Fegefeuer bin ich doch schon. Oder hast du etwa gedacht, das sei das Paradies hier?«

Dieses Wortgefecht hatte Tradition, und die Gläubigen waren daran ebensosehr gewöhnt wie an die Kirchenglocken, an denen sich sonntags kräftige Bauernarme übten. Und wenn der Maultiertreiber manchmal fern von Kfaryabda unterwegs war, fühlte jeder, daß der von ihm verschmähten Messe etwas fehlte.

Er selbst nützte diese spitzen Bemerkungen gleichsam auch dazu, die Kundschaft anzulocken, und wenn die *Khuriyye* etwa einmal vergaß, ihn zu necken, dann machte eben er den Anfang und provozierte die Frau so lange, bis er ihr eine Antwort abrang; erst dann trat den Gläubigen ein gelöstes Lächeln auf die Lippen, und die Geldbörse saß ihnen lockerer.

Einige Kirchgänger im Sonntagsstaat entfernten sich jedoch voller Entrüstung darüber, daß die Pfarrersgattin sich mit diesem verkommenen Menschen so gemein mache. Lamias Schwester hatte sich dazu jedoch ihre eigene Philosophie zurechtgelegt. »Es braucht eben in jedem Ort einen Dorftrottel und einen Gottesleugner!«

Während sich an jenem Tag die Käufer um ihn drängten, winkte Nader Tanios zu, er solle warten; dann klopfte er dem Maultier auf den Bauch, um damit anzudeuten, daß dem Jungen ein Geschenk bestimmt sei.

Tanios war neugierig. Dennoch mußte er sich gedulden, bis der Händler den letzten Schal mit Löwentrittmuster und die letzte Prise Tombak verkauft hatte. Als der Junge dann näher trat, holte Nader eine prächtige Schatulle aus blankem Holz heraus, die offensichtlich einen wertvollen Gegenstand enthalten mußte.

»Hier ist nicht der richtige Ort, um sie aufzumachen. Komm mit!«

Sie gingen über den Marktplatz und marschierten auf die Felswand zu, von der aus sich das ganze Tal überblicken ließ. Sie kamen zu einem Felsen, der aussah wie ein mächtiger Sitz. Ich vermute, daß er damals auch einen Namen hatte, aber an den kann sich heute niemand mehr erinnern, seit man den Felsen mit Tanios verbindet.

Der Junge stieg hinauf, gefolgt von Nader, der die Schatulle unter dem Arm trug und sie erst öffnete, als sie beide saßen und angelehnt waren. Es war ein Fernrohr. Ausgezogen war es armlang und am Ende so dick wie eine Kinderfaust.

Wenn man auf diesem schrägen »Thron« am Rande der Felswand sitzt und sich nach Westen wendet, wo die Berge ins dunkle Talesgrün übergehen, sieht man das Meer.

»Sieh nur, das ist ein Zeichen. Als ob es nur für deine Augen vorbeizöge!«

Tanios setzte sein Fernrohr an und erblickte auf dem Wasser einen Dreimaster mit gesetzten Segeln.

Auf diese Szene spielen gewiß die folgenden Zeilen aus der *Weisheit des Maultiertreibers* an.

»Ich sagte zu Tanios, als wir gemeinsam auf dem Felsen saßen: Wenn sich wieder einmal die Türen vor dir schließen sollten, dann sage dir, daß nicht dein Leben zu Ende geht, sondern nur das erste deiner Leben, und daß ein anderes schon voller Ungeduld seines Einsatzes harrt. Dann geh auf ein Schiff, denn es wartet eine Stadt.

Doch Tanios sprach nicht mehr vom Sterben; in seinem Herzen war ein Lächeln und auf seinen Lippen der Name einer Frau.«

Er flüsterte: »Asma.« Im nächsten Augenblick schon bereute er es. Sich einfach so Nader anzuvertrauen, dem geschwätzigsten Menschen, den Berge und Küste aufzubieten hatten?

Tanios und Asma.

Es stand geschrieben, daß ihre noch so kindliche Liebe nicht lange verborgen bleiben sollte; daß aber die Zunge des Maultiertreibers die Schuld daran nicht trüge.

## 2

Nicht nur aus Verschämtheit wollte Tanios sein Geheimnis hüten. Wie hätte er dem Dorf, dem Scheich und Gerios, mit denen er sich gerade wieder ausgesöhnt hatte, plötzlich gestehen sollen, er sei in die Tochter des Mannes verliebt, der sie »bestohlen« hatte oder zumindest von ihnen verbannt worden war?

Seit jenem Tag vor zwei Jahren, als Lamias Sohn dem eskortierten Rukoz begegnet war und sich entschlossen hatte, ihn zu grüßen, hatte es in ihren Beziehungen Zeiten gegenseitiger Anziehung, aber auch der Distanz gegeben. Als Tanios vom Dorfe Abstand wahren und nicht einem seiner beiden »Väter« mehr recht geben wollte als dem anderen, hatte er sich dem früheren Verwalter angenähert; während der Auseinandersetzung mit dem Patriarchen um die englische Schule wiederum hatte er sich auf seiten des Dorfes und des Scheichs gefühlt, und die Reden des Verbannten waren ihm unerträglich gewesen. Damals hatte er beschlossen, den Umgang mit ihm abzubrechen, und während der ersten Monate seines Aufenthalts beim Pastor war ihm kein einziges Mal in den Sinn gekommen, den Mann zu besuchen.

Eines Nachmittags aber, als er nach dem Unterricht zwischen Sahlain und Dayrun unterwegs war, sah er ihn und sein übliches Geleit schon von weitem auf ihn zu reiten. Zuerst war er versucht, sich irgendwo seitwärts in die Büsche zu schlagen. Dann aber besann er sich – »Warum sollte ich fliehen wie ein Schakal, der Angst vor seinem Schatten hat?« – und ging mit dem Vorsatz weiter, sich höflich, aber reserviert zu geben.

Kaum aber hatte Rukoz ihn bemerkt, als er auch schon vom Pferd sprang und ihm mit ausgebreiteten Armen entgegenlief.

»Tanios, *Yabne*, ich hatte schon die Hoffnung verloren,

dich wiederzusehen. Ein Glück nur, daß der Zufall sich um unsere Bedenken nichts schert ...«

Fast gewaltsam nahm er ihn mit zu sich, führte ihn durch sein Haus, das er ständig erweiterte, und zeigte ihm auch seine neue Ölpresse, die beiden Raupenhäuser und die Pflanzungen mit den Weißen Maulbeerbäumen, wobei er in allen Einzelheiten erläuterte, wann genau man die Blätter pflücken müsse, um die beste Seidenqualität zu erhalten ... Der Junge mußte sich den beflissenen Händen und dem Redefluß seines Gastgebers entreißen, um nicht allzu spät nach Hause zu kommen. Zuvor wurde ihm aber noch das Versprechen abgenommen, am nächsten Sonntag zum Mittagessen zu kommen und sich noch einmal herumführen zu lassen.

Es wußte zwar jedermann, daß Rukoz keine größere Freude kannte, als Leute durch seine Besitzungen zu geleiten, doch bei Tanios ging es ihm nicht nur darum, seinen Reichtum zur Schau zu stellen. Vielleicht beim ersten Mal noch; aber wenn später vor allem im Bereich der Raupenhäuser, wo es widerlich nach den verfaulenden Puppen stank, so viele geduldige Erklärungen abgegeben wurden, dann war das keine Angabe, kein Protzentum. Vielmehr fühlte sich der Junge von einer Art Fürsorge umgeben, für die er nicht unempfänglich war.

Asma war bei diesen Spaziergängen oft dabei. Tanios reichte ihr manchmal die Hand, um ihr über einen Dornenbusch oder eine Pfütze hinwegzuhelfen; wenn die Terrassen mit den Feldern nicht hoch waren, sprang sie wie die Männer von der einen auf die andere und stützte sich dabei auf die Brust ihres Vaters oder auf Tanios' Schulter. Einen kurzen Augenblick nur, bis sie eben wieder auf ihren zwei Füßen stand.

Das alles war dem Jungen nicht unrecht, doch wenn er wieder nach Hause – zu den Stoltons – ging, dachte er schon nicht mehr daran. Er sprach das Mädchen nur selten an und vermied es, seinen Blick auf ihr ruhen zu lassen, um nicht das Gefühl zu haben, er mißbrauche das Vertrauen seines Gastgebers. Ob das wohl daran lag, daß – wie dem Pastor erschien –,

»in dieser Gesellschaft der Gipfel der Höflichkeit gegenüber Frauen darin besteht, sie zu ignorieren«? Ausschlaggebend war bei Tanios vermutlich die Schüchternheit seines zarten Alters.

Erst an dem Sonntag vor seiner Rückkehr ins Dorf und der Zusammenkunft mit Nader auf dem Felsen sah Tanios das Mädchen plötzlich mit anderen Augen. Er war zu Rukoz gegangen, hatte ihn aber nicht angetroffen. Als Freund des Hauses war er aber dennoch eingetreten und von Zimmer zu Zimmer gegangen, um den Fortgang der Bauarbeiten zu begutachten. Rukoz ließ sich einen Audienzsaal einrichten, der den Dimensionen eines Palastes, vor allem aber dem Ehrgeiz des Hausherrn entsprach, denn der Raum war noch größer als der Pfeilersaal des Scheichs, als dessen Rivale sich Rukoz sah. Der Saal war noch nicht fertiggestellt. Die Intarsientischler hatten zwar die Wände schon mit Tauschierarbeiten überzogen, doch der Boden war noch nicht gefliest, und von dem Brunnen, der in der Mitte des Raumes entstehen sollte, war noch nicht mehr als ein mit Kreide gezeichnetes Achteck sichtbar.

Dort stand Tanios gerade, als Asma hinzukam. Gemeinsam bewunderten sie, wie genau die Einlegearbeiten gefertigt waren. Zwischen den Eimern, den Lumpen und den Stapeln mit Marmorfliesen am Boden stand auch ein Korb voller spitzer Gerätschaften, an den das Mädchen beinahe gestoßen wäre. Tanios faßte sie bei der Hand und half ihr um das Hindernis herum. Und da sie fast bei jedem Schritt zu stolpern drohte, behielt er seine Hand fest um die ihre geschlossen.

So spazierten sie schon eine Weile staunend und an die Decke starrend umher, als plötzlich im Gang Schritte hörbar wurden.

Hastig zog Asma ihre Hand zurück.

»Jemand könnte uns sehen!«

Da sah Tanios sie an.

Sie war zwölf Jahre alt, und sie war eine Frau. Mit geschminkten Lippen und einem Duft nach Wilder Hyazinthe.

Sie wanderten weiter in dem halbfertigen Saal umher, doch weder er noch sie sahen wirklich, was sie zu bewundern vorgaben. Und als die Schritte im Gang sich entfernten, fanden ihre Hände wieder zueinander. Es waren jedoch nicht mehr die gleichen Hände, die sich da hielten. Die Hand Asmas erschien Tanios warm und zitternd wie ein Vogelkörper, wie das aus dem Nest gefallene Vögelchen, das er eines Tages aufgehoben hatte; es schien sehr erschreckt über die fremde Hand, aber zugleich froh, nicht mehr allein und verlassen zu sein.

Sie sahen beide zur Tür. Sahen dann einander an. Schlugen verlegen lächelnd die Augen nieder. Sahen sich wieder an. Ihre Lider schlossen sich. Und nur ihr sanfter Atem berührte sich in der Dunkelheit.

*Eure Lippen haben sich gestreift, sind auseinander dann,*
*Als sei euer Anteil am Glück bereits verbraucht und als*
*hättet ihr Angst, vom Glück der anderen schon zu kosten.*
*Ihr wart unschuldig? Wovor hat Unschuld je bewahrt?*
*Selbst der Schöpfer sagt uns, wir sollen zu Festen Lämmer schlachten,*
*Nie aber Wölfe ...*

Wenn Tanios damals diese Verse des gottlosen Maultiertreibers hätte lesen können, wäre er wohl wieder über dessen »Eulenweisheit« erbost gewesen. Und das zu Recht, denn im Hause Asmas sollte er das Glück kennenlernen. Ein flüchtiges Glück? Jedes Glück ist flüchtig, ob es nun eine Woche anhält oder dreißig Jahre; man weint die gleichen Tränen, wenn der letzte Tag heranbricht, und würde um einen Aufschub seine Seele verkaufen.

Er liebte dieses Mädchen; sie liebte ihn, und ihrem Vater war er offensichtlich willkommen. Jener sagte Dinge, die Tanios nun ganz anders auffaßte. Wenn Rukoz ihn zum Beispiel »Mein Sohn!« nannte, dann war damit nicht »Sohn« gemeint, sondern »Schwiegersohn«, »künftiger Schwiegersohn«. Warum hatte er das nur nicht schon früher gemerkt? Über seine Geschäfte hielt Rukoz ihn nur deshalb auf dem laufenden, weil er in ihm den zukünftigen Gatten seiner einzigen Tochter sah. In einem Jahr würde sie dreizehn sein und er sechzehn, fast siebzehn, dann würden sie sich verloben können, und in zwei Jahren dann heiraten und beieinander schlafen.

Seine Besuche bei Rukoz in den folgenden Wochen bestätigten dies immer mehr. Der Hausherr sagte etwa beiläufig: »Wenn erst einmal du die Geschäfte führst ...«, oder noch direkter: »Wenn du einmal in diesem Haus bist ...«, so als sei das schon beschlossene Sache.

Seine Zukunft erschien ihm plötzlich vorgezeichnet, und noch dazu von wohlwollendster Hand, denn verheißen waren ihm Liebe, umfassendes Wissen und obendrein ein Vermögen.

Wer sollte sich ihm da noch in den Weg stellen? Gerios und Lamia? Deren Einwilligung würde er bekommen oder sich über ihre Ablehnung hinwegsetzen. Der Scheich? Gewiß würde er sich nicht gerade dessen Gunst zuziehen, wenn er die Tochter seines Feindes heiratete, aber war er denn auf diese Gunst überhaupt angewiesen? Rukoz' Haus stand schließlich nicht auf den Ländereien des Scheichs, und wenn der frühere Verwalter diesen jahrelang hatte herausfordern können, was war dann eigentlich zu befürchten?

Tanios war zuversichtlich; erst bei näherer Betrachtung seines »Schwiegervaters« sollte wieder Sorge in ihm aufkeimen.

Beeindruckt von Rukoz' Vermögen, von seinen unaufhörlich anwachsenden Gütern, seiner so prächtigen Behausung, den Schutzbriefen, die er herumzeigte, und vielleicht am meisten von seinen bissigen Ausfällen gegen die Feudalherren, war der Junge zu der Überzeugung gelangt, Asmas Vater sei kein um Rehabilitierung ringender Verbannter mehr, sondern ein ernstzunehmender, ja ebenbürtiger Rivale des Scheichs.

Es war durchaus Rukoz' Bestreben, dem Scheich ebenbürtig zu werden – und, bis es soweit war, zumindest so zu erscheinen. Vom Reichtum her war er es bereits, doch mit dem Rest wollte es nicht so recht vorwärtsgehen. Im Lauf der Jahre war der mehr auf sein Vergnügen denn auf Geld bedachte Herr über Kfaryabda allmählich verarmt; seine Truhen waren regelmäßig leer, und wenn auch durch die einmalige Zuwendung des englischen Gesandten eine Sonderzahlung hatte geleistet werden können, so stöhnte man doch sehr unter der Last der jährlich zu entrichtenden Steuern, die in jenen Kriegszeiten bedenklich anwuchsen. Im großen Saal des Schlosses war schon so mancher Pfeiler mit Flecken übersät, weil durch das Dach das Regenwasser sickerte. Der durch seine Seidenraupen Tag für Tag wohlhabender werdende Rukoz hingegen hatte die geschicktesten Handwerker kommen lassen, die ihm das *Majlis* eines Paschas bauten; in dem Saal konnten bequem hundertundzwanzig Leute sitzen. Die mußten aber erst einmal zusammenkommen ... Denn je größer Rukoz' Saal wurde, desto mehr fiel auf, wie leer er stand; je schöner er ausgestaltet wurde, desto überflüssiger erschien er. Auch Tanios konnte das nicht mehr entgehen, und als Rukoz ihm eines Tages sein Herz ausschüttete, entdeckte er darin noch immer das Herz eines Verbannten.

»Der Patriarch schützte mich vor dem Scheich, und jetzt hat er sich mit ihm versöhnt. Gemeinsam sind sie zum Emir gegangen, als wollten sie mich gleich um meinen zweiten Beschützer bringen. Seither schlafe ich jeden Abend mit dem Gedanken ein, das könne meine letzte Nacht sein.«

»Und deine Wachen?«

»Deren Sold habe ich letzte Woche verdoppelt. Aber wenn schon unter den zwölf Aposteln ein Judas war ...

Verlassen kann ich mich nur noch auf den Pascha von Ägypten, Gott schenke ihm langes Leben und mehre sein Reich! Doch der Pascha hat auch noch andere Sorgen, als sich um meine Wenigkeit zu kümmern ...«

»Auf Betreiben von *Khweja* Rukoz, dem früheren Schloßverwalter, richteten ägyptische Truppen in Dayrun einen zweihundert Mann starken Gefechtsstand ein, zu dessen Unterbringung sie drei große Häuser mitsamt ihren Gärten in Beschlag nahmen; die Offiziere wohnten in den Häusern, ihre Untergebenen in Zelten. Bis dahin waren die Truppen des Paschas, abgesehen von sporadischen Streifzügen, noch nicht bis in unsere Gegend vorgestoßen, während sie in fast allen anderen größeren Ortschaften der Berge schon stationiert waren.

Ihre Patrouillen zogen nunmehr morgens und abends durch die Straßen von Dayrun, Sahlain und Kfaryabda ...«

Der Mönch Elias gibt hier eine auch noch heutzutage verbreitete, meiner Ansicht nach aber nicht sehr glaubwürdige Darstellung wieder. Gewiß hatte Rukoz mehrere Jahre in Ägypten verbracht, sprach den dortigen Dialekt und hatte sich einige Gefälligkeiten erkauft, darunter jenen vielzitierten Schutzbrief; jedoch zu glauben, er könne die Soldaten des Paschas nach Gutdünken herumdirigieren ... Nein. Die ägyptischen Truppen waren meinem Dorf lediglich näher gerückt, weil sie vorhatten, sich nach und nach in jedem Winkel der Berge zu entfalten, um ihren Einfluß auszudehnen.

Asmas Vater sah darin jedoch einen Segen, eine Erhörung seiner Gebete, eine Chance für seine Rettung. Und vielleicht sogar noch ein bißchen mehr ...

# 3

An einem Dezembertag war Tanios gerade bei Rukoz zu Besuch, als der Kommandant der Garnison von Dayrun, Adel Efendi, in Begleitung zweier anderer Offiziere mit grünen Filzmützen und üppigen, aber gepflegten Bärten dort eintraf. Im ersten Augenblick war der Junge von Mißtrauen und Sorge erfüllt, doch der Hausherr raunte ihm lächelnd zu: »Das sind Freunde von mir; es vergehen keine drei Tage mehr, ohne daß sie sich bei mir blicken lassen.«

Dennoch gab Rukoz Asma einen Wink, sich zurückzuziehen; es ist niemals klug, Soldaten ein Mädchen zu zeigen.

Auf diese Vorsichtsmaßnahme folgte ein herzlicher Empfang. Tanios gegenüber bezeichnete Rukoz die Offiziere als »Brüder, ja mehr noch als Brüder«; ihnen wiederum stellte er den Jungen mit den Worten vor: »Er ist mir so lieb, als sei er mein leiblicher Sohn.«

»Ein richtiges Familientreffen also«, kommentiert Pastor Stolton ironisch in dem detaillierten Bericht über diese Begegnung, in dem er zusammenfaßt, was sein Schüler ihm – aus bald ersichtlich werdendem Grund – augenblicklich erzählte, sobald er in Sahlain zurück war.

Gleich als erstes fiel Tanios auf, daß von diesen Offizieren der ägyptischen Armee keiner Ägypter war; Adel Efendi war kretischer Abstammung, und von seinen Adjutanten war einer Österreicher und einer Tscherkesse. Das war nicht weiter ungewöhnlich, da ja Mehmet Ali selbst als Sohn albanischer Eltern in Mazedonien geboren war. Es sprachen jedoch alle Arabisch mit ägyptischem Akzent und schienen ihrem Herrn und seiner Dynastie gänzlich ergeben zu sein.

Desgleichen seinen Idealen. So wie sie es darstellten, führten sie nicht etwa einen Eroberungskrieg, sondern einen Kampf für die Wiedergeburt der Völker des Orients. Sie sprachen von Modernisierung, von Gleichheit, Ordnung und

Würde. Tanios lauschte interessiert und verlieh bisweilen nikkend seiner tief empfundenen Zustimmung Ausdruck. Wie hätte es auch anders sein sollen, wo doch diese Männer die osmanische Schlamperei geißelten und davon redeten, überall Schulen zu eröffnen und Ärzte und Ingenieure auszubilden.

Ebenso beeindruckt war der Junge, als der Kommandant versprach, jeglicher religiösen Diskriminierung ein Ende zu bereiten und alle Privilegien abzuschaffen. Da erhob Rukoz sein Glas auf das Wohl der Offiziere sowie auf den Sieg ihres Herrn und verkündete, als persönlichen Beitrag zur Abschaffung der Privilegien wolle er dem Scheich den Schnurrbart ausrupfen. Tanios hatte keine Bedenken, sich die Szene bildlich vorzustellen und darauf einen Arrak zu trinken – gern hätte er sogar das Kinnbärtchen Raads mit einbezogen – und dann noch ein Schlückchen mehr, als Adel Efendi im gleichen Atemzug gelobte, auch den »Privilegien der Ausländer« den Garaus machen zu wollen.

Der Kommandant zog sogleich ordentlich vom Leder, denn die Angelegenheit lag ihm offensichtlich sehr am Herzen.

»Gestern habe ich einen Rundritt durch die Dörfer absolviert, und überall, wo ich hinkam, fühlte ich mich wie zu Hause. Ich konnte jedes Haus betreten, stets standen mir die Türen offen. Bis ich am Wohnsitz eines englischen Pastors vorbeikam. Über dem Tor hing die Fahne seines Königs. Da fühlte ich mich gedemütigt.«

Tanios brachte plötzlich seinen Arrak nicht mehr hinunter und wagte nicht einmal mehr aufzuschauen, um sich nur ja nicht zu verraten. Allem Anschein nach war der Offizier nicht im Bilde; er konnte ja nicht ahnen, daß das durch eine ausländische Fahne verwehrte Haus auch das seine war.

»Darf es denn sein«, eiferte Adel Efendi weiter, »daß Ausländer mehr begünstigt, respektiert und gefürchtet werden als Landeskinder?«

Dann besann er sich wohl darauf, daß er selbst ja auch nicht gerade ein Landeskind war – noch ein Sohn Ägyptens oder gar ein Sohn jener Berge, die er erobert hatte –, und setzte erläuternd hinzu: »Nun mag man einwenden, auch ich selbst sei hier nicht geboren.« (Es hätte sich keiner zu dieser Bemerkung erkühnt.) »Ich habe mich aber in den Dienst dieser ruhmreichen Dynastie gestellt, habe die Sprache des Landes angenommen, seine Religion und seine Uniform, und habe unter seiner Fahne gekämpft. Wohingegen diese Engländer zwar unter uns leben, aber nur der Politik Englands zu dienen suchen und nur die englische Fahne respektieren, im Schutze deren sie sich über unsere Gesetze erhaben wähnen ...«

Rukoz beeilte sich, lautstark zu versichern, daß es nicht den geringsten Anlaß gebe, Adel Efendi mit diesen Ausländern zu vergleichen, daß diese Engländer die arroganteste Sippschaft seien, die man sich nur vorstellen könne, und daß Seine Exzellenz selbstverständlich kein Ausländer, sondern ein Bruder sei. Tanios sagte nichts.

»Indes war mein Zögling verunsichert, und zwar mehr, als er mir eingestehen wollte«, notierte der Pastor.

»Auf der einen Seite hegte er tiefe Zuneigung zu mir und Mrs. Stolton und war unserem Erziehungswerk aufs engste verbunden. Gleichzeitig konnte er nicht einfach über die Tatsache hinwegsehen, daß Ausländern Privilegien zugestanden wurden, die Einheimischen versagt blieben. Dadurch war sein Gerechtigkeitsempfinden verletzt.

Ich konnte seine Ratlosigkeit gut verstehen und erläuterte ihm daher, daß Privilegien zwar in einer auf dem Rechtsprinzip gründenden Gesellschaft ein Skandal seien, daß sie aber umgekehrt in einer Willkürherrschaft manchmal einen Schutzschirm gegen Despotismus darstellten und somit paradoxerweise als Oase des Rechts und der Gleichheit aufzufassen seien. Ganz sicher sei dies heute in den östlichen Gesellschaften der Fall, ob es sich dabei nun um die osmanische handele oder um die ägyptische. Skandalös sei nicht, daß Soldaten nicht ungehindert unsere Mission in Sahlain oder das Haus eines Engländers betreten könnten, sondern vielmehr, daß sie sich das Recht anmaßten, in jede Schule und jedes Haus des Landes nach Lust und Laune einzudringen. Skandalös sei nicht, daß sie sich eines britischen Staatsangehörigen nicht bemächtigen könnten, sondern daß sie nach Belieben über alle Menschen verfügen könnten, die nicht unter dem Schutz einer Großmacht stünden.

Wenn diese Männer, so schloß ich, wirklich die Privilegien abschaffen wollten, dann bestehe die adäquate Vorgehensweise nicht etwa darin, die Ausländer dem wenig beneidenswerten Schicksal der einheimischen Bevölkerung gleichzusetzen, sondern ganz im Gegenteil jeden Menschen so zu behandeln, wie heute die Ausländer behandelt würden. Mit denen nämlich gehe man ganz einfach so um, wie man es mit jedem menschlichen Wesen tun sollte ...

Ich fürchte, daß ich mich bei meiner Antwort ein wenig ereiferte, und Mrs. Stolton sollte mir das auch zum Vorwurf machen; doch scheint mir, daß der Junge Verständnis für meine Sicht der Dinge hatte.«

Weniger Gehör konnte sich der Pastor verschaffen, als er seinem Zögling nahelegte, ein von ägyptischen Soldaten aufgesuchtes Haus künftig zu meiden. Ein solches Verhalten hätte gewiß die Weisheit geboten. Doch ein Gegengewicht zur Weisheit bildeten das Lächeln Asmas und der von diesem Lächeln erleuchtete Weg in die Zukunft. Und darauf hätte Tanios um nichts auf der Welt verzichten wollen.

Das heikle Thema, das die erste Begegnung mit den Offizieren verdüstert hatte, sollte auch gar nicht mehr zur Sprache kommen. Die zwei, drei Male, bei denen Tanios den Männern noch in Rukoz' Haus begegnete, war vor allem von den Wechselfällen des Krieges die Rede, vom unausweichlichen Sieg des ägyptischen Herrschers über den osmanischen Sultan und wieder von der Abschaffung der Privilegien, diesmal jedoch nur in bezug auf die Feudalherren und insbesondere im Hinblick auf das, was man Scheich Francis und seinem Schnurrbart würde angedeihen lassen.

Tanios trank wiederum ungeniert auf diese erfreuliche Perspektive. Er hatte mit sich selbst eine Art Kompromiß ausgehandelt, was die Privilegien anbelangte: die der Ausländer sollten beibehalten, die des Scheichs dagegen abgeschafft werden. Damit waren die Sorgen des Pastors, die Bestrebungen von Asmas Vater und auch seine persönlichen Neigungen berücksichtigt.

Bestand denn nicht zwischen den beiden Arten von Privilegien ein wesentlicher Unterschied? Die den Engländern gewährten Konzessionen stellten – das wollte er gern einräumen – in der gegenwärtigen Lage eine Art Schutz gegen den Despotismus dar; die maßlosen Vorrechte dagegen, mit denen die Feudalherren seit Generationen eine schicksalsergebene Bevölkerung unterjochten, entbehrten jeglicher Grundlage.

Dieser Kompromiß kam seinem Herzen und seinem Verstand entgegen, und der Junge war erleichtert, als er ihn gefunden hatte. So erleichtert, daß er den anderen Unterschied nicht sah, der ihm eigentlich hätte ins Auge springen müssen: Gegen die Großmächte konnten die Offiziere des Vizekönigs von Ägypten nicht viel ausrichten, sondern nur schimpfen und fluchen und trinken. Gegen den Scheich hatten sie sehr wohl etwas in der Hand. Dessen Schnurrbart war leichter auszurupfen als die Mähne des britischen Löwen.

## Sechste Passage

# *Ein seltsamer Vermittler*

Es stand geschrieben, daß das Unglück, das über unser Dorf hereinbrach, seinen Höhepunkt in einer furchtbaren Untat finden würde: in dem Mord an dem dreimal hochverehrten Patriarchen nämlich, begangen von Händen, die zum Verbrechen nicht bestimmt schienen.

*Bergchronik*
des Mönches Elias

# I

Das achtunddreißiger Jahr war von Anfang an unheilvoll; am 1. Januar war das Erdbeben. Seine Spuren verharren in den Steinen und vor allem die Erinnerung daran.

Das Dorf schlummerte seit Wochen schon unter einer dikken Schneedecke; die Kiefernwipfel trugen schwer unter ihrer Last, und die Kinder sanken im Schulhof wadentief ein. Doch war es hell an jenem Morgen. Kein Wölkchen am Himmel. »Bärensonne« – viel Licht und wenig Wärme.

Gegen Mittag, oder kurz vorher, vernahm man ein Grollen. Ein wie aus Erdentiefe empordonnerndes Rumpeln; dennoch sahen die Dorfbewohner, die von Haus zu Haus darüber beratschlagten, eher zum Himmel hinauf. Ein ferner Donner vielleicht oder eine Lawine . . .

Ein paar Sekunden später wieder ein Grollen, diesmal heftiger. Es bebten die Wände, die Leute liefen auf die Straße hinaus und riefen: *»Hazze! Hazze!«* Manche rannten zur Kirche. Andere knieten an Ort und Stelle nieder und beteten laut. Wieder andere starben bereits unter den Trümmern. Da fiel den Menschen ein, daß schon seit dem Morgengrauen die Hunde gejault hatten und selbst die Schakale im Tal, die sonst immer bis zum Abend stillgeblieben waren.

»Den Leuten, die sich in der Nähe des Brunnens aufhielten«, heißt es in der *Bergchronik*, »wurde plötzlich ein erschreckendes Schauspiel zuteil. Vor ihren Augen tat sich in der Schloßfassade ein Riß auf und pflanzte sich wie von riesiger Schere geschnitten fort. Da erinnerte sich manch einer an eine Stelle in der Heiligen Schrift und wandte sich ab, um nicht zu einer Salzsäule zu erstarren, wenn er mit eigenen Augen den Zorn Gottes schaute.« Das Schloß stürzte nicht ein in jenem Jahr, und auch keiner seiner Flügel; abgesehen von dem Riß wurde es kaum in Mitleidenschaft gezogen. Und erstaunlich ist, daß die eingerissene Mauer noch heute steht.

Steht da mitsamt ihrem Riß, während andere ältere oder neuere Mauern des Schlosses seither eingefallen sind. Ragt mitten aus wilden Gräsern heraus, als habe sie nur vom Unglück gekündet und sei daher von ihm verschont geblieben.

Im Dorf dagegen waren etwa dreißig Opfer zu beklagen.

»Schlimmer noch«, sagte Gebrayel, »das Haus des Maultiertreibers war eingestürzt. Ein alter Bau, in dem er Tausende von Werken aller Art angehäuft hatte. Ein wahrer Schatz! Das Andenken unserer Berge! Nader war gerade unterwegs, fern von Kfaryabda. Als er eine Woche später zurückkam, war der Schnee geschmolzen, und seine ganze Bibliothek löste sich im Schlamm auf. Es heißt, unter seinen Büchern sei sogar ...«

Schon eine Weile hörte ich nicht mehr zu. Ich war bei seinem ersten Satz hängengeblieben.

»Schlimmer noch, sagst du? Schlimmer als die dreißig Opfer?« Provozierend funkelten seine Augen.

»Zumindest genauso schlimm. Wenn sich eine Katastrophe ereignet, denke ich selbstverständlich an die Menschen und ihr Leid, aber ebenso zittere ich um die Überreste vergangener Zeiten.«

»Um die Ruinen ebenso wie um die Menschen?«

»Nun, diese behauenen Steine, diese Blätter, über denen ein Autor oder ein Kopist sich abgemüht haben, diese bemalten Leinwände, diese Mosaiken, das sind doch Fragmente der Menschheit, das ist genau der Teil von uns, den wir uns unsterblich wünschen. Welcher Maler möchte schon seine Bilder überleben?«

Trotz der seltsamen Präferenzen Gebrayels war es nicht die Zerstörung der Bücher des Maultiertreibers, die jenes Jahr zu einem unheilvollen machten. Es lag übrigens auch nicht am Erdbeben, das nur als Vorbote seine Kerbe geschlagen hatte. Ja nicht einmal an der Ermordung des Patriarchen lag es. »Das ganze Jahr«, lesen wir in der *Bergchronik*, »war von Anfang bis Ende eine einzige Aufeinanderfolge von Unglücksfällen. Unbekannte Krankheiten, fürchterliche Mißgeburten, Erdrutsche und vor allen Dingen die Hungersnot und die ständige Erpressung. Die jährlich fällige Steuer wurde gleich zweimal eingetrieben, einmal im Februar und dann noch einmal im November; und als sei das immer noch nicht genug, erhob man findigerweise noch eine ganze Reihe zusätzlicher Abgaben auf Menschen, Ziegen, Mühlen, Seife, Fenster ... Die Leute hatten keinen schwarzen Piaster mehr und keinen weißen, keine Vorräte mehr und kein Vieh.

Und als verlautete, die Ägypter hätten vor, alle Last- und Zugtiere zu konfiszieren, hatten die Leute von Kfaryabda keine andere Wahl mehr, als ihre Esel und Maultiere von einer Felswand hinabzustürzen ...«

Obwohl es so den Anschein hatte, geschah das weder aus Trotz noch aus Widerstand. Es bedeutete lediglich eine Vorsichtsmaßnahme, erläutert der Chronist, denn waren erst einmal die Tiere ausfindig gemacht und beschlagnahmt, dann ergriffen die Leute von Kommandant Adel Efendi auch deren Besitzer und zwangen sie, die »angemusterten« Kreaturen selbst zu führen. »Der schlimmste Herrscher ist nicht einmal der, der dich schlägt, sondern der, der dich zwingt, dich selbst zu schlagen.«

In diesem Zusammenhang erwähnt der Mönch Elias auch, daß sich die Bewohner von Kfaryabda angewöhnten, zu bestimmten Zeiten nicht mehr aus dem Haus zu gehen. Die Männer des Paschas von Ägypten waren überall anzutreffen, beim Barbier, beim Krämer, in der Kneipe bei einer Partie *Tavli.* Abends zogen sie in Scharen umher, sangen und grölten auf dem Platz und den angrenzenden Straßen, so daß sich schließlich niemand mehr an diesen Orten aufhielt, und zwar nicht aus Widerspenstigkeit, sondern in weiser Voraussicht, denn die Soldaten suchten sich jeden Tag einen Passanten heraus, den sie unter irgendeinem Vorwand demütigten.

Mitte Februar beschloß auch der Scheich, sich in sein Schloß zurückzuziehen und nicht einmal mehr auf die Freitreppe hinauszugehen; er hatte nämlich erfahren, daß Said Beyk aus Sahlain bei einem Spaziergang auf seinen Gütern von einer Patrouille aufgehalten worden war und dann habe erklären müssen, wer er sei . . .

Dieser Zwischenfall hatte den Herrn über Kfaryabda in tiefe Schwermut versetzt. Seine Untertanen, die mit ihren Beschwerden bei ihm vorstellig wurden und ihn anflehten, sich beim ägyptischen Kommandanten für sie zu verwenden, speiste er mit mitleidsvollen Floskeln und gelegentlichen Versprechungen ab; zur Tat aber schritt er nicht. Von manchen wurde dies als Eingeständnis seiner Ohnmacht gewertet, von anderen wiederum als Mangel an Einfühlungsvermögen. »Wenn der Sohn eines großen Hauses eine Demütigung erfährt, erachtet der Scheich dies als persönliche Beleidigung; wenn aber wir Pächter zu leiden haben . . .«

Der Pfarrer sah sich genötigt, ihm Vorwürfe zu machen.

»Unser Scheich gibt sich hochmütig gegen die Ägypter, und diese legen das vielleicht als Zeichen der Verachtung aus, so daß sie jeden Tag noch unerbittlicher werden.«

»Und was soll ich tun, *Buna*?«

»Adel Efendi aufs Schloß laden und ihm ein wenig Achtung erweisen . . .«

»Um ihm für alles zu danken, was er uns angetan hat, nicht wahr? Aber bitte, wenn es das ist, was die Leute wollen, dann widersetze ich mich nicht. *Khweja* Gerios wird ihm noch heute brieflich mitteilen, daß ich mich geehrt fühlen würde, ihn zu einer Unterredung bei mir zu empfangen. Wir werden ja sehen, was dabei herauskommt.«

Tags darauf überbrachte am späten Vormittag ein Soldat die Antwort, die Gerios auf ein Zeichen des Scheichs hin öffnete und überflog. Die im Audienzsaal versammelten Menschen sahen so ernst drein, wie es dem Anlaß entsprach. Jeder merkte sogleich, daß Lamias Gatte plötzlich ein hochrotes Gesicht bekam, ohne daß diesmal der Arrak allein dafür verantwortlich gewesen wäre.

»Adel Efendi will nicht kommen, Scheich.«

»Vermutlich besteht er darauf, daß ich zu ihm in sein Lager komme . . .«

»Nein, er will, daß unser Scheich ihn heute nachmittag ... im Haus von Rukoz aufsucht.«

Nun waren aller Augen auf die Hand des Gebieters gerichtet, die sich um die Gebetskette krampfte.

»Dort werde ich nicht hingehen. Wenn er mir vorgeschlagen hätte, nach Dayrun zu kommen, hätte ich mir gesagt: Das ist eine Art Machtprobe; erst geben wir ein wenig nach, und dann halten wir wieder stand. Aber dieser Mensch ist nicht auf Ausgleich bedacht, sondern will mich demütigen.«

Die Dorfbewohner redeten leise untereinander und ließen dann den Pfarrer in ihrem Namen sprechen.

»Wenn diese Begegnung notwendig ist, um das eine oder andere Mißverständnis auszuräumen und uns weiteres Leid zu ersparen ...«

»Gib dir keine Mühe, *Buna*, ich werde nie und nimmer das Haus betreten, das mit aus meiner Kasse gestohlenem Geld erbaut wurde.«

»Auch nicht zur Rettung von Dorf und Schloß?«

Diese Frage hatte Raad gestellt. Nun war es totenstill. Sein Vater sah ihn an, zuerst streng, dann gekränkt, schließlich verächtlich. Dann blickte er wieder zum Pfarrer und sprach nach einer Weile voller Überdruß: »Ich weiß, *Buna*, es ist Stolz, oder nenn es, wie du willst; aber ich kann nicht anders. Man soll mir ruhig das Schloß, das Dorf nehmen, ich will vom Leben nichts. Aber meinen Stolz will ich mir bewahren. Ich werde sterben, ohne meinen Fuß über die Schwelle dieses Diebeshauses gesetzt zu haben. Wenn meine Haltung das Dorf in Gefahr bringt, dann muß man mich eben töten, mir meine Weste herunterreißen und sie meinem Sohn überziehen, damit er meinen Platz einnimmt. Er wird sich darauf einlassen, zu Rukoz zu gehen.«

Seine Stirnadern schwollen an. Und sein Blick wurde so hart, daß niemand mehr das Wort zu ergreifen wagte.

Da hatte Gerios, kühn geworden von dem Alkohol, der sich schon den ganzen Tag mit seinem Blut vermischte, plötzlich eine Erleuchtung.

»Wozu von Mord und Trauer sprechen? Gott möge unserem Scheich ein langes Leben schenken und ihn über unseren Köpfen erhalten, aber es hindert ja unseren Herrn nichts daran, daß er seinen Sohn und Erben damit beauftragt, ihn bei dieser Begegnung zu vertreten.«

Der Scheich, der noch über Raads Einwurf verbittert war, sagte nichts, was allgemein als Zustimmung interpretiert wurde. Er ließ es geschehen und zog sich mit seiner Gebetskette in seine Gemächer zurück.

Die Unterredung bei Rukoz war nur von kurzer Dauer. Man hatte mit ihr kein anderes Ziel verfolgt, als ein wenig am Schnurrbart des Scheichs zu zausen, und daß dessen Sohn sich herbemüht hatte, wurde von allen als hinreichende Demütigung angesehen. Raad brachte es fertig, auf sieben verschiedene Weisen zu beteuern, wie ergeben das Dorf dem Vizekönig von Ägypten und seinem treuen Verbündeten, dem Emir, sei. Und der Offizier versprach, daß seine Leute von nun an die Dorfbewohner weniger streng behandeln würden. Nach einer halben Stunde gab er vor, daß ihn eine andere Verpflichtung erwarte, und empfahl sich.

Der junge Scheich hingegen hatte es nicht eilig, wieder seinem Vater unter die Augen zu treten, und ließ sich daher gerne von dem »Dieb«, dem »Schurken«, dem »Verbannten« durch Haus und Felder führen ...

Es entstand zwar nicht gerade eine Art Freundschaft zwischen den beiden Männern, so aber doch ein stillschweigendes Einverständnis. In derselben Zeit brach der bis dahin unterschwellige Konflikt zwischen Raad und seinem Vater offen aus. Einige Wochen lang war das Schloß der Schauplatz zweier rivalisierender Fürstenhöfe, und mehr als einmal wäre es beinahe zu einem Handgemenge gekommen.

Das sollte jedoch nicht andauern. Wer sich dem jungen Scheich in der Hoffnung angeschlossen hatte, dieser werde im Umgang mit den Ägyptern mehr Weisheit an den Tag legen als sein Vater, sah sich bald enttäuscht. Der Leichtsinn und die Unbeständigkeit des jungen Mannes sprangen jedermann ins Auge. Bald war Raad nur noch von fünf oder sechs gleichgesinnten Tunichtguten umgeben, von Säufern und Schürzenjägern, die im Dorf gemeinhin verachtet wurden. Es darf auch nicht unerwähnt bleiben, daß nicht nur sein Ungeschick und seine Ziellosigkeit ihm zum Nachteil gereichten, sondern auch sein Akzent, der verhaßte Akzent der »Heuschrecken« aus dem Jord, den er nicht hatte ablegen können und der zwischen ihm und seinen Untertanen wie eine Mauer stand.

Tanios gefiel die Beziehung zwischen Rukoz und Raad überhaupt nicht. Daß letzterer nur ein Werkzeug im Kampf gegen den Scheich war, konnte er durchaus verstehen, hatte aber nicht die geringste Lust dazu. An seinem Mißtrauen gegenüber dem früheren Mitschüler hatte sich nichts geändert, und so versäumte er keine Gelegenheit, Asmas Vater gegen ihn aufzubringen. Wenn er manchmal von der Schule des Pastors zu Rukoz ging und vor dessen Haus Raads Pferd und Eskorte erblickte, setzte er seinen Weg fort, ohne anzuhalten, selbst wenn er Asma dann erst eine Woche später sah.

Einmal jedoch wurde er überrumpelt. Er war am Vormittag gekommen, hatte seine Freundin allein im Salon angetroffen und eine Weile mit ihr dort verbracht. Als er gerade wieder gehen wollte, stand er plötzlich Rukoz und Raad gegenüber; ihre Kleider waren schlammig, und der junge Scheich hielt triumphierend einen blutigen jungen Fuchs in der Hand.

»Die Jagd scheint ja erfolgreich gewesen zu sein.«

Die Verachtung, die Tanios in seine Stimme legte, unterstrich er noch dadurch, daß er beim Reden einfach weiterging. Die beiden Männer nahmen daran aber keinerlei Anstoß. Rukoz lud den Jungen sogar in liebenswürdigstem Tone dazu ein, noch zu bleiben und ein wenig Obst mit ihnen zu verzehren. Tanios lehnte dankend ab und gab vor, im Dorf erwartet zu werden. Da ging unerwarteterweise Raad auf ihn zu, legte ihm die Hand auf die Schulter und sagte: »Ich werde auch ins Schloß zurückreiten. Ich muß mich waschen und mich ausruhen. Wir können ja den Weg zusammen zurücklegen.«

Das konnte Tanios nicht ablehnen; er akzeptierte sogar ein Reitpferd, und so kam es, daß er Seite an Seite mit Raad und zweien seiner dubiosen Kumpane in Richtung Dorf ritt.

»Es ist nämlich so, daß ich mit dir reden muß«, sagte der junge Scheich mit sanfter Stimme.

Tanios hatte sich das schon gedacht. Er bemühte sich um ein höfliches Lächeln.

»Du bist mit *Khweja* Rukoz befreundet, und auch ich bin sein Freund geworden. Da ist es Zeit, daß wir vergessen, was uns in der Knabenzeit voneinander unterschied. Du warst fleißig und ich recht wild, aber mittlerweile sind wir ja beide herangewachsen.«

Tanios war siebzehn und trug eine Bartkrause; Raad war achtzehn und hatte einen Kinnbart nach Art des Patriarchen, aber schwarz und nicht gerade seidig. Auf dieses Bärtchen war Tanios' Blick gerichtet, bevor er wieder gedankenvoll auf den Weg vor ihnen schweifte.

»Rukoz sagt, daß er dir vieles anvertraut und großen Wert auf deine Meinung legt. Er findet, daß auch ich dir so manches erzählen und dir aufmerksam zuhören sollte.«

Das hörte sich schon fast nach einer Beichte an, doch die beiden Begleiter Raads lauschten auf jedes Wort des Gespräches. Tanios machte eine resignierte Handbewegung.

»Natürlich, nichts hindert uns daran, offen zueinander zu sein ...«

»Ach, ich bin ja so froh, daß wir wieder Freunde sind!«

Freunde? Wieder Freunde? Sie waren monatelang jeden Morgen den gleichen Schulweg nebeneinanderher gegangen und hatten dabei kaum je ein Wort gewechselt! Und überhaupt war Tanios dem jungen Scheich alles andere als wohlgesinnt. »Wenn er freundlich sein will, ist er nicht weniger unangenehm, als wenn er unfreundlich sein will«, dachte er ... Raad hingegen lächelte selbstzufrieden.

»Da wir jetzt Freunde sind, kannst du mir es ja sagen: Stimmt es, daß du ein Auge auf die Tochter von Rukoz geworfen hast?«

Das also steckte hinter all der Freundlichkeit. Tanios hatte um so weniger Lust, sich zu offenbaren, als Raads Leute mit neugierigen Mienen noch näher auf sie zugeritten kamen.

»Nein, ich habe kein Auge auf dieses Mädchen geworfen. Könnten wir jetzt vielleicht über etwas anderes sprechen?«

Er straffte die Zügel und sein Pferd bäumte sich.

»Natürlich«, antwortete Raad, »wir werden gleich von etwas anderem sprechen; ich wollte mir nur Gewißheit über Asma verschaffen. Ich habe nämlich gerade um ihre Hand angehalten.«

## 2

Im ersten Augenblick konnte Tanios es gar nicht glauben und war voller Verachtung. Er bewahrte in seinen Augen noch Asmas Blick und in seinen Fingern ihr Streicheln. Und er wußte auch, was Rukoz im Grunde genommen wirklich von Raad hielt. Er wollte diesen Hampelmann benützen, um dadurch dessen Vater zu schwächen; und er war andererseits zu klug, um sich ein Leben lang an ihn zu binden.

Als der junge Scheich kurz darauf wieder auf gleicher Höhe mit ihm ritt, konnte Tanios dennoch nicht anders, als in möglichst beiläufigem Tone zu fragen: »Und was hat er geantwortet?«

»Rukoz? Der hat so geantwortet, wie es sich für einen Mann aus dem Volke geziemt, wenn sein Herr ihm die Ehre erweist, sich für seine Tochter zu interessieren.«

Tanios wollte kein Wort mehr aus dem Mund dieses verabscheuungswürdigen Individuums hören; er sprang von dem Pferd, das jener ihm geliehen hatte, und kehrte auf der Stelle um. Ging geradewegs zurück zu Rukoz. Den fand er zusammengekauert am üblichen Platz in seinem neuen Saal vor, allein, ohne Gäste, Wachen oder Diener, eingehüllt in Tabakrauch und Kaffeedampf. Er machte einen nachdenklichen, enttäuschten Eindruck. Kaum aber erblickte er Tanios, zeigte er sich überaus erfreut und umarmte den Ankömmling, der doch erst vor einer Dreiviertelstunde von ihm gegangen war.

»Ich freue mich so, daß du noch einmal gekommen bist! Scheich Raad hat dich zum Weggehen genötigt, dabei wollte ich noch in aller Ruhe mit dir zusammensitzen und mich mit dir unterhalten wie mit einem Sohn, denn du bist ja der Sohn, den Gott mir so spät noch geschenkt hat.«

Er nahm ihn bei der Hand.

»Ich habe dir eine große Neuigkeit zu verkünden. Wir werden deine Schwester Asma verheiraten.«

Tanios entzog ihm seine Hand. Sein ganzer Körper wich zurück und schmiegte, ja preßte sich gegen die Wand. Der Rauch war durch Rukoz' Worte noch dichter geworden, man erstickte fast. »Ich weiß, du und ich, wir haben unter den Scheichs zu leiden gehabt, aber dieser Raad ist nicht wie sein Vater. Der beste Beweis dafür ist, daß er zum Wohle des Dorfes darauf eingegangen ist, in dieses Haus zu kommen, während der andere sich hartnäckig geweigert hat. Doch was kümmert uns der alte Scheich, wir haben den Erben auf unserer Seite und damit die Zukunft.«

Der junge Mann hatte sich wieder ein wenig gefaßt. Er blickte nun fest in die tiefliegenden Augen von Rukoz.

»Ich dachte, die Zukunft sei für dich die Beseitigung der Scheichs ...«

»Ja, das ist meine Überzeugung, und von der weiche ich auch nicht ab. Die Feudalherren müssen weg, und du wirst sehen, daß ich dafür sorgen werde. Aber gibt es eine bessere Methode, um eine Festung einzunehmen, als in ihrem Inneren Verbündete zu gewinnen?«

In Rukoz' Gesicht sah Tanios nichts anderes mehr als die Blatternarben, die sich noch zu vertiefen schienen, als bohrte Ungeziefer darin.

Die beiden schwiegen eine Weile. Rukoz tat einen Zug aus seiner Wasserpfeife. Tanios sah die Glut aufleuchten und wieder verlöschen.

»Asma und ich, wir lieben uns.«

»Red keinen Unsinn, du bist mein Sohn, und sie ist meine Tochter, ich werde doch nicht meine Tochter mit meinem Sohn verheiraten!«

Das war zuviel für den Jungen, zuviel der Heuchelei.

»Ich bin nicht dein Sohn, und ich will sofort mit Asma sprechen!«

»Du kannst jetzt nicht mit ihr sprechen, sie badet gerade. Sie bereitet sich vor. Morgen werden die Leute die Neuigkeit erfahren und uns gratulieren wollen.«

Tanios sprang auf, rannte aus dem Saal und durch den

Gang bis zu Asmas Zimmer. Er stieß die Tür auf. Da saß das Mädchen nackt in seiner kupfernen Badewanne, und eine Dienerin goß ihr dampfendes Wasser übers Haar. Die beiden stießen den gleichen Schrei aus. Asma kreuzte die Arme über der Brust, und die Dienerin bückte sich nach einem Handtuch.

Tanios blieb reglos stehen und hatte die Augen auf das geheftet, was er von der Haut seiner Geliebten noch zu sehen bekam. Und als Rukoz und seine Büttel angelaufen kamen, ihn ergriffen und rückwärts hinausschleiften, da wehrte er sich gar nicht und ließ die Schläge auf sich herniederprasseln.

»Warum denn die Aufregung? Was ist denn Schlimmes daran, wenn ich sie nackt sehe, wo wir doch Bruder und Schwester sind? Ab heute abend werden wir jede Nacht im gleichen Zimmer schlafen, wie alle Geschwister dieses Landes.«

Der Vater Asmas packte ihn an seinem weißen Haarschopf.

»Ich habe dir zuviel Ehre angetan, als ich dich meinen Sohn nannte. Es weiß ja kein Mensch, wessen Sohn du wirklich bist. Und einen Bastard will ich weder als Sohn noch als Schwiegersohn. Schafft ihn hinaus! Tut ihm nicht weh dabei, aber wenn einer von euch ihn noch einmal um meinen Besitz schleichen sieht, dann soll er ihm den Hals brechen!«

Als habe der entkleidete Körper Asmas ihm die Augen geöffnet, fand Tanios wieder zu seinem klaren Verstand zurück. Er war wütend auf sich selbst und von Schuldgefühlen geplagt, aber sah die Dinge nun, wie sie wirklich waren.

Selbstverständlich ärgerte er sich, diesen Verrat nicht vorhergesehen zu haben. Der auf gesellschaftlichen Aufstieg begierige Rukoz wollte seine Laufbahn nicht an der gleichen Stelle beenden, an der er sie begonnen hatte, indem er seine einzige Tochter dem Sohn eines Verwalters – oder schlimmer noch: einem Bastard – gab, wenn er sie mit dem Erben eines großen Hauses verehelichen konnte. Und für Raad, dem wohl Tag für Tag der drohende Ruin vor Augen stand, mußte die Aussicht, an das Asma zustehende Vermögen zu gelangen, hoch willkommen sein.

Auf dem Weg nach Kfaryabda machte Tanios sich zunächst Vorwürfe wegen seiner Verblendung. Dann aber begann er nachzudenken. Nicht etwa über irgendeine kindische Rache, sondern vielmehr über die Art und Weise, wie diese Heirat noch zu verhindern sei.

Dies schien ihm nämlich nicht gänzlich unmöglich. Wäre Rukoz ein Emporkömmling wie viele andere gewesen, irgendein neureicher Bürger oder Pächter, dann hätte der alte Scheich sich mit einer solchen Mißheirat vielleicht abgefunden. Der vorliegende Fall war selbstverständlich ganz anders gelagert; wenn der Scheich sich nicht einmal dazu herabgelassen hatte, das Haus dieses Menschen zu betreten, wie sollte er dann seine Einwilligung zu einer Heirat geben? Tanios wußte, daß er in ihm einen geschickten und entschlossenen Verbündeten finden würde.

Immer schneller ging er nun dahin, und bei jedem Schritt gewahrte er einen neuen Schmerz in den Beinen, den Rippen, der Schulter oder der Kopfhaut. Doch darauf achtete er kaum. Er war besessen von dem einen: Asma sollte ihm gehören, und müßte er dazu über die Leiche ihres Vaters gehen.

Als er das Dorf erreichte, schlug er rechter Hand den Pfad ein, der über Felder und am Waldrand entlang unter Umgehung der *Blata* zum Schloß hinaufführte.

Nicht den Scheich suchte er auf, sondern seine Eltern. Er bat sie feierlich, ihn anzuhören, und nahm ihnen gleich von vornherein das Versprechen ab, ihn nicht umstimmen zu wollen, da er sonst für immer fortgehen werde.

Was er ihnen dann sagte, findet sich in der *Bergchronik* des Mönchs Elias und in Pastor Stoltons Kalender des Jahres 1835 etwa mit denselben Worten wiedergegeben, bei Pastor Stolton jedoch auf einem vermutlich erst erheblich später eingefügten losen Blatt, dessen Inhalt hier dargestellt werden soll, da er wohl dem entspricht, was Tanios selbst berichtet hatte.

»›Ihr müßt wissen, daß ich dieses Mädchen liebe, daß sie meine Liebe erwidert und daß ihr Vater mich in dem Glauben gelassen hat, er werde mir ihre Hand geben. Aber Rukoz und Raad haben mich beide hintergangen, und jetzt bin ich verzweifelt. Wenn ich vor Ablauf dieser Woche nicht mit Asma verlobt bin, töte ich entweder Raad oder mich selbst, und ihr wißt, daß ich dazu imstande bin.‹ – ›Alles, nur das nicht‹, stöhnte seine Mutter, die noch immer den zwei Jahre zurückliegenden Hungerstreik ihres Sohnes nicht ganz überwunden hatte. Sie nahm flehend die Hand ihres Gatten, der selbst erschüttert war und schließlich zu Tanios den folgenden Satz sprach: ›Die Heirat, die du befürchtest, wird nicht stattfinden. Wenn es mir nicht gelingt, sie zu verhindern, dann will ich nicht dein Vater sein!‹« Diese emphatische Art des Schwures war unter den Menschen des Landes nicht unüblich, doch in Anbetracht der Umstände – sowohl der dramatischen Ereignisse als auch der Herkunft Tanios' – waren Gerios' Worte keineswegs lächerlich, sondern sehr bewegend.

»Das Schicksal zog die Knoten enger«, heißt es in der *Bergchronik*, »und der Tod strich herum.«

Tanios hatte das Gefühl, daß der Tod ihm nahe war. Der ansonsten so willensschwache Gerios hingegen schien entschlossen zu sein, mit der Vorsehung zu kämpfen und sich ihr in den Weg zu legen.

Wer im Dorf noch nie etwas für ihn übrig hatte – »mein« Gebrayel etwa und viele andere Alte –, der behauptet, der Schloßverwalter wäre wohl bei weitem nicht so einsatzfreudig gewesen, wenn sich das Bestreben Tanios' nicht mit dem des Scheichs gedeckt hätte und Gerios sich mit diesem hätte auseinandersetzen müssen. Damit unterschätzt man aber den Wandel, der sich in Gerios' Seele im Herbst eines von Niederlagen und sinnlosem Grübeln gezeichneten Lebens vollzogen hatte. Gerios sann auf Rettung, nicht nur seines Sohnes, sondern auch seiner allzu lange gekränkten Ehre als Mensch, als Ehemann, als Vater. Am gleichen Abend noch, kurz nach der Rückkehr Tanios' und ihrem Gespräch, ging er zum Scheich, der im großen Schloßsaal von Pfeiler zu Pfeiler wanderte, das weiße Haar entblößt und zerzaust. In der Hand hielt er eine Kette, deren Kugeln er ruckartig durch die Finger fahren ließ, gleichsam im Rhythmus seiner Seufzer.

Der Verwalter blieb neben der Tür stehen. Er sagte nichts, sondern ließ nur seine Gegenwart sprechen, die von einer nahen Lampe noch verdichtet wurde.

»Was ist denn, *Khweja* Gerios, du scheinst ja genauso sorgenvoll zu sein wie ich.«

»Es ist wegen meines Sohnes.«

»Unsere Söhne, unsere Hoffnung, unser Kreuz.«

Ermattet nahmen sie nebeneinander Platz.

»Mit deinem Sohn hast du es ja auch nicht gerade leicht«, sagte der Scheich, »aber wenigstens hast du das Gefühl, daß er dich versteht, wenn du etwas sagst.«

»Es mag sein, daß er mich versteht, aber wenn er dann handelt, geht es nur nach seinem Kopf. Und jedesmal, wenn ihn etwas verstimmt, will er sich gleich zum Sterben hinlegen.«

»Warum denn diesmal?«

»Er ist in die Tochter von Rukoz verliebt, und dieser Hund hat so getan, als würde er sie ihm geben. Als Tanios dann erfahren hat, daß sie auch dem Scheich Raad versprochen ist . . .«

»Wenn es weiter nichts ist, dann kann er beruhigt sein. Richte ihm von mir aus, daß es zu meinen Lebzeiten eine solche Heirat nicht geben wird, und wenn mein Sohn sich darauf versteift, dann wird er enterbt. Rukoz' Vermögen will er? Dann soll er Rukoz' Schwiegersohn werden! Aber meine Güter bekommt er dann nicht. Der Mann, der mich bestohlen hat, kommt mir nicht mehr in dieses Schloß, und seine Tochter genausowenig. Das kannst du jetzt Wort für Wort deinem Sohn sagen, dann wird sein Appetit sich schon melden.«

»Nein, Scheich, das werde ich ihm nicht sagen.«

Der Scheich zuckte zusammen. Eine solche Antwort hatte er von seinem ergebenen Diener noch nie erhalten. Sonst nickte der Verwalter immer schon, bevor die Sätze seines

Herrn überhaupt zu Ende gesprochen waren; jene Art von »nein« war ihm nie über die Lippen gekommen. Verdutzt sah der Scheich ihn an, amüsiert beinahe, aber ratlos.

»Ich verstehe dich nicht ...«

Sein Gegenüber blickte zu Boden. Es fiel ihm schon schwer genug, dem Scheich widersprechen zu müssen; auch noch seinem Blick standzuhalten war zuviel für ihn.

»Ich werde Tanios die Worte unseres Scheichs nicht übermitteln, da ich von vornherein weiß, was er mir antworten wird. Er wird sagen: ›Raad setzt seinen Willen immer durch, ganz gleich, wie die Wünsche seines Vaters lauten. Er hat die englische Schule verlassen wollen und dabei zu dem schlimmsten Mittel gegriffen, und keiner hat ihn dafür getadelt. Er hat zu Rukoz reiten wollen, um den Offizier zu treffen, und er hat es getan, und niemand hat ihn davon abgehalten. Mit dieser Heirat wird es das gleiche sein. Er will dieses Mädchen, und er wird es bekommen. Und bald wird auf dem Schoß unseres Scheichs ein Enkelsohn sitzen, der wie er Francis heißen und zugleich der Enkel von Rukoz sein wird.‹«

Gerios verstummte. Ganz betäubt war er von seinen eigenen Worten. Er vermochte es kaum zu glauben, daß er mit seinem Herrn so gesprochen hatte. Und nun wartete er mit tief gesenktem Blick und feuchtem Nacken.

Der Scheich schwieg ebenso. Er war unschlüssig. Sollte er Gerios anherrschen? Ihm voller Zorn oder Verachtung seine rebellischen Anwandlungen austreiben? Nein, er legte ihm die Hand auf die besorgte Schulter.

»*Khayye* Gerios, wie soll ich deiner Meinung nach vorgehen?«

Hatte er *Khayye* gesagt? »Mein Bruder«? Der Verwalter vergoß zwei Tränen der Rührung, hob kaum merklich den Kopf und erläuterte dann, was er für angebracht hielt.

»Hat uns nicht der Patriarch angekündigt, daß er am Sonntag zu uns aufs Schloß kommt? Er allein ist imstande, sowohl Rukoz als auch Scheich Raad zur Vernunft zu bringen ...«

»Er allein, das ist wahr. Falls er dazu gewillt ist ...«

»Unser Scheich wird schon die richtigen Worte finden, um ihn dazu zu bringen.«

Der Schloßherr nickte und erhob sich dann, um sich in seine Gemächer zurückzuziehen. Es war schon spät. Gerios stand auf, küßte seinem Herrn die Hand zum Abschied, aber auch zum Dank für seine Haltung. Er ging schon auf den Korridor zu, der in den Schloßflügel mit seiner Wohnung führte, da rief der Scheich ihn noch einmal zurück und forderte ihn auf, ihm mit einer Laterne in sein Schlafzimmer zu folgen. Dort zog er unter der Bettdecke ein Gewehr hervor. Es war die Waffe, die Raad einst von Richard Wood bekommen hatte. Im Schein der Flamme blinkte sie wie ein riesenhaftes Schmuckstück.

»Damit habe ich heute einen der Strolche erwischt, mit denen sich mein Sohn herumtreibt. Er hat mir gesagt, er habe es von Raad bei irgendeiner Wette gewonnen. Ich habe es ihm abgenommen und zum Schloßeigentum erklärt, da es ein Geschenk des englischen Konsuls ist. Ich möchte, daß du es in die Truhe mit unserem Geld sperrst. Gib acht, es ist geladen.«

Gerios trug die Waffe ganz dicht an seinem Körper. Sie roch nach warmem Harz.

## 3

Die Leute aus meinem Dorf brachten der Mitra des Patriarchen ebensoviel Mißtrauen wie Verehrung entgegen. Und als *Sayyedna* sie bei seiner Predigt dazu aufforderte, für den Emir der Berge und auch für den ägyptischen Vizekönig ein Gebet zu sprechen, da begannen sich ihre Lippen zu bewegen – Gott allein aber weiß, was sich hinter ihrem einförmigen Gemurmel für Worte und Wünsche verbargen.

Der Scheich blieb die ganze Messe über in seinem Sessel sitzen; in der Nacht war er unpäßlich gewesen, so daß er jetzt nur einmal aufstand, und zwar zur Kommunion, um das in Wein getränkte Brot zu empfangen. Raad tat es ihm ohne Anzeichen von Frömmigkeit nach und betrachtete dann ungeniert die angeschwollenen Stirnadern seines Vaters.

Nach der Zeremonie setzten sich der Scheich und der Prälat im Pfeilersaal zusammen. Als Gerios die Flügel der großen Tür schloß, um die beiden allein zu lassen, gelangte noch ein Satz des Patriarchen an sein Ohr.

»Ich komme mit einem Ansuchen, und ich weiß, daß man mich in einem so noblen Hause nicht enttäuschen wird.«

Lamias Gatte rieb sich die Hände. »Gott ist mit uns!« dachte er. »Wenn *Sayyedna* uns um einen Gefallen bittet, wird er uns nicht abschlagen können, was wir von ihm begehren!« Sogleich hielt er nach Tanios Ausschau, um ihm seine Hoffnung zuzuflüstern. Im großen Saal durchfuhr den Scheich ein leichtes Beben, und mit beiden Händen strich er sich über den Schnurrbart, denn er stellte genau die gleiche Überlegung an wie sein Verwalter. Der Patriarch fuhr fort: »Ich komme gerade aus Beit ed Dine, wo ich einen Tag bei unserem Emir verbracht habe. Er schien von Sorgen geplagt. Die Agenten Englands und der Hohen Pforte sind überall in den Bergen am Werk, und zahlreiche Menschen haben sich irreleiten lassen. Der Emir hat zu mir gesagt: ›In solcher Lage scheidet sich der

Getreue vom Verräter.‹ Und da wir gerade vom Getreuen sprachen, fiel natürlich als erster Name der Eure, Scheich Francis.«

»Gott schenke Ihnen langes Leben, *Sayyedna!*«

»Ich möchte Euch aber nicht verheimlichen, daß der Emir gewisse Bedenken hegte. Bei ihm wirkte noch der Eindruck nach, daß das Dorf englischem Sirenengesang sein Ohr geliehen hatte. Ich habe ihm versichert, das alles gehöre der Vergangenheit an, und gegenwärtig seien wir Brüder, so wie wir es stets hätten bleiben sollen.«

Der Scheich nickte, doch sein Blick verriet Unruhe. Was würde sein listiger Gast nach dieser zweideutigen, aus Warnungen und Lobreden gefügten Vorrede nun von ihm wollen?

»Früher«, sprach der Prälat weiter, »hat dieses Dorf sich in schwierigen Zeiten als tapfer erwiesen, und der Mut seiner Männer ist sprichwörtlich. Heute bahnen sich schwerwiegende Ereignisse an, und unser Emir braucht wieder Soldaten. In anderen Dörfern der Berge sind die Männer zwangsweise rekrutiert worden. Hier aber gibt es gewisse Traditionen. Ich habe unserem Emir gesagt, daß Kfaryabda ihm mehr Freiwillige schicken werde, als seine Werber jemals ausheben könnten. Habe ich mich da etwa getäuscht?«

Der Scheich war von dieser Perspektive nicht begeistert, doch wäre es ungeschickt gewesen, sich ablehnend zu zeigen.

»Sie können Ihrem Emir bestellen, daß ich meine Männer wie früher zusammenrufen werde und sie seine tapfersten Soldaten sein werden.«

»Etwas anderes habe ich von unserem Scheich nicht erwartet. Auf wie viele Männer kann der Emir zählen?«

»Auf alle, die gesund und kampftauglich sind, und an ihrer Spitze werde ich selbst stehen.«

Der Patriarch stand von seinem Sitz auf und musterte seinen Gastgeber. Der schien nun wieder in Amt und Würden und setzte seinen Ehrgeiz daran, sich wie ein junger Mann zu erheben, ohne sich dabei aufzustützen. Was ihm auch gelang.

Doch ob er auch in der Lage sein würde, seine Truppen in den Kampf zu führen?

»Möge Gott Euch stets diese Kraft erhalten«, sagte der Prälat.

Und mit dem Daumen zeichnete er ihm ein Kreuz auf die Stirn.

»Bevor *Sayyedna* wieder von uns geht, würde ich ihn noch gerne um einen Gefallen bitten. Es handelt sich um eine recht unbedeutende Angelegenheit, ja, gemessen an dem, was im Lande geschieht, ist sie sogar völlig belanglos. Sie beschäftigt mich aber dennoch, und ich möchte sie erledigt wissen, bevor ich ins Feld ziehe ...«

Nach der Unterredung verkündete der Patriarch seiner Eskorte, er wolle »am Haus von *Khweja* Rukoz vorbeikommen«, worauf Gerios ihm einen so innigen Handkuß widmete, daß einige der Umstehenden stutzig wurden.

»Am Haus vorbeikommen« war nur ein Euphemismus. Es war durchaus so, daß der Prälat das Haus auch betrat, in dem getäfelten Saale Platz nahm, sich Asma vorstellen ließ, sich lange mit ihr und dann mit ihrem Vater unterhielt und von jenem schließlich durch den weiten Besitz geführt wurde. Sein Besuch dauerte über eine Stunde und damit länger als sein Aufenthalt auf dem Schloß. Mit hochzufriedener Miene ritt er schließlich davon.

Die Zeit schien nicht vergehen zu wollen für Tanios, für Lamia und für Gerios, der sich ein paar Schluck trockenen Arrak gönnen mußte, um seiner Beklemmung Herr zu werden.

Bei seiner Rückkehr aufs Schloß gab der Patriarch dem Scheich durch eine beruhigende Handbewegung zu verstehen, daß die Angelegenheit im wesentlichen bereinigt sei; doch bat er fürs erste um ein Gespräch mit Raad unter vier Augen. Als er dann wieder heraustrat, war der junge Scheich nicht mehr bei ihm, sondern hatte sich durch eine Hintertür davongemacht. »Morgen wird er schon nicht mehr daran denken«, versicherte der Prälat. Ohne sich zu setzen, nur einfach mit der Schulter an einen der Pfeiler des großen Saales gelehnt, informierte er dann den Scheich mit gesenkter Stimme über das Ergebnis seiner Mittlerbemühungen und den sinnigen Ausweg, auf den er gekommen war.

Lamia hatte auf der Glut Kaffee gekocht und trank ihn nun in heißen Schlucken. Durch die angelehnte Tür vernahm sie Stimmen und Geräusche, doch wartete sie einzig auf die Schritte Gerios', von dessen Gesicht sie das Geschehene abzulesen hoffte. Von Zeit zu Zeit richtete sie ein Stoßgebet an die Heilige Jungfrau und drückte das Kruzifix in ihrer Hand.

»Sie war jung, Lamia, und noch immer schön, und ihr Hals war dargeboten wie der eines zutraulichen Lämmchens«, kommentierte Gebrayel.

Tanios war in Erwartung des Urteilsspruchs in den Alkoven hinaufgestiegen, in dem er als Kind so friedvolles Glück erfahren hatte. Er rollte seine dünne Matte aus, legte sich darauf nieder und deckte seine Beine zu. Womöglich hatte er vor, sich von dort nicht mehr wegzurühren und seinen Hungerstreik wiederaufzunehmen, falls der Vermittlungsversuch scheitern sollte. Vielleicht aber wollte er nur vor sich hin träumen, um seine Ungeduld zu bezähmen. Bald jedenfalls schlummerte er ein.

Im großen Saal redete einstweilen der Patriarch. Dann verabschiedete er sich sofort, da der unvorhergesehene Abstecher zum Hause Rukoz' zu einer Verspätung geführt hatte, die es nun aufzuholen galt.

Der Scheich begleitete ihn auf die Freitreppe hinaus, ging aber nicht die Stufen mit ihm hinunter. Und der Prälat drehte sich auch nicht noch einmal zum Gruße um. Er ließ sich auf sein Pferd helfen, und der Zug setzte sich in Bewegung.

Gerios stand an der Tür, mit einem Fuß im Saal und mit dem anderen auf der Treppe. Sein Geist wurde zunehmend wirrer. Das lag an dem Arrak der Wartestunden, an den Erklärungen des Patriarchen und auch an den Worten, die sein Herr ihm gerade zugeflüstert hatte.

»Ich weiß nicht, ob ich lachen oder ob ich ihn erwürgen soll«, hatte der Scheich aus seiner Kehle herausgegurgelt wie einen Auswurf.

Wenn man sich im Dorf diese unvergessene Episode erzählt, ist man auch heute noch hin- und hergerissen zwischen Empörung und Lachen: Der ehrwürdige Patriarch, der ausgezogen war, um für Tanios die Hand Asmas zu gewinnen, hatte es sich anders überlegt, als ihm Anmut und Vermögen des Mädchens erkenntlich geworden waren, und hatte ihre Hand ... für seinen Neffen bekommen!

Der gute Mann hatte selbstverständlich eine Erklärung parat: Der Scheich habe das Mädchen für Raad verschmäht, und Rukoz habe nichts mehr von Tanios wissen wollen; und da er selbst einen Neffen zu verheiraten gehabt habe ...

Der Herr über Kfaryabda fühlte sich zum Narren gehalten. Da hatte er seinen früheren Intendanten in seine Schranken verweisen wollen, und nun war der »Dieb« plötzlich verwandt mit der Familie des Patriarchen, des Oberhauptes der Glaubensgemeinschaft!

Gerios hingegen war nicht mehr in der Lage, Gewinn- oder Verlustrechnungen anzustellen. Er starrte auf das graue Reittier des Patriarchen, das gemächlich losging, und hatte dabei nur mehr einen Gedanken im Kopf, einen Pfahl, eine Qual. Die Worte entrangen sich seiner Brust: »Tanios wird sich umbringen!«

Der Scheich nahm nur ein Grunzen wahr. Er musterte seinen Verwalter von oben bis unten.

»Du stinkst nach Arrak, Gerios! Mach, daß du fortkommst! Und laß dich erst wieder blicken, wenn du nüchtern und wohlriechend bist!«

Dann zuckte der Scheich die Schultern und ging zu seinem Schlafzimmer. Er verspürte wieder ein Schwindelgefühl und hatte das dringende Bedürfnis, sich eine Weile hinzulegen.

Im selben Augenblick brach Lamia in Tränen aus. Sie hätte nicht zu sagen vermocht, warum, doch war sie sich sicher, daß es zum Weinen einen Grund gab. Sie beugte sich zum Fenster vor und sah zwischen den Bäumen das Gefolge des Patriarchen davonreiten.

Nun konnte sie nicht mehr warten, sie mußte ganz einfach zum großen Saal und dort die Nachricht erfahren. Solange der Patriarch noch dagewesen war, hatte sie sich wohlweislich nicht gezeigt, da sie wußte, daß er ihr nicht gewogen war und dem Scheich wegen ihr zürnte; sie befürchtete, er könne über ihren Anblick verärgert sein und seinen Grimm dann an Tanios auslassen.

Doch hält der Verfasser der *Bergchronik* dies für übertriebene Vorsicht: »Die Geburt an sich dieses Jungen war unserem Patriarchen schon unerträglich, wegen der Gerüchte, die darüber im Umlauf waren ... Wie hätte er da für ihn um die Hand eines jungen Mädchens anhalten sollen?«

Als Lamia durch den Korridor ging, der vom Flügel des Verwalters in das Hauptgebäude des Schlosses führte, hatte sie eine seltsame Vision. Es schien ihr, als huschte am Ende des engen Ganges die Gestalt von Gerios vorbei, mit einem Gewehr in der Hand. Sie ging schneller, sah ihn aber nicht mehr. Da war sie nicht mehr ganz sicher, im Halbdunkel richtig beobachtet zu haben. Einerseits dachte sie, er müsse es gewesen sein; sie hätte nicht sagen können, an welchem Zeichen, welcher Geste sie ihn erkannt hatte, aber schließlich lebte sie seit fast zwanzig Jahren mit ihm zusammen, wie hätte sie sich da täuschen sollen? Andererseits sah es ihm überhaupt nicht ähnlich, so zu laufen, wo er doch seine Dienste im Schloß immer mit solchem Ernst, solcher Unterwürfigkeit versah und sich nicht einmal ein Lachen gestattete, um es nur ja nicht an Würde fehlen zu lassen. Sich beeilen, ja, aber laufen? Und noch dazu mit einem Gewehr? Den Pfeilersaal fand sie leer vor, obgleich es dort Minuten vorher von Besuchern nur so gewimmelt hatte. Auch im Hof draußen keine Seele.

Als sie auf die Freitreppe trat, kam es ihr plötzlich so vor, als sehe sie Gerios zwischen den Bäumen verschwinden. Es war dies eine noch kürzere, flüchtigere Vision als die vorherige.

Ob sie ihm nachlaufen sollte? Schon raffte sie das Kleid, doch dann besann sie sich und eilte in ihre Wohnung zurück. Sie rief nach Tanios und stieg, ohne eine Antwort abzuwarten, die Sprossen der kleinen Leiter hinauf, die zu seiner Lagerstatt führten. Sie rüttelte ihn.

»Steh auf! Ich habe deinen Vater wie einen Irrsinnigen mit einem Gewehr laufen sehen. Du mußt ihm nach!«

»Und der Patriarch?«

»Ich weiß es nicht, es hat mir noch keiner etwas gesagt. Aber mach schnell jetzt, hol deinen Vater ein, er muß es wissen und wird es dir sagen.«

Was war da noch zu sagen? Lamia wußte schon Bescheid. Die Stille, das leere Schloß, ihr rennender Mann.

Der Pfad, in dem sie Gerios hatte verschwinden sehen, war der am wenigsten benützte Weg zwischen Schloß und Dorf. Die Leute von Kfaryabda stiegen, wie gesagt, lieber die Stufen hinauf, die auf der *Blata* gleich hinter dem Brunnen begannen; Wagen und Reiter dagegen zogen den breiten – heute stellenweise abgerutschten – Weg vor, der sich gemächlich den Schloßhügel emporwand. Und dann war da noch am Südwesthang dieser zwar steile und steinige Pfad, den man jedoch als Abkürzung verwenden konnte, um so schnell wie möglich an die Stelle zu gelangen, an der am Dorfausgang die vom Marktplatz herkommende Straße vorbeiführte. Wer sich auf diesen Pfad wagte, mußte beständig an Bäumen und Felsen Halt suchen. In dem Zustand, in dem Gerios sich befand, konnte er sich dort jeden Augenblick den Hals brechen.

Der hinterhereilende Tanios hielt jeweils vergeblich nach seinem Vater Ausschau, wenn er sich wieder an einem Felsen abstützen mußte. Im letzten Moment erblickte er ihn dann, im allerletzten Moment, als nichts mehr zu verhindern war und er die ganze Szene zu überschauen vermochte – die Menschen, die Tiere, ihre Mienen und Gebärden: den dahinreitenden Patriarchen mit seinem Gefolge, einem Dutzend Reitern und ebensoviel Mann zu Fuß. Und hinter einem Felsen den barhäuptigen Gerios mit der Waffe im Anschlag.

Der Schuß ging los. Dröhnend hallte er von den Bergen wider. Der zwischen den Augenbrauen getroffene Patriarch fiel vom Pferd wie ein Klotz. Das in panische Angst geratene Tier galoppierte drauflos und schleifte seinen Reiter zwei, drei Längen mit sich fort, bis dessen Fuß sich aus dem Steigbügel löste. Gerios kam hinter seinem Versteck hervor – einem aufrechten, abgeflachten Felsen, der im Boden stak wie eine riesige Glasscherbe und seit jenem Tage der »Hinterhalt« genannt wird. Sein Gewehr hielt Gerios mit beiden Händen hoch über dem Kopf, um sich zu ergeben. Die Begleiter des Prälaten wähnten sich jedoch von einer ganzen Rebellenbande angegriffen und flüchteten alle zurück in Richtung Schloß.

So stand der Mörder schließlich allein mitten auf der Straße, die Arme immer noch hoch erhoben, in Händen das rötlich schimmernde Gewehr, das Geschenk des englischen »Konsuls«.

Da trat Tanios auf ihn zu und faßte ihn am Arm.

*»Bayye!«*

Mein Vater! So habe der Junge ihn seit Jahren nicht mehr genannt. Dankbar sah Gerios seinem Kind ins Gesicht. Da hatte er also zum Mörder werden müssen, um wieder Anspruch auf dieses Wort zu erwerben. *Bayye!* In jenem Augenblick war in ihm kein Bedauern mehr und kein Wunsch. Er hatte seinen Rang und seine Ehre zurückerobert. Das Verbrechen war ihm Sühne für sein Leben, nun bedurfte es der Sühne für sein Verbrechen. Er brauchte sich nur noch zu stellen und sich in der Stunde der Strafe würdig zu erweisen.

Vorsichtig legte er die Waffe zu Boden, als fürchtete er, sie zu zerkratzen. Dann drehte er sich zu Tanios um, wollte ihm erklären, warum er getötet habe. Allein, er blieb stumm. Seine Kehle versagte ihm den Dienst.

Kurz drückte er den Jungen an sich. Dann wandte er sich von ihm ab und wollte in Richtung Schloß gehen. Doch Tanios hielt ihn am Arm fest.

»*Bayye!* Bleiben wir zusammen, du und ich. Diesmal hast du dich auf meine Seite gestellt, und ich lasse dich nicht mehr zurück zum Scheich!«

Willenlos folgte Gerios dem Jungen. Sie bogen in einen steilen Pfad ein, der bis zur Talsohle hinabführt. Hinter ihnen begann sich im Dorf ein großes Geschrei zu erheben. Sie aber hasteten den Berg hinunter, von Baum zu Baum, von Fels zu Fels, die Füße mitten in den Dornen, und hörten nichts mehr.

# 4

Nachdem das Verbrechen begangen war, eilte der Verwalter Gerios in Begleitung seines Sohnes den Hügel hinunter. Sie entzogen sich allen Blicken, und der Scheich mußte die Verfolgung einstellen.

Im Tal angekommen, marschierten sie bis zum Einbruch der Dunkelheit und dann die ganze Nacht hindurch entlang eines Wildwasserbachs in Richtung Meer.

Beim ersten Sonnenstrahl überquerten sie die Brücke, die über den Hundefluß führt, und erreichten den Hafen von Beirut. Dort waren am Kai zwei große Schiffe zum Auslaufen bereit. Das eine in Richtung Alexandria, doch hüteten sie sich, dort an Bord zu gehen, denn der ägyptische Herrscher hätte nichts Eiligeres zu tun gehabt, als sie dem Emir auszuliefern, um sie für ihr abscheuliches Verbrechen büßen zu lassen. Sie schifften sich lieber auf dem anderen ein, das nach Zypern fuhr, wo sie nach einem Tag, einer Nacht und einem weiteren Tag auf dem Meer schließlich anlegten.

Sie gaben sich für Seidenhändler aus und kamen im Hafen von Famagusta in der Herberge eines Mannes unter, der aus Aleppo stammte.

Diese nüchternen Zeilen aus der *Bergchronik* des Mönchs Elias sagen nicht genug darüber aus, welche Angst die Leute aus meinem Dorf wirklich hatten und wie überaus verlegen der Scheich war.

Der Fluch war für alle offensichtlich, war leibhaftig geworden, lag breit und behäbig auf der Straße beim Felsen des Hinterhalts. Und als der Leichnam im Rhythmus der Totenglocke zur Kirche getragen wurde, weinten die Gläubigen wie Schuldige, weil sie den Verstorbenen gehaßt hatten und noch immer haßten, und suchten manchmal auf ihren feuchten Händen nach Spuren von seinem Blut.

Der Scheich wußte sich schuldig, weil er den »Patriarchen

der Heuschrecken« ebenfalls gehaßt hatte, und zwar so sehr, daß er Minuten vor dem Mord noch den Wunsch geäußert hatte, jener möge erdrosselt werden. Doch selbst wenn dieser unbedachte, in Gerios' Ohr gefallene Satz unberücksichtigt blieb: Wie hätte der Scheich sich von der Verantwortung für ein Verbrechen lossprechen können, das auf seinem Boden begangen worden war, von einem Manne seines Vertrauens und mit einer Waffe, die er selbst ihm übergeben hatte? Einer Waffe überdies, die ausgerechnet von Richard Wood, dem englischen »Konsul«, stammte und nun einen der härtesten Kritiker der englischen Politik niedergestreckt hatte.

Zufall! Nichts als Zufall? Der Scheich, der in Ausübung seiner Vorrechte oftmals das Richteramt bekleidet hatte, mußte vor sich selbst zugeben, daß er einen Mann, der so viele Verdachtsmomente auf sich vereinigte, unweigerlich wegen Anstiftung zum Mord oder wegen Beihilfe verurteilen würde. Dabei hatte er dieses Verbrechen weiß Gott nicht gewünscht und hätte Gerios eigenhändig zu Boden geschlagen, wenn er von seiner Absicht etwas geahnt hätte.

Als die Begleiter des Patriarchen dem Scheich die Tragödie vermeldeten, die sich gerade vor ihren Augen abgespielt hatte, erschien er ihnen ratlos, ja der Verzweiflung nahe, so als überblickte er in jenem Augenblick schon das Unheil, das sich daraus noch ergeben würde. Doch war er kein Mann, der sich von seinen Führeraufgaben ablenken ließ. Schnell faßte er sich wieder und versammelte seine Leute, um die Verfolgung zu organisieren.

Das war seine Pflicht und auch das Gebot der Weisheit: Er mußte den Behörden – und als erstes der Eskorte des Prälaten – glaubhaft machen, daß er alles ins Werk setzte, um die Mörder zu ergreifen. Jawohl, die Mörder. Gerios und auch Tanios. Der junge Mann war zwar unschuldig, doch wäre er in jener Nacht gefaßt worden, so hätte der Scheich keine andere Wahl gehabt, als ihn der Gerichtsbarkeit des Emirs auszuliefern, selbst wenn er gehängt werden sollte. Weil die Dinge nun einmal so lagen.

In einer so schwerwiegenden Angelegenheit, die bei weitem über seine Belange und selbst die des Emirs hinausging, hatte der Scheich nicht freie Hand, sondern war gezwungen, diesem Ablauf der Dinge peinlich genauen Tribut zu zollen. Genau das aber wurde ihm von einigen Begleitern des Patriarchen und später vom Emir und vom ägyptischen Befehlshaber vorgeworfen: daß er nämlich nur so getan habe, als ob.

Gewiß hatte man ihn bis zum Morgengrauen im allgemeinen Durcheinander auf dem Schloß Befehle hinausschreien und fluchen sehen. Wer ihm übelwollte, sah darin aber nur leere Gesten. Die Vertrauten des ermordeten Prälaten behaupteten, der Scheich habe nicht etwa sofort die nötigen Maßnahmen ergriffen, sondern statt dessen erst umständlich die Zeugen nach dem Tathergang befragt und ihnen dann lange keinen Glauben schenken wollen, als sie aussagten, sie hätten Gerios erkannt; schließlich habe er Leute zur Wohnung des Verwalters geschickt, und als sie unverrichteterdinge zurückgekehrt seien, habe er zu ihnen gesagt: »Dann holt Tanios her, ich muß mit ihm sprechen.«

Daraufhin habe sich der Scheich mit Lamia in den kleinen Raum neben dem Pfeilersaal zurückgezogen; kurze Zeit später seien sie wieder herausgetreten, sie in Tränen aufgelöst und er mit hochrotem Gesicht; dann habe er in möglichst überzeugendem Tone versichert: »Tanios hat sich auf die Suche nach seinem Vater gemacht und wird ihn bestimmt bald zurückbringen.«

Da aber die Freunde des Patriarchen sich skeptisch gezeigt hätten, habe er seinen Leuten befohlen, die Gegend in allen Richtungen abzusuchen: das Dorf, den Pinienwald, die alten Pferdeställe und sogar einige Teile des Schlosses. Wozu aber habe er überall fahnden lassen, anstatt seine sämtlichen Männer in Richtung Tal zu schicken, auf den Pfad nämlich, den Gerios und Tanios aller Wahrscheinlichkeit nach eingeschlagen hatten? Unter dem Vorwand, alles zu durchkämmen, habe der Scheich eigentlich nirgends wirklich gesucht, und zwar aus einem einfachen Grund: um die Schuldigen entkommen zu lassen!

Aber welches Interesse hätte er daran haben sollen? Im Grunde genommen keines, im Gegenteil, er nahm sogar die größten Gefahren für seine Ländereien, für Leib und Leben und nicht zuletzt für sein Seelenheil in Kauf. Falls allerdings Tanios doch sein Sohn war ...

Es war eben stets der gleiche Zweifel, der über dem Scheich und Lamia, über dem Schloß und jener ganzen Berggegend schwebte wie eine dunkle, unheilvolle Regenwolke.

Auszug aus dem Kalender von Reverend Stolton: »Am Tag nach dem Mord kam ein Trupp der ägyptischen Armee an unser Tor. Der befehlshabende Offizier bat mich um die Erlaubnis, das Missionsgelände zu durchsuchen. Ich antwortete ihm, daß derlei gar nicht in Frage käme, gab ihm aber mein Ehrenwort als Mann und als Pastor, daß niemand sich bei mir verberge. Einen Augenblick lang dachte ich schon, er würde sich mit meinem Wort nicht begnügen, denn er machte einen eher verstimmten Eindruck. Aber anscheinend hatte er genaue Anweisungen. Nachdem er eine Weile um die Mission herumgeschlichen war, um eventuell doch irgend etwas Verdächtigem auf die Spur zu kommen, zog er schließlich mit seinen Soldaten wieder ab.

Der Bevölkerung von Kfaryabda wurde nicht die gleiche Rücksichtnahme zuteil. Das Dorf wurde von einer mehrere hundert Mann starken Armee-Einheit besetzt, die sich aus Kräften des Vizekönigs und des Emirs zusammensetzte. Als erstes wurde auf dem Marktplatz verkündet, man sei auf der Suche nach dem Mörder und seinem Sohn – meinem Zögling –, obgleich doch jeder wußte, daß die beiden schon weit entfernt waren. Dann wurde gewissenhaft Haus für Haus durchsucht. Selbstverständlich fanden die Soldaten in keinem das, was sie zu suchen vorgaben, doch gingen sie auch aus keinem Haus mit leeren Händen wieder fort. Die festgenommenen ›Schuldigen‹ hießen Schmuck, Mäntel, Teppiche, Tischdecken, Geld, Getränke und Vorräte.

Auf dem Schloß wurde der Raum durchsucht, der Gerios als Arbeitszimmer diente, und dabei fühlte man sich auch bemüßigt, die dort befindliche Truhe aufzubrechen. Nur so konnte man sicher sein, daß sich der Verwalter nicht darin versteckte . . . Es wurden auch die Zimmer durchwühlt, in denen Tanios' Eltern lebten, aber die Mutter des Jungen hatte bereits am Vorabend auf Anraten von Scheich Francis das Schloß verlassen und sich bei ihrer Schwester einquartiert.

Es gab zahlreiche Übergriffe dieser Ordnungshüter . . . Zum Glück, wenn ich so sagen darf, herrschte Krieg im Land; die Soldaten wurden andernorts zu weiteren ruhmreichen Taten benötigt und daher nach einer Woche abgezogen. Nicht aber, ohne vorher noch ein letztes Unrecht begangen zu haben.«

Um sicherzugehen, daß der Scheich nicht in seinem Bemühen nachlassen würde, die Schuldigen zu fassen und auszuliefern – »Vater und Sohn«, wie der Emir betont hatte –, nahmen die Soldaten einen »Verdächtigen« mit, der eigentlich mehr eine Geisel war: Raad. Schließlich war ja er der Eigentümer der Tatwaffe; es hieß auch, er habe sich dem ihn befragenden Offizier gegenüber unvorsichtig geäußert, in dem Sinne nämlich, daß sich der Patriarch nach seiner seltsamen Vermittlungstätigkeit das Geschehene selbst zuzuschreiben habe.

Das Verhältnis zwischen dem Scheich und seinem Sohn war noch immer äußerst gespannt, doch als der alte Mann mit ansehen mußte, wie sein Junge mit hinter dem Rücken zusammengebundenen Händen abgeführt wurde wie ein Verbrecher, da schämte er sich für sein Geblüt.

Vor Ablauf jenes Unglücksjahres war im Schloß Leere eingekehrt. Fort waren die Menschen mit ihren Streitigkeiten, ihren Erwartungen, ihren Intrigen.

Rissig die alte Fassade, ruiniert die Zukunft; aber noch immer stiegen treue Dorfbewohner jeden Morgen hinauf, um die ohnmächtige Hand des Scheiches von Kfaryabda zu »sehen«.

## Siebte Passage
## *Orangen auf der Treppe*

Tanios sagte zu mir: »Ich habe eine Frau erkannt. Ich spreche ihre Sprache nicht und sie die meine nicht, doch ganz oben auf der Treppe wartet sie auf mich. Eines Tages werde ich zurückkommen, an ihrer Tür klopfen und ihr sagen, daß unser Schiff gleich auslaufen wird.«

Nader
*Die Weisheit des Maultiertreibers*

# I

In Famagusta begann unterdessen für die beiden Flüchtlinge ein neues Dasein voller Schrecken und Reue, doch auch voller Kühnheit, Lust und Sorglosigkeit.

Die Herberge des Mannes aus Aleppo war eine Art Karawanserei für durchreisende Kaufleute, ein Labyrinth aus Kramläden, Terrassen und wackeligen Geländern; baufällig, kaum möbliert und doch die am wenigsten ungastliche Unterkunft der ganzen Stadt. Vom Balkon ihres Zimmers im dritten Stock hatten Gerios und Tanios Blick über das Zollgebäude, die Laderampen und die Schiffe am Kai – jedoch nicht über die Weite des Meeres.

In den ersten Wochen lebten sie in der ständigen Angst, erkannt zu werden. Sie blieben von morgens bis abends versteckt, und erst im Schutze der Dunkelheit gingen sie beide oder Tanios allein zu irgendeiner dampfenden Garküche und kauften etwas zu essen. Die restliche Zeit über saßen sie im Schneidersitz auf dem Balkon und sahen auf das Gewoge hinab, auf das Hin und Her der Träger und Reisenden, und kauten dabei braunes zypriotisches Johannisbrot.

Manchmal verschwamm Gerios der Blick, und Tränen flossen ihm die Wangen hinab. Er sagte jedoch nichts. Weder über sein verpfuschtes Leben noch über das Exil. Höchstens seufzte er einmal: »Deine Mutter! Nicht einmal verabschiedet habe ich mich von ihr.«

Oder: »Lamia! Nie werde ich sie wiedersehen!«

Wenn Tanios ihm dann den Arm um die Schultern legte, bekam er zu hören: »Mein Sohn! Wäre es nicht, um dich zu sehen, so würde ich nicht einmal mehr die Augen öffnen wollen!«

Von dem Verbrechen an sich sprachen weder Gerios noch Tanios. Selbstverständlich dachten sie unentwegt daran, an den einzelnen Schuß, das blutige Gesicht, das davongaloppierende Pferd, das seinen Reiter mit sich schleifte; dann die hastige Flucht in das Tal hinunter bis ans Meer und alles weitere. Das sahen sie bestimmt in ihren langen Schweigestunden vor sich. Darauf zu sprechen aber kamen sie aus einer drükkenden Furcht heraus nicht.

Es hatte ja auch noch nie jemand die Tat in ihrer Gegenwart erwähnt. Sie waren so schnell geflohen, daß sie keine Stimme hatten schreien hören: »Der Patriarch ist tot, Gerios hat ihn umgebracht!«, und auch das Läuten der Totenglocke war nicht an ihr Ohr gedrungen. Ohne sich umzudrehen und ohne irgend jemandem zu begegnen, waren sie bis Beirut marschiert. Dorthin war die Nachricht noch nicht gelangt. Die ägyptischen Soldaten im Hafen suchten nach keinem Mörder. Und die Reisenden auf dem Schiff, die die letzten Ereignisse kommentierten, sprachen über die Kämpfe in den syrischen Bergen und am Euphrat, über einen Anschlag auf Anhänger des Emirs in einem drusischen Dorf und über die Haltung der Großmächte. Kein Wort jedoch über den Patriarchen. In Zypern dann waren die beiden Flüchtlinge sofort untergetaucht . . .

Da Gerios keinen Widerhall auf seine Tat vernahm, zweifelte er manchmal schon an ihrer Wirklichkeit. Als habe er einen Krug zu Boden fallen lassen, der zerbrochen ist, ohne daß er ihn hat bersten hören.

Und diese unerträgliche Stille war es auch, die sie letztendlich aus ihrem Versteck lockte.

Gerios begann seltsam zu werden. Seine Lippen bewegten sich immer öfter zu langen, stummen Selbstgesprächen. Und hin und wieder entfuhren ihm dabei kaum vernehmbare Worte ohne Zusammenhang. Dann zuckte er hoch, drehte sich zu Tanios und lächelte armselig.

»Ich habe im Traum geredet.«

Doch hatten seine Augen die ganze Zeit über offengestanden.

Da Tanios fürchtete, er werde dem Wahnsinn verfallen, beschloß er, ihn aus der Herberge herauszuführen.

»Niemand kann wissen, wer wir sind. Und ohnehin sind wir ja auf dem Gebiet der Ottomanen, die mit dem Emir Krieg führen. Warum sollen wir uns also verstecken?«

Am Anfang waren ihre Spaziergänge kurz und vorsichtig. Sie waren es nicht gewohnt, in einer fremden Stadt umherzuwandeln; keiner der beiden hatte je andere Orte kennengelernt als Kfaryabda, Sahlain und Dayrun. Gerios hielt unwillkürlich die Rechte beständig in Brusthöhe, als wollte er sie an die Stirn führen, um die Vorübergehenden zu grüßen, und sein Blick strich über die Gesichter aller Passanten.

Er selbst hatte sich vom Äußeren her nicht unerheblich verändert und wäre nicht auf Anhieb wiedererkannt worden. In den vorhergegangenen Wochen hatte er das Rasieren vernachlässigt und war nun entschlossen, seine Barttracht beizubehalten. Tanios dagegen hatte sich seines Bartes ebenso entledigt wie seiner bäuerlichen Mütze, an deren Stelle er sich einen weißen Seidenschal um den Kopf gewickelt hatte, um sich nicht durch sein Haar zu verraten. Sie hatten auch weitärmelige Jacken erstanden, wie es sich für Kaufleute ziemte.

An Geld mangelte es ihnen nicht. Als der Verwalter die Tatwaffe aus der Truhe im Schloß genommen hatte, hatte er auch eine Börse eingesteckt, die er dort einst verwahrt hatte – seine Ersparnisse, keinen Piaster mehr. Er hatte vorgehabt, das Geld seiner Frau und seinem Sohn zu lassen, doch in der Eile hatte er es unter seinen Kleidern verborgen. Es war ein schöner Batzen, alles hochwertige Goldstücke, die die Wechsler in Famagusta entzückt befühlten, bevor sie ihnen dafür mehrere Handvoll neuer Münzen aushändigten. Für den alles andere als verschwenderischen Gerios genügte es, um zwei, drei Jahre gegen alle Not gefeit zu sein. Bis sich vielleicht einmal eine Sonne der Erlösung am Horizont zeigen würde.

Von Tag zu Tag wurden ihre Ausflüge länger und beherzter. Und eines Morgens erkühnten sie sich dazu, in einer Kneipe Platz zu nehmen. Aufgefallen war ihnen das Lokal schon am Tag ihrer Ankunft auf der Insel; die Männer darin hatten sich so blendend unterhalten, daß die beiden Flüchtlinge vor Scham und Neid ihre Köpfe eingezogen hatten.

An der Kneipe in Famagusta war kein Schild angebracht, doch sie war schon von weitem sichtbar, selbst von den Schiffen aus. Der Wirt, ein fröhlicher, beleibter Grieche namens Eleftherios, thronte auf einem Korbstuhl neben dem Eingang und hatte die Füße auf die Straße gestreckt. Hinter ihm war sein wichtigstes Rüstzeug, nämlich die Glut, auf der fortwährend vier oder fünf Kaffeekannen dampften, und deren er sich auch bediente, um die Wasserpfeifen anzuzünden. Etwas anderes servierte er nicht, abgesehen von frischem Wasser aus einem Tonkrug. Wer etwa einen Süßholz- oder einen Tamariskensaft wünschte, der mußte schon einen Straßenverkäufer herbeiwinken, woran aber der Wirt keinerlei Anstoß nahm.

Man saß in dem Lokal auf Hockern, und für die Stammgäste lagen *Tavli*-Spiele bereit, die jenen in Kfaryabda und der ganzen Bergregion zum Verwechseln ähnlich sahen. Oft spielten die Gäste um Geld, doch die Münzen gingen von Hand zu Hand und wurden nie auf den Tisch gelegt.

In die einzige Kneipe in ihrem Dorf an der *Blata* war Gerios nie gegangen, außer vielleicht in seiner Jugend – auf jeden Fall lange bevor er sein Amt auf dem Schloß angetreten hatte. Und *Tavli* hatte ihn nie interessiert, ebensowenig wie andere Glücksspiele. An jenem Tag aber hatten Tanios und er eine Partie, die am Nachbartisch gespielt wurde, so aufmerksam verfolgt, daß der Wirt auch ihnen einen der rechteckigen Kästen aus braunem, abgesplittertem Holz brachte. Und so begannen auch sie, die Würfel auf das Brett zu schnipsen, geräuschvoll die Steine zu versetzen und mit Flüchen und sarkastischen Bemerkungen um sich zu werfen.

Zu ihrem eigenen Erstaunen lachten sie. Wann sie das letzte Mal gelacht hatten, hätte keiner der beiden mehr zu sagen gewußt. Tags darauf kamen sie sehr früh und setzten sich wieder an den gleichen Tisch; und am folgenden Tag wieder.

Die Schwermut schien völlig von Gerios gewichen zu sein, viel schneller, als Tanios erwartet hatte. Und er gewann sogar Freunde. Eines Tages trat mitten in einer hitzigen Partie ein Mann auf sie zu, entschuldigte sich dafür, sie so einfach anzusprechen, und erläuterte, er stamme wie sie aus den Bergen und habe sie an ihrem Akzent erkannt. Er hieß Fahim und wies im Gesicht, insbesondere von der Form seines Schnurrbarts her, eine gewisse Ähnlichkeit mit dem Scheich auf. Er nannte ihnen den Namen seines Dorfes, Baruk, mitten im Drusengebiet; die Region war für ihre Feindseligkeit gegenüber dem Scheich bekannt, doch Gerios blieb noch auf der Hut und gab sich als Seidenhändler aus, der mit seinem Sohn nur auf der Durchreise in Zypern sei. »Das kann ich von mir leider nicht sagen! Ich weiß nicht, wie viele Jahre noch vergehen müssen, bevor ich wieder in meine Heimat zurückkann. Meine Familienangehörigen sind alle hingemordet worden und unser Haus niedergebrannt. Ich selbst bin nur durch ein Wunder davongekommen. Man beschuldigte uns, den Ägyptern eine Falle gestellt zu haben. Meine Familie hatte damit nichts zu tun, aber unser Haus stand unglückseligerweise am Ortseingang, und meine drei Brüder sind getötet worden. Solange das Ungeheuer noch am Leben ist, werde ich meine Berge nicht wiedersehen!«

»Das Ungeheuer?«

»Ja, der Emir! So wird er von den Oppositionellen genannt, wußten Sie das etwa nicht?«

»Den Oppositionellen, haben Sie gesagt?«

»Es gibt Hunderte davon, Christen und Drusen, überall verteilt. Sie haben den Schwur getan, nicht eher zu ruhen, als bis sie ihn niedergestreckt haben.« Er senkte die Stimme. »Selbst im direkten Umkreis des Ungeheuers wirken welche, sogar in seiner eigenen Familie. Sie sind überall und handeln im verborgenen. Aber eines Tages werden Sie von ihren Taten hören, und dann werde ich nach Hause zurückkehren.«

»Und was gibt es Neues dort?« erkundigte sich Gerios, nachdem sie eine Weile geschwiegen hatten.

»Einer der engsten Berater des Ungeheuers ist umgebracht worden, der Patriarch ... aber darüber wissen Sie bestimmt schon Bescheid.«

»Wir haben von dem Mord gehört. Da waren sicher die Oppositionellen am Werk.«

»Nein, es war der Verwalter des Scheichs von Kfaryabda, ein gewisser Gerios. Dem Vernehmen nach ein ehrbarer Mann, aber der Patriarch scheint ihm eine Schmach angetan zu haben. Bisher hat er ihnen entkommen können. Er soll nach Ägypten geflohen sein, und die dortigen Behörden suchen nach ihm, um ihn auszuliefern. Der braucht sich auch nicht mehr zu Hause sehen zu lassen, solange das Ungeheuer noch am Leben ist.

Aber ich rede zuviel«, besann der Mann sich plötzlich, »und ich habe Sie bei Ihrer Partie unterbrochen. Spielen Sie nur weiter, und ich trete dann gegen den Gewinner an. Doch sehen Sie sich vor, ich bin ein gefürchteter Spieler, und als ich meine letzte Partie verlor, war ich nicht älter als der junge Mann hier.«

Nach diesen dörflichen Prahlereien war das Eis endgültig gebrochen, und Tanios, der vom Spielen genug hatte, überließ dem Neuankömmling gerne seinen Platz.

An jenem Tage, an dem Gerios seine ersten Partien *Tavli* mit Fahim austrug, dessen unzertrennlicher Freund er werden sollte, ereignete sich in Tanios' Dasein die sogenannte »Orangenepisode«, auf die sich die Quellen nur indirekt beziehen, obwohl sie meiner Ansicht nach für den weiteren Lebensweg des Jungen und – so meine ich zu wissen – auch für sein rätselhaftes Verschwinden von entscheidender Bedeutung ist.

Tanios ließ also die beiden allein weiterspielen und ging in die Herberge, um etwas auf sein Zimmer zu bringen. Als er wieder hinausgehen wollte, sah er durch den Türspalt eine jung wirkende Frau mit verschleiertem Gesicht. Er lächelte ihr höflich zu, und die Augen der Unbekannten lächelten zurück.

Sie trug mit der linken Hand einen Wasserkrug und raffte mit der rechten ihr Kleid ein wenig, um nicht zu stolpern; unter den Ellbogen hatte sie zudem einen Korb mit Orangen geklemmt. Als Tanios sah, wie beladen sie war, kam es ihm in den Sinn, ihr behilflich zu sein. Da er aber fürchtete, jeden Augenblick könne aus irgendeiner Tür ein reizbarer Ehemann heraustreten, sah er ihr lediglich nach.

Er stand im dritten Stock, und die Frau stieg noch höher hinauf. Da glitt plötzlich eine Orange aus dem Korb, und dann noch eine, und sie kullerten die Stufen hinunter. Die Frau tat, als wollte sie stehenbleiben, doch war sie außerstande, sich zu bücken. Da eilte der junge Mann herbei und hob die Orangen auf. Sie lächelte ihn an, ging dabei aber weiter. Tanios wußte nicht, ob sie sich entfernte, weil sie nicht mit einem Fremden sprechen wollte, oder ob sie ihn damit aufforderte, ihr zu folgen. Voller Zweifel ging er ihr schließlich nach, aber verhaltenen Schrittes und etwas ängstlich. Bis in den vierten Stock, dann in den fünften und letzten.

Dort blieb sie vor einer Tür stehen, stellte Krug und Korb zu Boden und holte aus ihrer Bluse einen Schlüssel. Tanios blieb einige Schritte hinter ihr stehen und streckte ihr die Orangen demonstrativ entgegen, um an seinen Absichten nur ja keinen Zweifel aufkommen zu lassen. Sie öffnete die Tür, hob ihre Sachen auf und drehte sich, als sie eintrat, noch einmal lächelnd zu Tanios um.

Die Tür blieb offen. Der junge Mann schritt näher. Die Unbekannte wies mit der Hand auf den Korb, den sie neben einer dünnen Matratze abgestellt hatte. Und während er die Früchte an ihren Platz legte, lehnte sie sich in scheinbarer Erschöpfung mit dem Rücken an die Tür, so daß diese zufiel. Das Zimmer war winzig, wurde nur von einer Dachluke erleuchtet und enthielt weder Stuhl noch Schrank, noch irgendeine Dekoration.

Immer noch stumm bedeutete die Frau Tanios, daß sie außer Atem sei. Sie nahm die Hand ihres Gastes und legte sie an ihr Herz. Er setzte eine ernste Miene auf, als sei er über das schnelle Pochen erstaunt, und ließ die Hand dann, wo sie war. Auch sie nahm sie nicht fort. Sie streckte sich vielmehr unmerklich, so daß die Hand allmählich jenseits ihres Kleides rutschte. Von ihrer Haut ging ein betörender Duft aus, er erinnerte Tanios an blühende Obstbäume im Monat April, an einen Spaziergang durch die Obstgärten.

Da wagte es Tanios, nunmehr ihre Hand zu ergreifen und sie an sein Herz zu legen. Er errötete über seine Dreistigkeit, und da begriff sie, daß es für ihn das erste Mal war. Sie sah zu ihm empor, schob ihm das Tuch von der Stirn, fuhr mehrmals mit der Hand durch sein frühzeitig ergrautes Haar und lachte dabei ohne Arg. Dann zog sie seinen Kopf an ihre entblößte Brust.

Tanios wußte nichts von den Gesten, die er zu vollführen hatte. Er war überzeugt, daß seine Unerfahrenheit jeden Augenblick offensichtlich war, und hatte damit nicht unrecht. Doch die Frau mit den Orangen nahm ihm das nicht übel. Jeder seiner Ungeschicklichkeiten setzte sie eine zuvorkommende Liebkosung entgegen.

Als beide nackt waren, schob sie den Türriegel vor, zog den jungen Mann auf ihr Lager und führte ihn mit ihren Fingerspitzen auf den warmen Weg der Lust.

Noch immer hatten sie kein Wort miteinander gewechselt; keiner der beiden wußte, welche Sprache der andere sprach, und doch schliefen sie wie ein einziger Körper. Das Zimmer lag Richtung Westen, und durch die Dachluke schien nun die Sonne herein, und in ihrem Licht tanzten die Staubfädchen. Als Tanios erwachte, sog er wieder den Früchteduft ein und spürte unter seiner rechten Wange die langsamen, friedlichen Herzschläge in einer weichen Frauenbrust.

Das von dem Schleier befreite Haar der jungen Frau war so rot wie der eisenhaltige Boden in der Umgegend von Dayrun, ihre Haut rosig und gesprenkelt. Nur die Lippen und die Brustwarzen waren von zartem Braun.

Unter dem Blick, der auf ihr ruhte, öffnete sie die Augen, richtete sich auf und versuchte, durch die Dachluke festzustellen, wie spät es sein mochte. Dann griff sie zu Tanios' Gürtel und klopfte mit einem zerknirschten Lächeln an die Stelle, an der die Münzen klimperten. In der Annahme, dies sei der übliche Vorgang, rollte Tanios den Gürtel auf und sah sein Gegenüber fragend an. Die Frau streckte drei Finger jeder Hand empor, und Tanios gab ihr ein silbernes Sechspiasterstück.

Als er wieder angezogen war, hielt sie ihm eine Orange hin. Auf seine ablehnende Geste steckte sie ihm die Frucht in die Tasche. Dann begleitete sie ihn zur Tür, hinter der sie sich versteckt hielt, während er hinausging, da sie noch nicht angekleidet war. Als er zurück in seinem Zimmer war, legte er sich auf den Rücken, warf die Orange hoch, fing sie wieder auf und dachte dabei an das Wunderbare, das ihm gerade widerfahren war. »Da mußte ich also ins Exil gehen, mußte ohne Hoffnung in dieser fremden Stadt, dieser Herberge landen und bis zum letzten Stock hinauf einer Unbekannten nachsteigen ... mußte also von den Meereswellen so weit geworfen werden, um diesen Augenblick des Glücks genießen zu dürfen ... Der so intensiv war, als sei er die Berechtigung für mein ganzes Abenteuer. Und seine Vollendung. Und meine Erlösung.«

All die Menschen, die er gekannt hatte, zogen vor seinem geistigen Auge vorüber, und lange hielt er sich bei Asma auf. Und wunderte sich, seit seinem Fortgang so wenig an sie gedacht zu haben. War nicht sie der Grund für Mord und Flucht gewesen? Dennoch war sie aus seinen Gedanken entschwunden wie durch eine Falltür. Gewiß, ihre kindlichen Spiele, ihre Finger und Lippen, die sich gestreift hatten und voreinander zurückgewichen waren wie Schneckenfühler, ihre flüchtigen Begegnungen, ihre verheißungsvollen Blicke – all das glich kaum jener letzten Lust, die er nun kannte. Und war dennoch damals sein Glück gewesen. Sollte er Gerios etwa gestehen, daß er an das Mädchen, dessentwegen er sich zu töten gedroht hatte, dessentwegen er seinen Vater zum Mörder gemacht hatte, schlicht und einfach nicht mehr dachte?

Er suchte nach einer Erklärung. Als er Asma das letzte Mal gesehen hatte, als er mit Gewalt in ihr Zimmer eingedrungen war, was hatte sie da getan? Sie hatte sich darauf vorbereitet, sich zu der angekündigten Verlobung mit Raad gratulieren zu lassen. Sicher, sie mußte ihrem Vater gehorchen. Aber so willig?

Und als sie Tanios hatte hereinstürzen sehen, hatte sie geschrien. Auch das konnte er ihr vernünftigerweise nicht zum Vorwurf machen. Welches junge Mädchen hätte anders reagiert, wenn jemand beim Bade in ihr Zimmer gepoltert wäre? Dennoch: Das Bild der schreienden Asma und der herbeieilenden Wachen, die ihn auf Rukoz' Anweisung ergriffen und hinauszerrten, wurde er nicht mehr los. Gerade dieses Bild war das letzte, das er von dem einst so sehr geliebten Mädchen in Erinnerung behielt. Im ersten Augenblick hatte er in seiner Wut und seinem verletzten Stolz nur eines im Kopf gehabt: Er wollte sich mit allen Mitteln zurückholen, was ihm so schnöde geraubt worden war; nun aber hatte er zu einer angemesseneren Sicht der Dinge gefunden; und Asma gegenüber empfand er vor allem Verbitterung.

Mußte er nun Gerios nicht um Verzeihung bitten? Nein, es war wohl besser, ihm noch die Illusion zu bewahren, sein Verbrechen sei edel und notwendig gewesen.

## 2

An jenem Tage kam Gerios sehr spät nach Hause. Und ging dennoch am folgenden Morgen gleich nach dem Aufstehen wieder fort. So war es nun alle Tage. Tanios sah ihm heimlich lächelnd nach, als wollte er sagen: »Anstatt in Wahnsinn verfällst du nun in Sorglosigkeit!«

Mit seinen beinahe fünfzig Jahren, nach einem Leben als unterwürfiger Handlanger und mit einem Verbrechen, das schwer auf seinem Gewissen lastete, hatte der gejagte, verbannte, geächtete Verwalter Gerios jeden Morgen nur noch das eine im Sinn: in die Kneipe des Griechen zu eilen und dort mit seinem Exilgefährten *Tavli* zu spielen.

Auf dem Schloß war es vorgekommen, daß er einmal eine Partie spielen mußte, wenn der Scheich gerade keinen Partner hatte und ihn ans Brett zitierte; er tat dann so, als amüsierte er sich, und richtete es so ein, daß er verlor. In Famagusta jedoch war er wie ausgewechselt. Er fühlte sich sichtlich wohl in der Kneipe, spielte mit Leib und Seele und war trotz der Aufschneidereien des unvermeidlichen Fahim in der Regel der Gewinner. Und wenn er einmal unachtsam agierte, rollten die Würfel zu seinen Gunsten.

Die beiden Freunde verursachten mehr Radau in dem Lokal als alle anderen Gäste zusammen; manchmal standen die Leute im Kreis um die beiden herum, und der Wirt war über dieses rege Treiben hoch erfreut. Tanios spielte kaum mehr. Er saß nur noch als Zuschauer dabei, hatte aber meist schon bald genug und spazierte draußen ein wenig umher. Gerios versuchte ihn immer zurückzuhalten.

»Dein Gesicht bringt mir Glück!«

Doch der Junge ging trotzdem.

Eines Oktobermorgens aber nahm er doch wieder Platz. Nicht um seinem Vater Glück bringen – hatte er ihm denn jemals Glück gebracht in seinem Leben? –, sondern weil sich jemand zu ihnen gesellt hatte, ein hochgewachsener Mann mit gepflegtem Schnurrbart, der gekleidet war wie die Honoratioren in den Bergen. Den Tintenflecken auf seinen Fingern nach zu urteilen war es ein gebildeter Mensch. Er sagte, sein Name sei Sallum.

»Ich höre Ihnen schon eine ganze Weile zu, und da habe ich es mir einfach nicht versagen können, meinen Landsleuten guten Tag zu sagen. In meinem Dorf habe ich früher ganze Tage mit *Tavli* verbracht und eine Partie nach der anderen gespielt. Aber noch mehr Freude habe ich daran, den anderen dabei zuzusehen, sofern es sie nicht stört.«

»Sind Sie schon lange auf Zypern?« erkundigte sich Fahim.

»Ich bin erst gestern angekommen. Und heute habe ich schon Heimweh.«

»Und werden Sie uns lange beehren?«

»Das weiß Gott allein. Ich habe ein paar Angelegenheiten zu erledigen.«

»Und wie geht es unseren Bergen?«

»Solange Gott uns nicht im Stich läßt, findet alles zu einem guten Ende.«

Das war vorsichtig formuliert. Allzu vorsichtig. So verstummte das Gespräch, und das Spiel konnte weitergehen. Gerios brauchte einen Sechserpasch. Er bat Tanios, auf die Würfel zu blasen. Die Würfel flogen und ... Sechserpasch!

»Beim Barte des Ungeheuers!« fluchte Fahim.

Darüber schien Sallum sich zu amüsieren.

»Ich habe ja schon alle möglichen Arten von Flüchen gehört, aber der hier ist mir neu. Ich hätte nicht gedacht, daß Ungeheuer Bärte haben können.«

»Das Ungeheuer, das im Palast von Beit ed Dine wohnt, hat einen, und zwar einen langen!«

»Unser Emir!« murmelte Sallum empört.

Augenblicklich stand er auf, und mit bleichem Gesicht verabschiedete er sich.

»Wir scheinen ihn verletzt zu haben«, sagte Gerios, als er ihm nachsah.

»Das war mein Fehler«, räumte Fahim ein. »Ich weiß nicht, was über mich gekommen ist, aber ich habe plötzlich geredet, als seien wir allein. Künftig werde ich meine Zunge besser im Zaum halten.«

An den folgenden Tagen begegneten Gerios und Fahim dem Manne mehrmals in der Hafengegend; sie grüßten ihn höflich, und er grüßte zurück, aber von fern und nur mit einer angedeuteten Kopfbewegung. Tanios meinte gar, ihn einmal im Treppenhaus der Herberge im Gespräch mit dem Wirt aus Aleppo gesehen zu haben.

Der junge Mann war darüber besorgter als sein Vater und Fahim. Jener Sallum war ganz offensichtlich ein Anhänger des Emirs. Sollte er ihre wahre Identität und den Grund für ihren Aufenthalt auf Zypern herausfinden, so würden sie dort nicht mehr in Sicherheit sein. Ob es nicht vernünftiger wäre, sich woanders zu verstecken? Doch Fahim beruhigte ihn. »Wir sind hier schließlich auf osmanischem Territorium, und selbst wenn dieser Mann uns schaden wollte, so würde ihm das nicht gelingen. So weit reicht der Arm des Emirs nicht! Sallum hat aus meinem Munde Worte vernommen, die ihm mißfallen haben, und jetzt geht er uns aus dem Weg, das ist alles. Und daß wir das Gefühl haben, ihm überall zu begegnen, liegt nur daran, daß hier alle Ausländer stets in den gleichen Straßen herumlaufen.« Gerios ließ sich davon überzeugen. Er hatte nicht gerade Lust, von einem Exilhafen in den andern zu hasten. »Von hier gehe ich erst wieder weg«, sagte er, »wenn ich zu meiner Frau in die Heimat darf.«

Eine Perspektive, die Tag für Tag an Glaubhaftigkeit zu gewinnen schien. Der mit Oppositionellen in Kontakt stehende Fahim hatte zunehmend ermutigendere Nachrichten zu vermelden. Die Macht der Ägypter über die Berge sei am Zerbröckeln, und die Feinde des Emirs würden immer stärker. Ganze Regionen befänden sich bereits in offenem Aufstand. Außerdem werde berichtet, das »Ungeheuer« sei schwer erkrankt; immerhin sei es schon dreiundsiebzig Jahre alt. »Eines nicht allzu fernen Tages werden wir in unseren Dörfern empfangen werden wie Helden!«

In Erwartung dieser Apotheose ließen die beiden Freunde weiterhin in der Kneipe des Eleftherios die Würfel rollen.

Auch Tanios wäre nicht entzückt gewesen, hätte er eine andere Exilstätte aufsuchen müssen. Mochte er auch etwas beunruhigt sein, so hatte er doch einen triftigen Grund, noch länger in der Stadt und in der Herberge zu verweilen: die Frau mit den Orangen; wir können sie nunmehr bei ihrem Namen nennen, der meines Wissens einzig und allein in der Schrift Naders erwähnt ist: Thamar.

Auf arabisch bedeutet dieses Wort »Frucht«, aber Thamar ist auch der vornehmste weibliche Vorname Georgiens, da die bedeutende Herrscherin jenes Landes so geheißen hat. Wenn man weiß, daß das Mädchen weder Arabisch noch Türkisch sprach und daß zudem die schönsten Frauen im ganzen Osmanischen Reich oft ehemalige georgische Sklavinnen waren, dann kann es keinen Zweifel mehr geben.

Dieser käuflichen Schönen mit dem orangefarbenen Haar brachte Tanios am Anfang nur die Gefühle seines Körpers entgegen. Mit achtzehn Jahren fand er, der gehemmt war durch die im Dorf erlebten Enttäuschungen, der seinen Liebesschmerz und eine noch ältere Wunde in sich trug, der desillusioniert und verängstigt war, in den Armen dieser Unbekannten ... in etwa das, was er auch in dieser unbekannten Stadt gefunden hatte, dieser der Heimat zugleich nahen und fernen Insel: einen Zufluchtsort der Hoffnung. Hoffnung auf Liebe, Hoffnung auf Rückkehr, Hoffnung auf wahres Leben.

Was an dieser Beziehung schäbig erscheinen mochte – nämlich das Geldstück –, mußte ihm eher beruhigend vorgekommen sein. Davon zeugt der folgende Satz aus der Weisheit des Maultiertreibers.

»Tanios hat zu mir gesagt: Alle Genüsse haben ihren Preis; verachte mir die nicht, die diesen Preis auch nennen.«

Da er sich schon einmal die Finger verbrannt hatte, war er

nicht mehr gewillt, etwas zu versprechen, sich etwas versprechen zu lassen oder gar in die Zukunft zu blicken. Nehmen, geben, gehen und dann vergessen: so hatte er es sich geschworen. Das hatte aber nur beim ersten Mal gegolten, und selbst da nicht ganz. Er hatte genommen, was ihm von dieser Unbekannten dargeboten worden war, er hatte seine Schuld beglichen und war gegangen. Zu vergessen aber hatte er nicht vermocht.

Tanios wollte nicht einmal glauben, daß aus Körpern eine Leidenschaft erwachsen könne. Vielleicht dachte er ja, die Geldstücke genügten, um sie zum Erlöschen zu bringen.

Zunächst war da nur der triviale Wunsch, von der gleichen Frucht ein zweites Mal zu kosten. Er paßte das Mädchen im Treppenhaus ab und ging ihr in einigem Abstand nach. Sie lächelte ihm zu, und als sie in ihr Zimmer trat, ließ sie die Tür für ihn offen. So ziemlich das gleiche Ritual wie beim ersten Mal, nur ohne die Orangen.

Dann lagen sie aneinandergeschmiegt und wiederholten die Gesten ihres Liebesspiels. Sie war wieder genauso zärtlich, genauso stumm, und ihre Hände dufteten wie Bergamotte in windgeschützten Gärten. Da sprach Tanios langsam seinen Namen aus und deutete dabei auf sich; darauf nahm sie seinen Finger und legte ihn auf ihre Stirn. »Thamar«, sagte sie. Er sprach ihren Namen mehrmals nach und strich ihr dabei übers Haar.

Als sei es eine Selbstverständlichkeit, nachdem man einander ja vorgestellt war, begann er dann zu erzählen. Er sprach von seinen Befürchtungen, seinem Mißgeschick, seinen Plänen zu weiten Reisen, und das alles um so ungezwungener, als Thamar nicht ein Wort davon verstand. Sie lauschte aber ohne ein Anzeichen von Überdruß. Und sie reagierte sogar, wenn auch in abgeschwächter Form: Wenn er lachte, lächelte sie sanft; wenn er schimpfte und grollte, runzelte sie ein wenig die Stirn; und wenn er mit den Fäusten gegen die Wand und auf den Boden trommelte, hielt sie zart seine Hände umfangen, als ob sie an seiner Wut teilhaben wollte. Und seinen ganzen Monolog über sah sie ihm geradewegs in die Augen und nickte ihm aufmunternd zu.

Als er beim Aufbruch aus seinem Gürtel ein Sechspiasterstück hervorholte, nahm sie es an, ohne sich zu zieren; dann geleitete sie ihn, wiederum nackt, bis zur Tür.

Nach der Rückkehr in sein Zimmer dachte er über das nach, was er gesagt hatte. Da waren Worte und Gefühle, die er in sich gar nicht vermutet hatte und die in Gegenwart dieser Frau aus ihm herausgequollen waren; desgleichen Tatsachen, deren er sich nicht bewußt gewesen war. Die erste Begegnung hatte ihm – so darf wohl billigerweise behauptet werden – eine Befriedigung des Körpers verschafft, die zweite Begegnung aber eine Befriedigung der Seele.

Hatte er zuvor schon geglaubt, höchste Lust erlebt zu haben, so entdeckte er nun noch intensiveren Genuß, auch körperlich. Vermutlich hätte er der Gefährtin sein Herz nicht so ausgeschüttet, wenn diese ihn verstanden hätte; zumindest hätte er dann nicht so freimütig über den von Gerios begangenen Mord gesprochen, über die Gründe, die ihn dazu gebracht hatten, und über das Geheimnis, von dem seine eigene Herkunft umwittert war. Nun aber dachte er, daß es ihn wohl eines Tages verlangen würde, ihr all das in einer Sprache zu erzählen, die sie verstand. Die Zeit, die er ohne sie verbrachte, begann ihm lang und leer zu erscheinen. Als er merkte, wie sehr er ihrer bedurfte, erschrak er ein wenig. War es möglich, daß er so sehr an dieser Frau hing? Schließlich war sie doch – er hätte das Wort nicht aussprechen wollen, das sich ihm aufdrängte –, nun, sie war eben das, was er wußte, daß sie war!

Er lauerte ihr im Treppenhaus auf und vermutete, daß er sie mit anderen Männern überraschen werde; dabei hätte er sich die Seele aus dem Leib geheult, wenn er sie einem anderen hätte zulächeln sehen, so wie sie ihm zugelächelt hatte, und wenn jener ihr hätte folgen dürfen, um seine schmutzige Männerhand auf ihr Herz zu legen. Es mußte noch andere geben, viele andere – wie sollte es auch anders sein? –, doch Tanios sah nicht einen davon. Überhaupt stieg Thamar die

Treppe nicht so oft hinauf, wie er gedacht hatte; vielleicht gab es da noch ein anderes Haus, in dem sie eine zweite Existenz führte?

Ein Anklang an jene Tage der Angst und der Verwirrung findet sich auf der folgenden Seite des Buches von Nader.

*Die Frau deiner Träume ist die Gattin eines anderen; der aber hat sie aus seinen Träumen verjagt.*
*Die Frau deiner Träume ist die Sklavin eines Seemanns. Er war betrunken, als er sie auf dem Markt von Erzurum kaufte, und als er erwachte, erkannte er sie nicht mehr.*
*Die Frau deiner Träume ist eine Fliehende, so wie du es gewesen bist, und ihr habt beieinander Zuflucht gesucht.*

Die beiden Besuche Tanios' bei Thamar hatten jeweils zur Zeit der Mittagsruhe stattgefunden; als der Junge jedoch eines Nachts keinen Schlaf fand, kam er auf den Gedanken, einfach an ihrer Tür zu klopfen. Beruhigt durch das Schnarchen Gerios' schlich er sich aus dem Zimmer, stieg im Dunkeln die Treppe hinauf, wobei er sich am Geländer festklammerte.

Zweimal kurz gepocht, dann noch zweimal, und die Tür ging auf. Es war drinnen nicht weniger dunkel, so daß er nicht sah, mit welchem Gesichtsausdruck er empfangen wurde. Sobald er aber ein Wort sagte, fanden sich ihre Finger, erkannten einander, und ruhigen Herzens trat er ein.

Als er sie liebkosen wollte, schob sie seine Hände voller Bestimmtheit von sich und zog statt dessen seinen Kopf an ihre Schulter.

Er öffnete die Augen wieder, als es hell zu werden begann. Thamar saß schon wartend vor ihm. Sie hatte ihm etwas zu sagen. Ihr Anliegen versuchte sie mimisch auszudrücken und behalf sich der Worte ihrer Sprache nur, um ihre Hände zu den entsprechenden Gesten zu führen. Sie schien zu sagen: »Wenn du einmal gehst, dann werde ich mit dir gehen. So fern wie möglich. Das Schiff, das dich wegbringen wird, werde auch ich besteigen. Willst du das?«

Da versprach Tanios, daß sie eines Tages gemeinsam fortgehen würden. Eine Gefälligkeitsantwort? Schon möglich. Doch in dem Augenblick, in dem er »ja« sagte, war er aus tiefstem Emigrantenherzen von seiner Aussage überzeugt. Und mit der Hand auf ihrem orangefarbenen Kopf tat er einen Schwur.

Sie umarmten sich. Dann löste er sich von ihr, legte ihr die Hände auf die Schultern und betrachtete sie eingehend. Sie mochte etwa so alt sein wie er, stand aber nicht in ihrem ersten Leben. In ihren Augen sah er eine Not, und es war, als habe sie sich noch nie zuvor so entblößt.

Ihre Schönheit war nicht so vollkommen, wie er gedacht hatte, als sie noch nichts weiter als die Frau seiner Männerwünsche gewesen war. Sie hatte ein etwas längliches Kinn und in der unteren Wangenpartie eine Narbe. Mit den Fingern fuhr Tanios über jenes Kinn und mit dem Daumen über die Narbe.

Da weinte sie zwei Freudentränen, als käme die Erkenntnis dieser Unvollkommenheiten einer Liebeserklärung gleich. Wiederum mehr durch Gesten als durch Worte sagte sie: »Dort, jenseits der Meere, wirst du mein Mann sein und ich deine Frau.« Wieder sagte Tanios »ja«, dann nahm er sie am Arm und führte sie langsam im Zimmer herum wie zu einer Hochzeitsfeier.

Traurig lächelnd ließ sie dieses Spiel über sich ergehen, dann machte sie sich los, ergriff ihrerseits den jungen Mann bei der Hand und führte ihn in eine Zimmerecke, in der sie mit den Fingernägeln eine Fliese lockerte und aus einem Versteck eine alte osmanische Tabaksdose hervorholte, deren Deckel sie langsam öffnete. Die Dose enthielt Dutzende von Gold- und Silberstücken sowie Armreife, Ohrringe ... In einem eingesäumten Taschentuch bewahrte Thamar die zwei Sechspiastermünzen auf, die Tanios ihr bei seinen vorhergehenden Besuchen gegeben hatte. Sie zeigte sie ihm, wickelte sie wieder in das Tuch und steckte sie ihm in die Tasche. Dann verschloß sie die Tabaksdose, legte sie zurück und schob die

Fliese wieder an ihren Platz. Im ersten Augenblick reagierte der junge Mann gar nicht. Erst als er wieder in seinem Zimmer war, in dem Gerios noch immer schnarchte, und als er an die Szene zurückdachte, wurde ihm klar, was für ein außerordentliches Vertrauen ihm Thamar da entgegengebracht hatte. Sie hatte ihren Schatz und ihr Leben in die Hände eines Unbekannten gegeben. Er war sicher, daß sie noch keinem anderen Mann gegenüber so gehandelt hatte. Das schmeichelte ihm, ja rührte ihn. Er nahm sich fest vor, sie niemals zu enttäuschen. Er, der so sehr unter einem Verrat gelitten hatte, würde selbst nie einen begehen!

Und dennoch,

*Als das Schiff im Hafen auf dich wartete, hast du sie gesucht, um dich von ihr zu verabschieden.*
*Von solchem Abschied aber wollte deine Geliebte nichts wissen.*

## 3

Als es eines Tages in aller Herrgottsfrühe an ihrer Zimmertür klopfte, erschraken Gerios und Tanios zuerst. Dann aber erkannten sie die Stimme Fahims.

»Wenn ihr erst einmal gehört habt, was mich hierherführt, dann werdet ihr mir nicht mehr böse sein!«

»Nun sprich schon!«

»Das Ungeheuer ist tot!«

Augenblicklich stand Gerios vor seinem Freund und faßte ihn mit beiden Händen an den Ärmeln.

»Sag das noch einmal!«

»Du hast schon richtig gehört: Das Ungeheuer ist tot. Es hat aufgehört zu atmen und aufgehört zu schaden, und sein langer Bart hat sich mit seinem Blut vollgesogen. Vor fünf Tagen ist das geschehen, und erfahren habe ich es heute nacht. Der Sultan hatte eine Offensive gegen die ägyptischen Truppen befohlen, die daraufhin aus den Bergen abziehen mußten. Als die Oppositionellen das gehört haben, sind sie dem Emir an die Gurgel gegangen, haben ihn mitsamt seinen Anhängern niedergemetzelt und eine Generalamnestie verkündet. Vielleicht hätte ich euch wegen so einer Kleinigkeit gar nicht aufwecken sollen ... Versucht, in Ruhe wieder einzuschlafen; ich gehe lieber fort.«

»Warte, setz dich einen Augenblick. Wenn das stimmt, was du da sagst, dann können wir ja wieder nach Hause zurück.«

»*Yawasch, yawasch!* Nur die Ruhe! Man rennt doch nicht einfach Hals über Kopf davon. Und dann ist ja auch gar nicht gesagt, ob in den nächsten Tagen ein Schiff ausläuft. Wir schreiben schließlich November.«

»Fast ein Jahr sind wir jetzt schon auf dieser Insel!« sagte Gerios, der plötzlich überdrüssig, voller Ungeduld war. »Ein Jahr schon ist Lamia allein.«

»Jetzt trinken wir erst einmal einen Kaffee«, sagte Fahim,

»und dann gehen wir zu den Kais und erkunden die Lage. Danach sehen wir weiter.«

Beim Griechen waren sie an jenem Morgen die ersten Kunden. Es war noch kühl, der Boden war feucht, und so nahmen sie im Inneren Platz, ganz nahe an der Glut. Gerios und Tanios bestellten gesüßten Kaffee, Fahim trank den seinen ungezuckert. Mit dem Tageslicht füllten sich die Straßen; Träger kamen vorbei mit Seilen über den Schultern und gekrümmten Rücken. Manche kehrten bei Eleftherios ein, der ihnen den ersten Kaffee des Tages spendierte, den vor der ersten Einnahme.

Plötzlich tauchte unter den Passanten ein bekanntes Gesicht auf. »Seht mal, wer da kommt«, murmelte Tanios.

»Laden wir ihn ein«, sagte Fahim. »Da werden wir unsern Spaß haben. Gesellen Sie sich doch zu uns, *Khweja* Sallum!«

Der Angesprochene trat näher und führte grüßend die Hand an die Stirn.

»Sie trinken doch einen Kaffee mit uns?«

»Mir ist heute morgen nicht danach, irgend etwas zu mir zu nehmen. Sie entschuldigen, aber ich muß weiter.«

»Es scheint Sie etwas zu bedrücken.«

»Ganz offensichtlich wissen Sie noch nicht Bescheid.«

»Worüber?«

»Der Emir, unser großer Emir, ist tot. Von diesem Unheil wird sich unser Land nicht wieder erholen. Sie haben ihn umgebracht und dann eine Amnestie ausgerufen; bald werden alle Verbrecher frei herumlaufen dürfen. Das Zeitalter der Gerechtigkeit und der Ordnung ist vorbei. Es wird ein Chaos herrschen und nichts und niemand mehr respektiert werden.«

»Was für ein Unglück«, stieß Fahim hervor, der Mühe hatte, nicht loszuplatzen.

»Gott erbarme sich unser«, setzte in beinahe singendem Tonfall Gerios hinzu.

»Ich wollte heute morgen abfahren, es läuft ein Schiff nach Lattakia aus. Aber jetzt bin ich unschlüssig.«

»Sie haben recht, es eilt ja nichts.«

»Nein, es eilt nichts«, wiederholte Sallum gedankenvoll. »Aber wir bekommen schlechtes Wetter, und Gott allein weiß, wann ich mich wieder einschiffen kann.«

Gesenkten Hauptes zog der Mann weiter, während Fahim sich mit aller Gewalt an seine Gefährten klammerte.

»Haltet mich fest, sonst muß ich losprusten, noch bevor er um die Ecke ist.«

Dann stand er auf.

»Ich weiß ja nicht, was ihr vorhabt, aber ich werde mir das Schiff, das heute abfährt, nicht entgehen lassen. Nachdem ich gehört habe, was der Mann gesagt hat, und nachdem ich gesehen habe, wie er bei dem Wort ›Amnestie‹ das Gesicht verzogen hat, gibt es für mich kein Zögern mehr. Ich fahre nach Lattakia, bleibe dort ein oder zwei Nächte, bis ich sicher bin, daß die Nachrichten aus den Bergen auch wirklich stimmen, und dann kehre ich zurück in mein Dorf. Ich finde, ihr solltet es genauso machen. Ich habe droben in Slanfeh einen Freund, der wäre glücklich, wenn er uns alle drei bei sich beherbergen dürfte!«

Auch Gerios zögerte nicht länger.

»Wir kommen mit.«

Vor seinen Augen leuchteten nun das Gesicht Lamias und die Sonne von Kfaryabda. Vielleicht graute ihm auch vor dem Gedanken, den Winter in Famagusta ohne seinen Bundesgenossen verbringen zu müssen. Tanios dagegen schwankte. Aber ihm mit seinen achtzehn Jahren stand die letzte Entscheidung ohnehin nicht zu.

So kamen sie also überein, sich eine Stunde später am Kai wiederzutreffen. Fahim sollte sich inzwischen um die Schiffsplätze kümmern, und seine Freunde würden in der Herberge ihre Zimmer räumen und die Rechnung begleichen.

Sie hatten jeder nur ein leichtes Bündel zu tragen, und das verbleibende Geld teilte Gerios in zwei gleiche Teile auf. »Hier, falls ich ertrinken sollte.«

Er wirkte jedoch gar nicht melancholisch. So gingen die beiden zum Hafen.

Sie hatten noch keine zwanzig Schritte getan, als Tanios plötzlich stehenblieb und so tat, als habe er etwas vergessen. »Ich muß noch einmal kurz in unser Zimmer zurück. Geh schon vor, ich komme gleich nach.«

Gerios wollte gerade den Mund zu einem Protest öffnen, als der Junge bereits verschwunden war. Also ging der Vater weiter, ohne sich zu beeilen, und sah sich von Zeit zu Zeit um. Beim Hinaufsteigen nahm Tanios zwei Stufen auf einmal, passierte den dritten Stock, kam schließlich keuchend im fünften an und klopfte. Zweimal kurz, und dann noch zweimal. Eine Tür ging auf. Nicht die von Thamar. Zwei fremde Augen beobachteten ihn. Er klopfte nochmals. Legte das Ohr an die Tür. Kein Geräusch. Legte das Auge ans Schlüsselloch. Kein Schatten. Da ging er die Stufen wieder hinab, langsam eine nach der anderen, und hoffte noch, seiner Freundin auf der Treppe zu begegnen, auf ihrer Treppe.

Bis in den Hof der Herberge, bis zu den Läden, die voller Kunden waren, sah er nach ihr aus. Bis auf die Straße. Thamar hatte sich dafür entschieden, an jenem Vormittag abwesend zu sein. Tanios schlich noch immer herum und vergaß darüber die Zeit, bis er vom Hafen her einen Sirenenton vernahm. Da begann er zu laufen. Der Wind blies ihm das Tuch davon, in das er seinen jungen Greisenkopf gehüllt hatte. Er fing es auf und hielt es in der Hand; später würde er es wieder aufsetzen, dachte er, später auf dem Schiff.

Vor dem Landungssteg winkten Gerios und Fahim schon ganz aufgeregt. Ein paar Schritte von ihnen entfernt stand Sallum; offenbar hatte auch er sich zur Abreise entschlossen.

Die Fahrgäste gingen schon an Bord. Die zahlreichen Träger schleppten sich manchmal zu zweien oder dreien an eisenbeschlagenen Reisekoffern ab.

Als Fahim und Gerios an der Reihe waren, deutete letzterer im Gespräch mit dem türkischen Zöllner auf Tanios und dann auf die Fahrkarte, die auf dessen Namen ausgestellt war, um dem Jungen, der etwa zwanzig Passagiere hinter ihnen stand, Schwierigkeiten mit dem Beamten zu ersparen.

Die beiden Männer waren gerade auf das Schiffsdeck gelangt, als die Einschiffung durch die Ankunft einer lärmenden Schar unterbrochen wurde. Ein reicher Händler kam beinahe im Laufschritt auf den Landungssteg zu und überschüttete zugleich einen ganzen Dienerschwarm mit Befehlen und Flüchen. Der Zöllner forderte die anderen Reisenden auf, beiseite zu treten.

Dann umarmte er den Neuankömmling umständlich, wechselte mit ihm ein paar geflüsterte Worte, und schließlich bedachten beide die umstehende Menschenmenge mit ein und demselben mißtrauisch-verächtlichen Blick. In den sich auch Belustigung mischte. Dabei hatten die brav dastehenden Passagiere, denen vor der Novemberüberfahrt schon angst und bange war, beileibe nichts Erheiterndes an sich. Amüsieren konnte da viel eher der Gegensatz zwischen dem Händler, der dicker war als der dickste seiner Koffer, und dem Zöllner, einem schmächtigen, eckigen Männchen mit einer riesigen Federmütze und einem bis zu den Ohren reichenden Schnurrbart. Diese beiden jedoch hätte keiner der Umstehenden auszulachen gewagt.

Es mußte abgewartet werden, bis der Händler mit seinem gesamten Gefolge den Landungssteg passiert hatte, bevor wieder andere Reisende ihre bescheidenen Füße daraufsetzen durften. Als Tanios sich zum Hinübergehen anschickte, bedeutete ihm der Zöllner, sich noch zu gedulden. Der Junge vermutete, das habe mit seinem Alter zu tun, und ließ die reiferen Männer vorbei, die hinter ihm standen. Bis zum letzten. Der Zöllner aber versperrte ihm noch immer den Weg.

»Ich habe dir gesagt, du sollst warten, also warte gefälligst! Wie alt bist du?«

»Achtzehn.«

Es kamen jetzt Träger, und Tanios trat beiseite. Vom Schiff aus riefen ihm Gerios und Fahim zu, er solle sich beeilen, doch er gab ihnen durch Zeichen zu verstehen, daß er nichts dafür könne, und deutete diskret auf den Zöllner.

Plötzlich sah Tanios, daß der Laufsteg hochgezogen wurde.

Es entfuhr ihm ein Schrei, doch der Osmane sagte seelenruhig: »Du fährst mit dem nächsten Schiff.«

Fahim und Gerios gestikulierten jetzt noch aufgeregter, und der junge Mann zeigte auf die beiden, während er in seinem gebrochenen Türkisch zu erklären versuchte, daß auf dem Schiff sein Vater sei und es schließlich keinen Grund gebe, ihn selbst an Land zurückzuhalten. Der Zöllner antwortete nicht, sondern rief einen seiner Leute herbei und sagte ihm etwas ins Ohr, worauf der andere dem Protestierenden auf arabisch erklärte: »Seine Exzellenz sagt, wenn du weiter so frech bist, dann wirst du geschlagen und wegen Beleidigung eines Offiziers des Sultans ins Gefängnis geworfen. Wenn du dagegen folgsam bist, kannst du mit dem nächsten Schiff fahren, und Seine Exzellenz lädt dich sogar auf einen Kaffee in sein Büro ein.«

Seine Exzellenz bestätigte dieses Angebot durch ein Lächeln. Tanios hatte keine Wahl, da der Laufsteg ohnehin schon gänzlich eingezogen war. Er gab seinen verdutzten Gefährten ein letztes Zeichen, das »später« bedeuten sollte. Dann ging er auf Befehl hin dem unausstehlichen Schnauzbart nach.

Unterwegs blieb der Mann mehrmals stehen, um eine Anweisung zu geben, ein Paket zu inspizieren oder ein Ansuchen anzuhören. Ab und zu blickte Tanios wieder zu dem Schiff zurück, das mit vollen Segeln langsam davonfuhr. Er winkte noch einige Male zu den Reisenden hinüber, ohne zu wissen, ob man ihn von dort noch wahrnehmen konnte.

Als er schließlich im Büro des Zöllners war, erhielt er die Erklärung, auf die er gewartet hatte. Er verstand nicht alles, was sein Gegenüber ihm sagte – in der Schule des Pastors hatte Tanios zwar aus Büchern Türkisch gelernt, aber nicht genug, um damit ein Gespräch bestreiten zu können. Das Wesentliche aber begriff er: Der Händler, den sie gesehen hatten, einer der wohlhabendsten und einflußreichsten Menschen der Insel, sei furchtbar abergläubisch; mit einem weißhäuptigen jungen Mann aufs Meer hinauszufahren käme seiner Meinung nach einem garantierten Schiffbruch gleich.

Der Zöllner lachte schallend, und Tanios fühlte sich aufgefordert, die Angelegenheit ebenfalls lustig zu finden.

»Dummer Aberglaube, was?« sagte der Zöllner.

Tanios hielt es für unvorsichtig, einfach zuzustimmen. Deshalb sagte er lieber: »Seine Exzellenz hat getan, was klugerweise getan werden mußte.«

»Trotzdem dummer Aberglaube«, beharrte der andere.

Dann behauptete der Zöllner gar, er seinerseits sehe in frühzeitig ergrautem Haar eines der besten Vorzeichen überhaupt. Er ging auf den Jungen zu und fuhr ihm mit beiden Händen nacheinander langsam durch die Haare, was ihm sichtlichen Genuß bereitete. Dann entließ er ihn.

Tanios ging wieder zur Herberge zurück und fragte den Wirt, ob er ihm sein früheres Zimmer noch einige Nächte länger überlassen könne. Er erzählte dem Mann sein Mißgeschick, das dieser wiederum amüsant fand.

»Na, hoffentlich hat dein Vater dir genug Geld gelassen, um mich zu bezahlen!«

Tanios klopfte mit zuversichtlicher Miene an seinen Gürtel.

»Dann mußt du ja«, sagte der Wirt, »dem Himmel dafür danken, daß du hiergelassen wurdest; schließlich wirst du an ein paar angenehme Bekanntschaften anknüpfen können ...«

Er schlug eine Piratenlache an, und Tanios wurde klar, daß seine Besuche im letzten Stockwerk nicht unbemerkt geblieben waren. Er senkte den Blick und nahm sich vor, umsichtiger zu sein, wenn er das nächste Mal an Thamars Tür klopfen würde.

»Hier amüsierst du dich bestimmt besser als in den Bergen«, schwätzte der Mann mit dem gleichen anzüglichen Grinsen weiter. »Da drüben wird doch noch gekämpft, oder? Und euer großer Emir streicht noch immer dem Pascha von Ägypten um den Bart!«

»Nein«, korrigierte der junge Mann, »der Emir ist getötet worden, und die Truppen des Paschas sind aus den Bergen abgezogen.«

»Was erzählst du da?«

»So lauten die letzten Nachrichten. Wir haben sie heute morgen erst erfahren, und eben daraufhin ist mein Vater in die Heimat zurückgefahren.«

Tanios ging in sein Zimmer hinauf und legte sich schlafen. Die letzte Nacht war zu kurz gewesen, und er verspürte das Bedürfnis nach einem geruhsameren Erwachen.

Erst gegen Mittag schlug er die Augen wieder auf. Vom Balkon aus sah er einen Krapfenverkäufer. Von dem Duft, der zu ihm emporstieg, bekam er Hunger. Er suchte die passende Münze heraus und behielt sie in der Hand, um auf der Straße nicht seinen Gürtel aufrollen zu müssen. Dann ging er hinunter.

Im Treppenhaus begegnete er dem Wirt, der gerade zu ihm hinaufwollte.

»Gott verfluche dich! Wegen dir wäre ich beinahe in das schlimmste Schlamassel geraten; ich hätte auf dein Knabengeschwätz gar nicht hören sollen!«

Dann erzählte er, es hätten türkische Offiziere, mit denen er bekannt war, bei ihm vorbeigeschaut, und da habe er gemeint, ihnen eine Freude zu bereiten, wenn er ihnen zu ihren Siegen über die Ägypter gratuliere.

»Damit bin ich aber gerade an die Rechten geraten. Ums Haar hätten sie mich festgenommen. Ich habe ihnen schwören müssen, daß ich mich nicht über sie lustig machen wollte. In Wahrheit haben die osmanischen Truppen nämlich keineswegs gesiegt, sondern vielmehr neue Niederlagen hinnehmen müssen. Und dein Emir ist genausowenig tot wie du und ich.«

»Vielleicht sind ja diese Offiziere über die neuesten Ereignisse noch nicht im Bilde . . .«

»Ich habe nicht nur mit den Offizieren gesprochen, sondern auch mit Reisenden, die gerade aus Beirut ankamen. Entweder sind diese Leute allesamt Lügner und Ignoranten, oder aber . . .«

»Oder aber«, wiederholte Tanios und begann plötzlich an allen Gliedern zu zittern, als habe er im Stehen einen epileptischen Anfall.

# 4

Fahim«, heißt es in der *Bergchronik*, »war der Deckname von Mahmud Burass, einem der gewieftesten Spürhunde des Emirs. Er gehörte dem *Diwan* der Augen und Ohren an, der von dem unter eigenem Namen agierenden *Khweja* Sallum Krameh geleitet wurde. Die List, mit der sie den Mörder des Patriarchen ins Land zurückgelockt hatten, war ihre bemerkenswerteste Tat.«

Dieser Erfolg erhöhte das Prestige des Emirs bei den Bewohnern des Landes sowie bei den Ägyptern. Wer behauptet hatte, dem Emir entgleite die Macht, seine Hand werde schwächer und das Alter bemächtige sich seiner, dem hatte er nun bewiesen, daß sein starker Arm sogar über seine Berge hinausreichte, bis jenseits der Meere gar.

Bei seiner Ankunft in Lattakia wurde Gerios von Soldaten der ägyptischen Armee festgenommen, nach Beit ed Dine gebracht und dort gehängt. Es heißt, er habe sich in Verrat und Tod mit großer Ergebenheit geschickt.

Als Scheich Francis vom Schicksal seines Verwalters erfuhr, eilte er sofort nach Beit ed Dine, um die Freilassung seines Sohnes Raad zu erwirken. Einen ganzen Tag lang ließ man ihn unter gemeinem Volke warten, ohne Rücksicht auf seinen Stand und seine Herkunft. Der Emir weigerte sich, ihn zu empfangen, ließ ihm aber ausrichten, wenn er am folgenden Tag wiederkäme, könne er seinen Sohn abholen.

Zu angegebener Stunde fand sich der Scheich an der Palastpforte ein; da legten ihm zwei Soldaten den leblosen Körper seines Sohnes zu Füßen. Er war bei Tagesanbruch gehängt worden, und seine Kehle war noch warm.

Als Scheich Francis in Tränen aufgelöst beim *Diwan* fragte, warum man das getan habe, wurde ihm folgendermaßen geantwortet: »Unser Emir hatte gesagt, für dieses Verbrechen müsse er einen Vater und einen Sohn bestrafen. Nun stimmt die Rechnung!«

Gesprochen hatte diese Worte kein anderer als *Khweja* Sallum, von dem der Scheich – wenn man dem Verfasser der Bergchronik Glauben schenken darf – bereits wußte, welche Rolle er bei der Gefangennahme Gerios' gespielt hatte. Deshalb soll der Scheich gesagt haben: »Du bist doch sein Jagdhund, also geh zu deinem Emir und sag ihm, er täte besser daran, auch mich zu töten, wenn er ruhig schlafen will.«

Und Sallum soll seelenruhig erwidert haben: »Das habe ich ihm schon gesagt, aber er besteht darauf, dich als freien Mann ziehen zu lassen. Nun, er ist der Herr ...«

»Ich kenne keinen anderen Herrn als Gott!«

Man erzählt sich, nach dem Verlassen des Palastes habe der Scheich eine alte Kirche in der Umgegend von Beit ed Dine aufgesucht und sei vor dem Altar zu folgendem Gebet niedergekniet: »Herr, das Leben und seine Freuden haben keinerlei Sinn mehr für mich. Aber laß bitte nicht zu, daß ich sterbe, bevor ich mich gerächt habe!«

Sallum und Fahim waren Agenten des Emirs; der türkische Zöllner, der abergläubisch reiche Händler und auch die Frau mit den Orangen jedoch waren ganz ohne Zweifel Werkzeuge der Vorsehung.

In jenen bangen Tagen dachte Tanios aber weder an sich selbst noch an den Tod, der ihn zu sich gebeten hatte, dem er jedoch nicht nachgegeben hatte. Er versuchte sich noch eine Zeitlang einzureden, daß er nicht belogen worden sei, daß man das »Ungeheuer« tatsächlich getötet habe und daß die Nachricht davon sich bald verbreiten werde. Fahim, so sagte er sich, gehörte bestimmt einem geheimen Widerstandsnetz an; er konnte über Ereignisse informiert sein, von denen gewöhnliche Sterbliche erst einen Tag oder eine Woche später erfuhren.

Also trieb er sich in der Kneipe von Eleftherios, in den

Suks, an den Kais und in den Hafentavernen herum und suchte nach Leuten, die vom Äußeren oder von der Aussprache her aus den Bergen oder der Küstenregion seiner Heimat stammen konnten, seien es Matrosen, Kaufleute oder Reisende. Keiner jedoch sprach die ersehnten Worte.

Am Abend ging er in sein Zimmer hinauf und verbrachte die ganze Nacht auf dem Balkon. Sah zu, wie nacheinander die Lichter von Famagusta verloschen, bis zum allerletzten. Lauschte auf das Rauschen des Meeres und die Stiefel der patrouillierenden Soldaten. Im Morgengrauen dann, als über die Straßen die Schatten der ersten Passanten huschten, nickte er über den Geräuschen der Stadt allmählich ein, die Stirn an die Balustrade gelehnt. Bis die Mittagssonne ihm in die Augen brannte. Dann erhob er sich wie gerädert, mit flauem Magen, und nahm seine Suche wieder auf.

In dem Augenblick, in dem er aus der Herberge trat, sah er eine Kutsche vorbeifahren, auf der die englische Fahne flatterte. Er stürzte sich schier auf das Gefährt und rief in der Sprache jenes Landes: »Sir, Sir, ich muß mit Ihnen sprechen!«

Die Kutsche blieb stehen, und ihr Insasse sah mit verdutztem Gesicht zum Fenster heraus.

»Sind Sie etwa britischer Staatsbürger?«

Tanios' auf englisch geäußerter Satz ließ zwar darauf schließen, seine Kleidung jedoch nicht. Jedenfalls schien der Mann gewillt, den Jungen anzuhören, und so fragte dieser ihn, ob er über bedeutende Ereignisse Bescheid wisse, die sich in den Bergen zugetragen hätten.

Während Tanios sprach, musterte der Mann ihn von oben bis unten. Statt eine Antwort zu geben, verkündete er dann triumphierend: »Ich heiße Hovsepian und bin Dragoman im englischen Konsulat. Und Sie, Sie müssen Tanios sein.« Er ließ dem jungen Mann Zeit, runde Augen zu machen. »Jemand sucht Sie, Tanios. Und er hat dem Konsulat ihre Personenbeschreibung gegeben. Ein Pastor ist es.«

»Reverend Stolton! Wo ist er? Ich würde ihn so gerne wiedersehen!«

»Leider ist er gestern von Limassol mit dem Schiff abgefahren.«

Kalender von Reverend Jeremy Stolton; abschließende Bemerkungen zum Jahre 1839: »Ich hatte vor, im November nach Konstantinopel zu reisen, um mich mit unserem Botschafter Lord Ponsonby über die vorläufige Schließung unserer Schule zu unterhalten, die ich aufgrund der wachsenden Spannungen in den Bergen und insbesondere in Sahlain hatte vornehmen müssen.

Nun kamen mir aber in den Wochen vor meiner Abfahrt Gerüchte zu Ohren, laut denen Tanios und sein Vater Zuflucht auf Zypern gefunden hätten. Daher fragte ich mich, ob ich nicht auf dieser Insel einen Zwischenhalt einlegen sollte.

Ich zögerte lange. Einerseits wollte ich als Geistlicher der reformierten Kirche gegenüber dem Mörder eines katholischen Patriarchen nicht die geringste Nachsicht an den Tag legen. Andererseits konnte ich mich nicht damit abfinden, daß der hervorragendste, begabteste und eifrigste meiner Schüler, der noch dazu für Mrs. Stolton und mich zu einer Art Adoptivsohn geworden war, sein Leben an einem Strick beenden sollte, ohne sich eines anderen Verbrechens schuldig gemacht zu haben als des Mitleids mit einem auf Abwege geratenen Vater.

So beschloß ich schließlich, diesen Umweg über Zypern zu machen mit dem einzigen Ziel vor Augen: das Schicksal des Jungen von dem seines Vaters zu trennen. Ich wußte zu diesem Zeitpunkt nicht, daß dies bereits geschehen war, allerdings durch das Wirken des Allmächtigen und ohne das unerhebliche Zutun meiner Wenigkeit.

Aus einer Naivität, die mich heute erröten läßt und nur durch meine große Hoffnung zu entschuldigen ist, war ich überzeugt, daß ich nach meiner Ankunft auf der Insel den Leuten nur die entsprechenden Fragen zu stellen hätte und binnen weniger Stunden meinem Zögling gegenüberstehen würde. Der nämlich wies ja ein Merkmal auf, durch das er leicht zu identifizieren war – sein vorzeitig ergrautes Haupt –, und falls er nicht, so sagte ich mir, die unglückselige, aber im Grunde genommen kluge Idee gehabt haben sollte, sich die Haare zu färben, so würde man mich bald schon zu ihm führen.

Die Angelegenheit erwies sich jedoch als komplizierter. Die Insel ist groß – etwa vierzigmal so groß wie Malta, das ich besser kenne – und hat viele Häfen. Und kaum hatte ich auch begonnen, meine Fragen zu stellen, da merkte ich schon voller Bestürzung, in welche Gefahr ich, ohne es zu wollen, meinen Schützling damit brachte. Schließlich war ich nicht der einzige, der ihn aufzuspüren suchte, und falls meine Nachforschungen von Erfolg gekrönt sein sollten, so würde ich damit vielleicht nur jenen die Arbeit erleichtern, die auf seinen Verderb aus waren.

Nach zwei Tagen rang ich mich daher zu dem Entschluß durch, diese heikle Mission einem Manne von großem Geschick anzuvertrauen, nämlich Mr. Hovsepian, dem armenischen Dragoman unserer Botschaft. Dann reiste ich weiter.

Am Tag nach meiner Abfahrt wurde Tanios angetroffen, aber nicht in Limassol, wo ich ihn gesucht hatte, sondern in Famagusta. Mr. Hovsepian riet ihm, die Herberge, in der er untergebracht war, nicht zu verlassen, und versprach ihm, mir eine Nachricht zukommen zu lassen. Diese erhielt ich dann auch drei Wochen später durch den Sekretär von Lord Ponsonby . . .«

So wertvoll die Begegnung mit dem Dragoman auch zur Herstellung dieses Kontaktes war, so konnte sie Tanios doch nicht über das Wesentliche beruhigen: über die Neuigkeiten aus der Heimat. Ganz offensichtlich war der Emir nicht tot. Die Unzufriedenheit wurde zwar größer, und es war bereits von einem Aufstand in den Bergen die Rede; darüber hinaus berieten die Großmächte, vor allem England, Österreich und Rußland, über die geeignetste Art, den Sultan vor den Machenschaften seines ägyptischen Rivalen zu schützen; ein militärisches Eingreifen war nicht mehr auszuschließen; all das entwickelte sich sehr wohl in die Richtung, die der arme Gerios herbeigesehnt hatte. Zu einem grundlegenden Wandel, der eine so überstürzte Rückkehr hätte rechtfertigen können, war es jedoch nicht gekommen. Wieder und wieder ließ Tanios sich die Gespräche mit Fahim und Sallum durch den Kopf gehen, hörte erneut ihre Worte, sah ihre Gesten und faßte sie nun anders auf. Dann stellte er sich vor, wie Gerios im Hafen ankam, von Soldaten gepackt wurde, die Wahrheit begriff, angekettet, geschlagen, erniedrigt und zum Galgen geführt wurde, wie er dem Henker seinen Nacken hinhielt und später im Morgenwind leise baumelte.

Wenn vor seinem geistigen Auge dieses Bild erstand, fühlte er sich zutiefst schuldig. Ohne seine Launen und seine Verblendung, ohne seine Selbstmorddrohungen wäre der Verwalter nie zum Mörder geworden. »Wie soll ich nur dem Blick meiner Mutter und dem Getuschel der Dorfbewohner jemals standhalten können?« Dann dachte er daran, fortzugehen, so weit wie nur irgend möglich.

Er besann sich aber eines Besseren, dachte wieder an Gerios, an dessen angsterfüllte Augen am Tag des Mordes am Patriarchen, stellte sich ihn mit den gleichen Augen angesichts von Strick und Verrat vor. Und wie an jenem Tage flüsterte er wieder das Wort »Vater«.

## Achte Passage

# *Auf Knien zum Ruhm*

Da nahm ich Tanios beiseite, so wie meine Pflicht es mir auferlegte, und sprach zu ihm: Überlege, du hast mit diesem Krieg nichts zu schaffen. Ob nun die Ägypter deine Berge beherrschen oder die Osmanen, ob die Franzosen die Engländer ausstechen oder umgekehrt, das ändert für dich nichts.

Er aber antwortete nur: Man hat meinen Vater umgebracht!

Kalender von Pastor Jeremy Stolton
1840

# I

Warum hatte der Emir den gedemütigten Scheich ziehen lassen? Aus Versehen wohl kaum, und erst recht nicht aus Mitleid.

»Er muß die Überreste seines Sohnes beweinen können«, hatte der alte Herrscher gesagt.

Und seine langen, allzu langen Wimpern hatten dabei gezittert wie die Beine einer unsichtbaren Spinne.

Als der Scheich zurück in Kfaryabda war, sprach er davon, für Raad die prächtigste Bestattung auszurichten, die man in den Bergen je gesehen habe. Es war dies ein schwacher Trost, doch er hatte das Gefühl, seinem Sohn und seinem Geblüt diese letzte Huldigung schuldig zu sein; und dem Emir diese letzte Herausforderung.

»Ihr werdet sehen, ganze Dörfer werden herbeiströmen. Und die vornehmsten wie die einfachsten Menschen werden ihrer Trauer, ihrem gerechten Zorn und ihrem Haß auf den Tyrannen Ausdruck verleihen.«

Man brachte ihn jedoch von diesem Unterfangen ab. Die Dorfbewohner beratschlagten untereinander, und als Übermittler ihrer Sorge stieg wie immer der Pfarrer zum Schloß hinauf.

»Hat unser Scheich sich nicht gefragt, warum der Emir ihn verschont hat?«

»Seit ich aus Beit ed Dine fort bin, frage ich mich nichts anderes. Ich habe noch keine Antwort gefunden.«

»Vielleicht will der Tyrann ja gerade, daß unser Scheich all seine treuen Freunde zusammenruft, alle Oppositionellen und alle Menschen, die wollen, daß es anders wird? Diese ganzen Leute würden sich in Kfaryabda versammeln, und unter sie würden sich die Agenten des Emirs mischen. Diese würden ihre Namen kennen und sich ihrer Worte erinnern, und an den darauffolgenden Tagen würde man all Eure Freunde einen nach dem anderen zum Schweigen bringen.«

»Du hast vielleicht recht, *Buna.* Aber ich kann doch meinen Sohn nicht heimlich begraben wie einen Hund.«

»Nicht wie einen Hund, Scheich, einfach wie einen Gläubigen, der auf die Erlösung und die Gerechtigkeit des Schöpfers vertraut.«

»Deine Worte sind mir ein Trost. Aus dir spricht die Religion und auch die Weisheit. Und dennoch: Was für ein Sieg für den Emir, wenn er uns sogar daran hindern kann, an unserer Trauer die Menschen teilhaben zu lassen, die uns lieben!«

»Nein, Scheich, das kann er nicht, und wenn er noch so sehr Emir ist. Wir können Leute in alle Dörfer schicken und deren Bewohner bitten, zur gleichen Zeit zu beten wie wir, jedoch ohne zu uns zu kommen. So kann uns jeder seine Anteilnahme bezeugen und bietet dennoch dem Emir keine Angriffsfläche.«

Am Tage der Bestattung, an dem sich also nur die Leute aus dem Dorf versammeln sollten, kam jedoch auch Said Beyk. »Der Herr über Sahlain war kurz zuvor erst gestürzt«, heißt es in der *Bergchronik*, »doch hatte er darauf bestanden, am Arm seines ältesten Sohnes Kahtane Beyk seine Aufwartung zu machen.«

»Scheich Francis hat seine zahlreichen Freunde gebeten, zu diesem Anlaß nicht zu erscheinen, um ihnen Unannehmlichkeiten zu ersparen – das spricht für seinen Edelmut und seine Ehre. Meine Ehre aber gebot es mir, trotzdem zu kommen!«

»Diese Worte sollten ihn das Leben kosten«, steht in der *Bergchronik* weiter, »und unserem Dorfe zusätzliches Leid eintragen.«

Schulter an Schulter standen die beiden alten Herrscher beisammen, zum letzten Male. *Buna* Butros sprach am Grabe Raads ein langes Gebet, in das er auch einen Satz über Gerios einfließen ließ, auf daß dessen Verbrechen im Himmel verziehen sei. Die Leiche des Verwalters hatte nicht nach Hause geholt werden können; meines Wissens ist der Mann niemals ordentlich bestattet worden.

Es waren noch keine zwei Wochen vergangen, da marschierten in Kfaryabda in großer Zahl ägyptische Truppen und Soldaten des Emirs ein, im Morgengrauen und von allen Seiten zugleich, als handle es sich um eine feindliche Festung. Die Soldaten postierten sich überall, auf der *Blata*, auf den umliegenden Straßen und den Zugangswegen zum Dorf, und rund um das Schloß schlugen sie ihre Zelte auf. Angeführt wurden sie von Adel Efendi; dem aber stand der vom Emir abgesandte *Khweja* Sallum zur Seite.

Die beiden Männer verlangten, mit dem Scheich zu sprechen. Der aber schloß sich augenblicklich in seine Gemächer ein und ließ ihnen ausrichten, wenn sie auch nur die mindeste Achtung vor seiner Trauer hätten, dann hätten sie ihn nicht vor Ablauf des vierzigsten Tages belästigt. Sie brachen jedoch seine Tür auf und zwangen ihn, eine Botschaft des »Tyrannen« anzuhören. Jener erinnerte den Scheich daran, daß der Patriarch ihn gebeten habe, Männer für die Armee abzustellen, und wollte wissen, ob er sich nun dazu bereit fände. Der Scheich antwortete auf gleiche Weise: »Kommt nach dem vierzigsten Tag wieder, dann werde ich mit euch sprechen.«

Sie waren aber zum Provozieren gekommen und um eine Mission zu erfüllen. Während Sallum im Schloß zu verhandeln vorgab, zogen seine Leute von Haus zu Haus und forderten die Einwohner auf, sich auf der *Blata* zu versammeln, um eine Proklamation anzuhören.

Mißtrauisch, aber neugierig näherten sich die Leute des Dorfes und füllten allmählich den ganzen Platz vom Hof der Pfarrkirche bis zu den Arkaden der Kneipe. Ein paar unbekümmerte Knaben hielten sogar die Hände unter das eiskalte Wasser des Brunnens, bis sie von ihren Eltern mit einer Ohrfeige weggescheucht wurden.

In den Gemächern des Scheichs stand unterdessen Adel

Efendi mit gekreuzten Armen stumm neben der Tür, während Sallum dem Hausherrn, seiner Beute, immer mehr zusetzte.

»Die Männer von Kfaryabda sind für ihre Tapferkeit bekannt, und sobald sie unter Waffen stehen werden, hat unser Emir eine Aufgabe für sie.«

Vielleicht wäre er gerne gefragt worden, um was für eine Aufgabe es sich dabei handelte. Der Scheich aber ließ ihn weiterreden.

»Die Bewohner von Sahlain werden immer arroganter. Gestern haben sie einer Patrouille unserer Verbündeten sogar eine Falle gestellt und drei Männer verwundet. Es wird Zeit, daß sie eine exemplarische Strafe bekommen.«

»Ihr wollt also meine Männer gegen die Leute von Said Beyk anführen?«

»Eure Männer anführen, Scheich Francis? Niemals! Es gibt schließlich Traditionen in Kfaryabda. An ihrer Spitze werdet Ihr stehen, und niemand sonst. Ihr führt sie doch immer in den Kampf, nicht wahr?«

Der Chefspion schien sich an seiner Rolle zu ergötzen – mit einem Spieß in der Hand bohrte er langsam im Fleisch des verletzten Wildes. Der Scheich blickte kurz zur Tür. Dort stand ein Dutzend Soldaten mit gezückten Waffen. Er wandte sich wieder zu seinem Folterer und seufzte verächtlich.

»Sag deinem Herrn, daß zwischen der Familie von Said Beyk und der meinigen noch nie ein Tropfen Blut vergossen wurde und auch nicht vergossen wird, solange ich noch lebe. Zwischen deinem Emir und mir dagegen ist das Blut meines unschuldigen Sohnes, das ich rächen werde, wie es sich gehört. Dein Herr glaubt sich heute auf dem Gipfel der Macht, doch von den höchsten Bergen geht es in die tiefsten Täler hinab. So, und wenn ihr beiden jetzt noch einen Funken Anstand besitzt, dann verlaßt ihr augenblicklich mein Zimmer und mein Schloß!«

»Das ist nicht mehr dein Schloß«, sagte Sallum und blickte dabei zu Boden. »Ich habe den Befehl, es zu beschlagnahmen.« Adel Efendi öffnete den Türflügel und ließ seine Männer herein, die schon ungeduldig warteten.

Einige Minuten später stieg Scheich Francis zwischen zwei Soldaten, die ihn an den Armen hielten, und mit verbundenen Augen und im Rücken gefesselten Händen die zum Brunnen führenden Stufen hinab. Sein unbedecktes Haupt ließ den Blick auf einen silbrigen Haarkranz frei. Er trug aber noch seine apfelgrüne Weste mit den Goldstickereien, das letzte Überbleibsel seiner Autorität.

Die Dorfbevölkerung stand stumm und reglos da. Sie atmete im gleichen Rhythmus, in dem der alte Mann voranschritt, und zuckte zusammen, wenn sein Fuß auf einer Stufe ausglitt und man ihm wieder hochhalf.

Dann bedeutete Sallum den Soldaten durch ein Zeichen, stehenzubleiben und den Scheich auf den Boden zu setzen. Adel Efendi und er selbst stellten sich direkt vor ihren Gefangenen, so daß die Menge ihn nicht mehr sah.

Anschließend hielt der Berater des Emirs folgende Rede.

»Leute von Kfaryabda!

Weder der Scheich noch seine Vorfahren, noch seine Nachfahren haben je die geringste Achtung vor euch, vor der Ehre eurer Frauen oder den Rechten der Pächter gehabt. Unter dem Vorwand, die Steuer einzutreiben, haben sie überhöhte Summen kassiert, mit denen sie auf diesem Schloß ihr verschwenderisches, lasterhaftes Leben führten.

Aber dieser Mensch, den ihr hinter mir auf dem Boden seht, hat es noch schlimmer getrieben. Er hat sich mit Ketzern verbündet, sich am Tode eines verehrungswürdigen Patriarchen schuldig gemacht und auf dieses Dorf und seine Einwohner den Zorn des Himmels und der Behörden gelenkt.

Ich bin hierhergekommen, um euch zu verkünden, daß das Zeitalter der Feudalherren vorbei ist. Jawohl, die Zeiten sind vorüber, in denen ein selbstherrlicher Mann sich über Frauen und Mädchen ungebührliche Rechte herausnehmen durfte.

Dieses Dorf gehört nicht mehr dem Scheich, sondern seinen Bewohnern. Jeglicher Besitz des Feudalherren ist mit sofortiger Wirkung zu euren Gunsten beschlagnahmt und wird in die Obhut des hier anwesenden *Khweja* Rukoz gegeben, der ihn voller Emsigkeit zum Wohle aller verwalten wird.«

Seit einer Weile schon saß der frühere Verwalter etwas abseits von der Menge auf seinem Pferd, umgeben von seinen Wachen. Einen Augenblick lang wandten sich alle Gesichter zu ihm. Er strich sich über den üppigen Bart und deutete ein Lächeln an. Sallum kam nun zum Schluß.

»Durch den Willen des Allmächtigen, durch die Weisheit und das Wohlwollen unseres geliebten Emirs und mit Unterstützung unserer siegreichen Verbündeten wird heute in der Geschichte dieser Gegend ein neues Kapitel geschrieben. Der ruchlose Feudalherr ist zu Boden gestreckt. Das Volk jubelt.«

Das Volk schwieg. Die ganze Zeit über. Genauso wie der Scheich. Ein Mann nur, ein einziger, ließ einen Freudenruf ertönen. Und bereute ihn sogleich. Nader. Er war offenbar gegen Ende von Sallums Rede auf dem Platz erschienen und rief, wohl in Erinnerung an »seine« Französische Revolution, ganz einfach aus: »Abschaffung der Privilegien!«

Hundert feurige Blicke hafteten sogleich auf ihm, und trotz der Gegenwart von Adel Efendi und seinen Soldaten, von Rukoz mit seinen Wachen und von Sallum, dem Berater des Emirs, bekam der Maultiertreiber es mit der Angst zu tun. Er verließ Kfaryabda noch am gleichen Tage mit dem Vorsatz, nie wieder dorthin zurückzukehren.

Von dieser Ausnahme abgesehen war nirgends in der Menge etwas von dem Jubel zu verspüren, den diese »Befreiung« angeblich auslösen sollte. Über die Gesichter der Menschen flossen Tränen, doch keine Freudentränen. Die ägyptischen Soldaten sahen sich verständnislos an. Und Sallum ließ über den undankbaren Haufen einen drohenden Blick schweifen.

Als man den Scheich zum Aufstehen zwang und ihn fortschaffte, wurde ein Weinen laut, ein Beten und Klagen wie bei der Beerdigung eines geliebten Menschen. Unter den wehklagenden Frauen war so manche, die der Scheich zuerst mit seiner Gunst bedacht und dann fallengelassen hatte, und es waren auch andere darunter, die zu vielen Listen hatten greifen müssen, um sich seinen Annäherungsversuchen zu entziehen. Aber alle weinten sie. Und mehr als jede andere weinte Lamia, die in schwarzem Gewande bei der Kirche stand, immer noch schön und schlank, trotz all ihres Ungemachs.

Und plötzlich: die Totenglocke. Ein Schlag. Dann Stille. Ein zweiter, vollerer Schlag, der sich wie ein Donnern ausbreitete. Die Berge ringsum warfen sein Echo zurück, das noch in aller Ohren klang, als ein dritter Schlag ertönte. Es waren die unermüdlichen Arme der *Khuriyye* die am Seil zogen, es wieder losließen, dann festhielten und wieder zogen.

Die Soldaten hielten einen Augenblick verdutzt inne und gingen dann weiter. Der Scheich in ihrer Mitte schritt so aufrecht, wie er nur irgend konnte.

Die große soziale Revolution, die sich damals in meinem Dorf zutrug, hätte ich wohl so nicht darstellen sollen. Genau so aber stellt sie sich mir aus meinen Quellen dar, und so auch ist sie den Greisen im Gedächtnis geblieben.

Vielleicht hätte ich die Ereignisse ein wenig beschönigen sollen, wie andere vor mir es getan haben. Dadurch hätte ich zwar an Achtbarkeit gewonnen. Die Fortsetzung meiner Geschichte aber wäre dann unverständlich geworden.

## 2

Am Tag nach dieser Zeremonie verließ Rukoz seine prachtvollen Besitzungen, wie man sich eines zu eng und unwürdig gewordenen Kleidungsstückes entledigt. Zusammen mit seiner Tochter, seinen Wachen, aber auch seinen Ängsten und seiner Schäbigkeit richtete er sich im Schlosse ein. Er hatte auch ein Porträt von sich dabei, das ein durchreisender venezianischer Künstler von ihm angefertigt hatte und das er nun eiligst im Pfeilersaal an der Stelle anbrachte, an der zuvor der Stammbaum des enteigneten Scheichs gehangen hatte. Ein recht ähnliches Porträt, wie es heißt, wenn man davon absieht, daß auf dem gemalten Gesicht nicht die mindeste Spur von Blatternarben zu sehen war.

Asma wurde in dem früher von der Scheikha bewohnten Zimmer untergebracht und schien es nur selten zu verlassen. Der Flügel, der sonst dem Schloßverwalter vorbehalten war und in dem Rukoz Jahre zuvor selbst gelebt hatte, blieb leer. Lamia weilte noch immer bei ihrer Schwester, der *Khuriyye*. Man sah sie kaum. Sie ging höchstens am Sonntag in die Kirche, die sie durch die Sakristei betrat. Auf der schwarzen, zarten Gestalt ruhten sanft die Blicke der Gläubigen; sie selbst aber schien keinen Blick mehr zu haben.

»Empfand sie denn niemals Reue?« fragte ich eines Tages den alten Gebrayel.

Er kniff die Augen zusammen, als habe er den Sinn meiner Frage nicht ganz verstanden.

»Du und die anderen Alten im Dorf, ihr habt mir zu verstehen gegeben, daß sie an einem Septembernachmittag im Schlafzimmer des Scheichs einer Versuchung nachgegeben habe und daß dieser Fehltritt eine ganze Reihe von Prüfungen über das Dorf gebracht habe. Und doch ist jedesmal, wenn ihr Tanios' Mutter erwähnt, nur von Unschuld und Schönheit und Anmut die Rede, von einem ›zutraulichen Lamm‹; nie erachtet ihr sie für schuldig, und nicht ein einziges Mal sprecht ihr von ihren Gewissensbissen.«

Gebrayel schien über meine Wut entzückt zu sein, als erachte er es als ein Privileg, zur Ehrverteidigung jener Dame herausgefordert zu werden. Wir saßen gerade im Wohnzimmer seines alten Sandsteinhauses. Er nahm mich bei der Hand und führte mich auf die Terrasse hinaus, in deren Mitte ein betagter Maulbeerbaum von früheren Zeiten kündete.

»Sieh hin über unsere Berge. Ihre sanften Hänge, ihre versteckten Täler, ihre Höhlen und Felsen, ihr duftender Odem, das schillernde Farbenspiel ihres Kleides. Sie sind schön. Schön wie Lamia. Und auch sie tragen ihre Schönheit wie ein Kreuz.

Begehrt, vergewaltigt, herumgestoßen, oft eingenommen, manchmal auch geliebt oder selbst verliebt. Was bedeuten im Angesicht der Jahrhunderte schon Ehebruch, Tugend oder uneheliche Geburt? Das sind doch nur die Listen des Gebärens. Dir wäre es also lieber gewesen, wenn Lamia verborgen geblieben wäre? Unter Rukoz' Herrschaft blieb sie es tatsächlich. Und unser Dorf war wie ein umgedrehtes Alpenveilchen: mit in die Erde gesteckter Blüte und zum Himmel ragender schlammig behaarter Knolle.«

»Behaarte Knolle« war noch der harmloseste, der am wenigsten kränkende der Vergleiche, die den Alten meines Dorfes in den Sinn kamen, wenn der Name Rukoz fiel. Gewiß kommt diese Abneigung nicht von ungefähr. Dennoch erschien sie mir manchmal übertrieben. Trotz aller Gemeinheit hatte dieser Mensch auch etwas Tragisches an sich. Der Ehrgeiz war bei ihm das, was bei anderen Spielsucht oder Geiz sind, nämlich ein Laster, unter dem er litt und dem er dennoch zwanghaft frönen mußte. Heißt das, daß die Schuld, die er durch den Verrat an Tanios auf sich lud, etwa der eines Hasardeurs entspricht, der die Summe verspielt, die er einem geliebten Menschen entwendet hat? So weit würde ich zwar nicht gehen, aber dennoch erscheint es mir, als sei bei ihm damals, als er dem Jungen noch seine Fürsorge angedeihen ließ, nicht nur kalte Berechnung im Spiel gewesen, sondern auch der rasende Wunsch, von Tanios geliebt und bewundert zu werden.

Diesen Charakterzug erwähne ich nicht etwa, um den Mann von seiner Schuld reinzuwaschen – wo immer er nun sein mag, hat er das nicht mehr nötig –, sondern weil er sich im Umgang mit den Dorfbewohnern, seinen neuen Untertanen, auf gleiche Weise verhalten sollte.

Zwar hatte er mit Listen, mit Zugeständnissen und mit Bakschisch nicht gespart, um das Leben seines gestürzten Rivalen übertragen zu bekommen. Genießen konnte er diese jahrelang herbeigesehnte und eingefädelte Revanche jedoch nicht, und zwar wegen der Leute, die beim Anblick ihres gedemütigten Herren geweint hatten. An jenem Tage hatte er das Gesicht zwar zu einer hochmütigen Miene verzogen, war jedoch tief gekränkt. Und er hatte sich vorgenommen, die Zuneigung dieser Menschen so bald wie möglich und mit allen Mitteln zu erobern.

Als erstes schaffte er den Handkuß ab, das Symbol der Feudalarroganz. Dann ließ er den Bauern ausrichten, bis Jahresende werde er ihnen keinen Piaster abverlangen, »um ihnen Zeit zu geben, sich von den Schwierigkeiten der zurückliegenden Jahre zu erholen«; sollten unterdessen Steuern zu entrichten sein, so werde er sie aus seinem eigenen Besitz bezahlen.

Er beschloß auch, den Kirchturm, der einzustürzen drohte, restaurieren und das Brunnenbecken entschlammen zu lassen. Darüber hinaus machte er es sich zur Gewohnheit, bei jedem Ritt durch das Dorf mit Münzen um sich zu werfen, da er sich in der Hoffnung wiegte, die Menschen würden ihn dann freudig erwarten und ihm zujubeln. Vergebens. Die Leute bückten sich lediglich nach der Münze und wandten ihm beim Aufrichten schon wieder den Rücken zu.

Als Rukoz am ersten Sonntag nach seiner Ankunft zur Kirche ging, war er der Ansicht, ihm stünde der mit einer Decke ausgelegte Sitz zu, den bis dahin der Scheich eingenommen hatte. Dieser Sitz aber war plötzlich verschwunden. Der Pfarrer hatte ihn heimlich beiseite geschafft. Und hatte überdies für seine Predigt aus dem Evangelium das Thema gewählt: »Eher geht ein Kamel durch ein Nadelöhr, als daß ein Reicher in den Himmel kommt.«

In unserem Dorf, in dem die Verabreichung eines Spitznamens einer zweiten Taufe gleichkommt, tat das seine prompte Wirkung ... aber nicht die, die ich erwartet hätte. Rukoz wurde nicht etwa »Kamel« genannt – dafür hatte man zuviel Zuneigung zu diesen Tieren, zuviel Achtung vor ihrer Treue, ihrer Ausdauer, ihrer Gemütsart und ihrer Nützlichkeit –, sondern dem Schloß wurde, wie eingangs bereits erwähnt, der Beiname »Nadel« verpaßt.

Das war nur ein erster Stein, der zu einem wahren Erdrutsch von derben, oft grausamen Anekdoten führen sollte.

Als Beispiel dafür diese hier, die Gebrayel noch heute gern erzählt: »Geht ein Dorfbewohner zu Rukoz und bittet ihn, ihm für einen Tag sein Porträt zu leihen. Rukoz ist um so geschmeichelter, als der Mann ihm erläutert, er werde damit schnell zu einem Vermögen kommen.

›Wie das denn?‹

›Ich werde das Bild zu Hause aufhängen, die Leute werden daran vorbeigehen, und ich lasse sie bezahlen.‹

›Du läßt sie bezahlen?‹

›Ja, drei Piaster fürs Beschimpfen und sechs Piaster fürs Anspucken.‹«

Erbittert über alles, was man sich über ihn aus den Fingern sog, reagierte Rukoz schließlich auf eine Art, die ihm sicher mehr Schaden eintrug als alle Persiflagen seiner Verleumder. Er bildete sich ein, jene Anekdoten entstünden nicht spontan, sondern es versammelten sich Abend für Abend in irgendeinem Haus Verschwörer, um sich die Anekdote auszudenken, die man sich tags darauf erzählen würde. Und unter diesen Leuten befände sich auch ein getarnter englischer Agent. Der

*Khweja* befahl also seinen Männern, im Dorf auszuschwärmen, um die »Anekdotenschmiede« um jeden Preis ausfindig zu machen!

Ich hätte geschworen, dabei handle es sich nur um einen der zahllosen von seinen Feinden erdachten Schwänke, und noch dazu um den allerunglaubwürdigsten, wenn nicht Nader, der der Feindseligkeit gegenüber Rukoz gänzlich unverdächtig war, die Angelegenheit als unleugbare Tatsache dargestellt hätte.

Durch ihre Duldsamkeit hatten sie den Scheich zu einem launenhaften Tyrannen gemacht; seinen Nachfolger machten sie durch ihre Boshaftigkeit verrückt.

Er war auf nichts anderes aus, als ihnen zu gefallen und von ihnen Vergebung zu erlangen; sein gesamtes Vermögen hätte er hergegeben, um aus ihrem Munde nur ein einziges Wort der Dankbarkeit zu hören.

In der Nacht war er ganz trunken von der Suche nach der Anekdotenschmiede, während aus verdunkelten Häusern Gelächter drang.

Ich bin aus dem Dorfe fortgegangen, um über das Gelächter dieser Leute nicht zu lachen, doch eines Tages werde ich ihre Tränen beweinen.

Es stimmt schon, daß dem Verhalten, das die Menschen meines Dorfes gegenüber ihren Herrschenden an den Tag legen, seit jeher etwas Verwirrendes anhaftet. Manche erkennen sie als die Ihrigen an, andere nicht. Von rechtmäßigen Regenten einerseits und Usurpatoren andererseits zu sprechen würde dem Problem nicht gerecht werden. Weder sehen sie nämlich in der Dauer einer Herrschaft ein Zeichen für ihre Legitimität, noch sind sie etwa einem Wechsel grundsätzlich abgeneigt. Beim Scheich nun hatten sie das Gefühl, er gehöre zu ihnen und verhalte sich gemäß ihrer eigenen Begierden, Ängste und Launen – auch wenn sie darunter zu leiden hatten. Sein Rivale hingegen hörte auf die Paschas, die Offiziere, den Emir ... Rukoz hätte sein gesamtes Vermögen unter ihnen verteilen können. Sie hätten es doch nur mit spitzen Fingern angefaßt und dieselben gleich darauf zu einer schmähenden Geste gekrümmt.

Übrigens sollte der frühere Verwalter ihre schlimmsten Befürchtungen bestätigen. War er nicht von seinen Herren eingesetzt worden, um ihnen williger zu dienen, als der Scheich es getan hätte? Nach einer Schonfrist von drei Wochen kamen seine Gesellschafter gewissermaßen mit den fälligen Wechseln vorbei.

Der Scheich hatte gegen Sahlain nicht vorgehen wollen; Rukoz dagegen hatte dies versprochen; also verlangte Adel Efendi nun die Einlösung dieses Versprechens. Der neue Herr über Kfaryabda hatte noch nicht alle Hoffnung aufgegeben, sich bei seinen Untertanen lieb Kind zu machen, und wußte, daß der Befehl, gegen das Nachbardorf zu marschieren, ihn für immer diskreditieren würde. Zwischen ihm und dem Offizier kam es daher zu folgender unerquicklicher Aussprache.

»Ich habe diese Gegend gerade erst übernommen; warten Sie, bis meine Macht sich etwas gefestigt hat«, flehte Rukoz.

»Deine Macht sind wir!«

»Wenn in den Dörfern dieser Berge einmal die Blutrache zu wüten beginnt, dann setzt sie sich über Generationen hin fort, und nichts hält sie mehr auf ...«

Da unterbrach ihn der Offizier mit den Worten, die in die tugendreiche Feder des Mönches Elias eingeflossen sind: »Wenn ich zu einem Bordellwirt gehe, will ich mir von ihm keine Rede über die Vorzüge der Jungfernschaft anhören!«

Dann sagte er noch: »Morgen früh werde ich mit meinen Männern hier sein. Wir werden nicht einmal Kaffee bei dir trinken. Du wirst draußen mit den Dorfbewohnern stehen, die du zusammengebracht hast. Die zählen wir dann, bevor wir über dein Schicksal entscheiden.«

Die *Bergchronik* verzeichnet, was daraufhin geschah: »Am Morgen jenes verfluchtesten aller Tage erschien Adel Efendi im Dorf mit vierzig Reitern und dreimal so vielen Fußsoldaten. Sie stiegen zum Schloß hinauf, wo Rukoz sie im Hof erwartete. Um ihn herum standen seine Wachen, dreißig mit neuen Gewehren ausgerüstete Reiter.

Der Offizier sprach: ›Die da kenn' ich schon, aber wo sind die anderen?‹

Da deutete Rukoz auf zehn Männer (sechs davon sind in der Chronik namentlich aufgeführt), die er mit Geld hatte verpflichten können.

›Und das ist alles, was dieses für seine Tapferkeit berühmte Dorf auf die Beine stellen kann?‹ staunte der Offizier.

Darauf schwor er, die entsprechenden Maßnahmen zu ergreifen, sobald sie mit den Leuten von Sahlain abgerechnet hätten. Dann befahl er seinen Leuten, durch den Pinienwald loszumarschieren; die Leute Rukoz' folgten ihnen.

Als sie in Sahlain ankamen, entwaffneten sie mühelos die Wachen Said Beyks, töteten acht davon und drangen in den Palast ein, wo sie ihre Klingen sprechen ließen. Said Beyk wurde schwer am Kopf getroffen und starb drei Tage später. Sein ältester Sohn Kahtane wurde so zugerichtet, daß man ihn für tot hielt, doch wie wir noch sehen werden, erholte er sich wieder. Das Dorf selbst wurde geplündert, die dort angetroffenen Männer niedergemetzelt und die Frauen gedemütigt. Man zählte sechsundzwanzig Tote; darunter war der Beyk, ein hochanständiger, von Christen und Drusen gleichermaßen geliebter Mann. Gott sei seiner Seele gnädig, und auf ewig verflucht seien jene, die da Zwietracht säten.«

Es wird ferner berichtet, auf dem Rückweg habe Rukoz dem Offizier erneut seine Bedenken mitgeteilt.

»Was wir jetzt angerichtet haben, wird diese Berge auf hundert Jahre in Flammen setzen.«

Als Antwort bekam er zu hören: »Ihr seid hier nichts weiter als zwei verschiedene Arten von Skorpionen, und wenn ihr euch gegenseitig so lange stecht, bis keiner mehr übrig ist, dann kann das der Welt nur recht sein.«

Und: »Wenn uns nicht diese verdammten Berge im Weg gestanden hätten, dann wäre unser Pascha heute Sultan in Istanbul.«

»Dieser Tag wird noch kommen, wenn Gott es so will.« Gott wollte es offenbar nicht so, oder nicht mehr so. Das war dem Offizier bewußt, und als Rukoz von ihm so ernüchterte Töne hörte, war er in höchstem Maße beunruhigt. Der Besatzungsmacht wollte Asmas Vater ja gerne dienen, doch sollte sie gefälligst siegreich sein. Falls morgen die Ägypter aus den Bergen abziehen würden, durfte Adel Efendi mit einem Posten in Gaza oder Assuan rechnen; was aber sollte aus ihm, aus Rukoz, werden? Ihm ging an jenem Tage auf, daß er zu weit gegangen war, vor allem mit dieser Expedition nach Sahlain, die man ihm niemals verzeihen würde.

Fürs erste aber galt es, die guten Beziehungen zu seinen Beschützern aufrechtzuerhalten.

»Adel Efendi, zur Feier unseres Sieges und zur Belohnung Ihrer Männer, die sich so tapfer geschlagen haben, werde ich heute abend auf dem Schloß ein Fest geben ...«

»Damit meine Soldaten sich betrinken und dann abgeschlachtet werden!«

»Da sei Gott vor! Wer sollte es denn wagen, sich an ihnen zu vergreifen?«

»Wenn du auch nur einem meiner Männer einen Tropfen Arrak einschenkst, werde ich dich wegen Verrates hängen lassen.«

»Efendi, ich dachte, wir seien Freunde!«

»Ich habe keine Zeit mehr, um Freunde zu haben. Und überhaupt haben wir in diesen Bergen noch nie irgendwelche Freunde gehabt. Weder die Menschen noch die Tiere, noch die Bäume oder die Felsen. Alles ist uns feindlich gesinnt, alles lauert uns auf.

Und jetzt hör mir gut zu, Rukoz! Ich bin Offizier und kenne nur zwei Worte: Gehorsam oder Tod. Welches davon wählst du?«

»Befehlen Sie, ich gehorche.«

»Heute abend werden meine Männer sich ausruhen. In ihren Zelten außerhalb des Dorfes. Und morgen werden wir die gesamte Bevölkerung entwaffnen, Haus für Haus.«

»Aber die Leute hier wollen Ihnen doch nichts Böses.«

»Skorpione sind es, sage ich dir, und ich werde mich erst sicher fühlen, wenn sie weder Stachel haben noch Gift. In jedem Haus wirst du eine Waffe konfiszieren.«

»Und da, wo keine ist?«

»Unser Pascha hat gesagt, daß in diesen Bergen jedes Haus eine Feuerwaffe besitzt; glaubst du etwa, er hat gelogen?«

»Nein, er hat gewiß die Wahrheit gesagt.«

Am nächsten Morgen begannen Rukoz' Leute, streng überwacht durch die Soldaten Adel Efendis, im ganzen Dorf Hausdurchsuchungen vorzunehmen. Als erstes war Rufayel, der Barbier, an der Reihe, der in der Nähe der *Blata* wohnte.

Als es an seiner Tür klopfte und man ihn aufforderte, seine Waffen abzuliefern, mußte er schmunzeln.

»Andere Waffen als meine Rasiermesser habe ich nicht, ich bringe euch also so eines.«

Rukoz' Männer wollten schon in das Haus eindringen und es durchsuchen, doch ihr Herr, der mit dem ägyptischen Offizier dabeistand, winkte Rufayel zu sich, um mit ihm zu reden. Ringsum standen die Leute an den Fenstern oder auf ihren Dächern und hielten Augen und Ohren offen. Rukoz sagte laut: »Rufayel, ich weiß, daß du ein Gewehr hast, also hol es her, sonst wirst du es noch bereuen.«

Der Barbier antwortete: »Ich schwöre dir bei der Erde, die den Sarg meiner Mutter bedeckt, daß in diesem Haus keine Waffen sind. Deine Leute können ruhig alles durchsuchen.«

»Wenn sie anfangen zu suchen, wird nachher in deinem Haus und deinem Laden kein Stein mehr auf dem anderen stehen. Sie werden sogar unter den Pflanzen in deinem Garten und unter den Federn deines Hahnes suchen. Und unter dem Kleid deiner Frau. Hast du mich verstanden, oder willst du das alles lieber mit eigenen Augen sehen?«

Jetzt bekam es der Mann mit der Angst zu tun.

»Glaubst du, ich würde das alles geschehen lassen, nur um ein Gewehr zu behalten, mit dem ich noch nicht einmal umgehen könnte? Ich habe keine Waffe, das habe ich schon beim Grab meiner Mutter geschworen, worauf soll ich denn noch schwören, damit man mir glaubt?«

»Unser Herr, der Pascha von Ägypten, hat gesagt: In jedem Haus in den Bergen ist eine Waffe. Glaubst du etwa, er hat gelogen?«

»Gott bewahre! Wenn er das gesagt hat, dann ist es sicher wahr.«

»Dann hör mir mal zu. Wir werden jetzt woanders weitersuchen und in einer Viertelstunde wieder bei dir vorbeikommen, bis dahin hast du Zeit zu überlegen.«

Der Mann begriff nicht. Also sagte Rukoz so laut, daß die ganze Nachbarschaft seinen Rat mitbekam: »Wenn du keine Waffe hast, dann kauf dir eine und liefere sie uns ab, dann lassen wir dich in Frieden.«

Rundherum kicherten die Leute, die Männer leise, die Frauen kühner, doch Rukoz lächelte nur. Bei ihm war, wie es im Dorf so schön heißt, »der Anstandsnerv gerissen«. Einer seiner Büttel ging zu dem Barbier und bot ihm seine Waffe zum Kauf an. Zweihundert Piaster.

»Aber gib sie mir ohne Munition«, sagte Rufayel. »Dann komme ich nicht in Versuchung, auf jemanden zu schießen!«

Der Barbier verschwand in seinem Haus und kehrte mit der verlangten Summe zurück, die er dem Verkäufer in die Hand schüttete. Der überreichte ihm das Gewehr, um die Münzen zu zählen. Dann nickte er, nahm die Waffe zurück und verkündete: »In Ordnung, wir haben in diesem Haus eine Waffe beschlagnahmt.« Die Entwaffnung des Dorfes erwies sich als so lukrativ, daß an den darauffolgenden Tagen eine solche Sammlung auch in den umliegenden Dörfern stattfand, unter anderem auch bei den wohlhabendsten Kaufleuten von Dayrun.

Manche Männer jedoch wollten weder ihre Waffen ausliefern noch ihr Geld. Sie wurden *Frariyye* genannt, die »Aufsässigen«, und den Tag, an dem sie – kaum war der Beginn der Durchsuchungen an der *Blata* bekanntgeworden – mit Gewehren, Säbeln und Lebensmitteln in die dichtbewaldeten Hügel flüchteten und in den Häusern nur Frauen, Jungen unter neun Jahren und Gebrechliche zurückließen, taufte man *Yom-el-Frariyye*.

Wie viele waren es wohl? Aus Kfaryabda selbst etwa sechzig und noch einmal so viele aus den Weilern der Umgebung. Bald fanden sie sich mit denen zusammen, die bereits aus Sahlain geflohen waren, manche davon schon vor ziemlich langer Zeit; an den folgenden Tagen trafen noch welche aus Dayrun und den dazugehörenden Ländereien ein. Sie beschlossen, sich gegenseitig zu unterstützen, aber jeweils ihren eigenen Anführern zu folgen.

In jener Zeit konnte man in den Bergen in verschiedenen Gegenden dasselbe Phänomen beobachten. Die Ausgangssituation der Aufständischen war oft sehr verschieden, doch ihre Beweggründe ähnelten sich: Die Anwesenheit der ägyptischen Truppen bedrückte sie wegen der Steuern, der Zwangsrekrutierung und der Entwaffnung der Bevölkerung.

Bald wurden die Verschwörer – der Fall ist historisch belegt – von englischen und osmanischen Agenten kontaktiert, die sie mit Waffen, Munition, Geld und auch mit Zuspruch versahen, um den Truppen des Paschas und des Emirs das Leben so schwer wie möglich zu machen. Sie versicherten ihnen, die Großmächte würden sie im Kampf gegen die Ägypter nicht lange allein lassen.

Von Zeit zu Zeit kursierten Gerüchte über die unmittelbar bevorstehende Ankunft einer englischen Flotte. Dann hielten sich die hoffnungsfrohen Aufständischen die Hand vor die Augen und blickten hinaus aufs Meer.

## 3

Tanios war seit Monaten ohne Nachricht über das Dorf, seine Kerkermeister und seine Aufsässigen. Das wechselhafte Geschehen in der Levante sollte jedoch schon bald in London, Paris und Wien wie auch in Kairo und Istanbul in aller Munde sein. Und selbstverständlich auch in Famagusta, in der Herberge, in den Marktstraßen, in der Kneipe des Griechen. Der Entscheidungskampf schien eingeleitet zu sein; und wie Lord Ponsonby es vorhergesehen hatte, fand er in den Bergen statt. Desgleichen an der sich darunter erstreckenden Küste zwischen Byblos und Tyrus.

Die europäischen Großmächte hatten sich schließlich dazu durchgerungen, ihre Kanonenboote und ihre Truppen zu schicken, um den Ambitionen des ägyptischen Vizekönigs Einhalt zu gebieten, dessen Soldaten nun tagtäglich von Hunderten aufständischer Banden bedrängt wurden.

Der junge Mann wußte, welcher Seite sein Herz sich zuneigte. An manchen Tagen überkam ihn die Lust, übers Meer zu fahren und sich eine Waffe zu besorgen, um zusammen mit den Aufständischen zu schießen. Auf die Ägypter? Er dachte vor allem an den Emir. An den Mann, dessen Agenten Gerios betrogen und an den Galgen geliefert hatten. Ja, Fahim und Sallum, die hätte er vor die Flinte bekommen wollen: davon träumte er. Und er ballte dabei die Fäuste. Dann stand ihm wieder das Bild des gehängten Gerios vor Augen. Die Vorstellung wandelte sich zum Alptraum, die Wut in Ekel. Und von einem Augenblick auf den anderen verlor er die Lust zu kämpfen. Dann dachte er nur noch ans Fortgehen. In die andere Richtung. Gen Westen. In Richtung Genua, Marseille, Bristol. Und weiter: nach Amerika.

War Tanios zwischen zwei Welten? Zwischen zwei Arten der Rache vielmehr. Sollte er mit Blut reinwaschen oder mit Verachtung strafen? Er schwankte, und blieb vor Ort, in Famagusta, bei Thamar. Ihre Träume waren ineinander verschlungen, und ihre Leiber. Thamar, seine Gefährtin in der Verirrung, seine fremde Schwester.

Unterdessen harrte er unablässig der Rückkehr von Reverend Stolton. Erst im Frühsommer jedoch erreichte ihn eine durch Mr. Hovsepian übermittelte Nachricht, laut der der Pastor mit Sicherheit über Zypern reisen und ihn besuchen werde. Und drei Monate später traf er tatsächlich ein. In Limassol, wohin Tanios, der vom Dragoman unterrichtet worden war, daraufhin fuhr. Das Treffen fand am 15. Oktober des Jahres 1840 statt; drei Wochen später war Tanios-Kischk bereits eine Legende. Der Hauptakteur eines kurzen Epos, der Held eines Rätsels.

Zuerst aber das Wiedersehen in Limassol auf einem am Meer gelegenen Gut, der Wohnstätte eines britischen Kaufmanns. Von außen gesehen eine Oase der Ruhe; drinnen aber ging es betriebsamer zu als in einer Karawanserei. Seeleute, Offiziere mit Zweispitz, Waffen, Stiefel, Getränke. Tanios fielen die englischen Stücke ein, die er gelesen hatte, und er hatte das Gefühl, sich während einer Probe in die Kulissen eines Theaters verirrt zu haben.

Er wurde in ein verrauchtes, aber ruhiges Büro geführt. Dort saß der Pastor zusammen mit sechs anderen Personen an einem ovalen Tisch. Alle waren europäisch gekleidet, obwohl ganz offensichtlich einer von ihnen ein hochrangiger Osmane war. Tanios verstand schnell, daß es sich bei den Anwesenden um Gesandte der Großmächte handelte.

Stolton erhob sich, eilte auf ihn zu und umarmte ihn väterlich. Die Diplomaten nickten nur flüchtig und setzten dann leiser ihre Gespräche fort, wobei sie noch heftiger an ihren Pfeifen zogen. Nur einer stand mit einem breiten Lächeln auf und reichte ihm die Hand.

Es dauerte ein paar Sekunden, bis Tanios ihn erkannte. Sein Gegenüber hatte sich einen üppigen brünetten Bart wachsen lassen, der ein wenig unordentlich wirkte und von seiner eleganten Kleidung abstach. Richard Wood. Der Mann, den die Leute aus dem Dorf kurzerhand den englischen »Konsul« getauft hatten, als er es noch gar nicht war, und der es mittlerweile zu weit mehr gebracht hatte. Er war der Gestalter der englischen Politik, ihr virtuoser Agent, der »Byron« der Berge und der unsichtbare Anführer der Aufständischen, der sie mit Gold, Waffen und Versprechen versorgte.

Tanios hatte Wood nicht mehr gesehen, seit jener damals mit Geschenken beladen auf das Schloß gekommen war und den Jungen mit einer Schreibgarnitur und Raad mit einem Gewehr bedacht hatte.

»Wir sind uns vor vier oder fünf Jahren schon einmal begegnet ...«

»Gewiß«, antwortete Tanios höflich.

Vor seinem Auge zogen schmerzliche Bilder vorbei.

»Mein Besuch im Dorf unseres jungen Freundes ist mir die bleibendste Erinnerung an meinen ersten Aufenthalt in den Bergen.« Diese an seine Kollegen gerichtete Erläuterung hatte er auf französisch abgegeben, was in Diplomatenkreisen durchaus üblich war, hier jedoch paradox wirkte, da von den europäischen Großmächten einzig und allein Frankreich nicht vertreten war.

Was tat Pastor Stolton inmitten dieser Leute, fragte sich Tanios. Und warum hatte er ihn ausgerechnet in deren Gegenwart wiedersehen wollen? Der Junge hätte erwartet, daß Stolton ihn beiseite nehmen und aufklären würde. Statt dessen war Wood es, der ihm vorschlug, ein wenig im Garten mit ihm spazierenzugehen.

Die Landschaft ringsum war der geeignete Rahmen für ihr Gespräch. Die Palmen erstreckten sich geradlinig bis zum Meer, und das Grün des Rasens und das Blau des Meeres waren von keiner Ockergrenze getrennt.

»Ihnen dürfte bekannt sein, daß im Hafen von Beirut britische Schiffe vor Anker liegen, die Befehl haben, die Befestigungen der Stadt zu bombardieren, sooft dies nötig sein sollte. Vor Nahr-el-Kalb sind gerade weitere Schiffe mit britischen, österreichischen und osmanischen Einheiten an Bord eingetroffen. Wir hofften, der Vizekönig Mehmet Ali würde durch unsere Warnungen zur Einsicht finden, doch scheint es, als nehme er sie nicht ernst oder fühle sich imstande, sich uns gegenüber zu behaupten. Da irrt er jedoch, und die Franzosen werden ihm nicht zu Hilfe eilen.«

Wood redete nun englisch, sprach aber die Ortsnamen aus, wie die Leute in den Bergen es taten.

»Ich wollte als erstes die Militäraktionen erwähnen, die derzeit ablaufen. Die von den Großmächten unternommenen Anstrengungen umfassen aber noch zahlreiche andere Aspekte juristischer und diplomatischer Natur, um die in monatelangen zähen Verhandlungen gerungen werden mußte. Und einer dieser Aspekte betrifft Sie, Tanios.«

Der junge Mann wagte nicht einmal einen Laut der Zustimmung, da er fürchtete, das Ganze sei nur ein Traum, und er werde erwachen, bevor er dessen Ende kennenlerne.

»Für eine der Aufgaben, die wir uns gestellt haben, und zwar nicht gerade die einfachste, wie ich gestehen muß, sind wir darin übereingekommen, daß ein Sohn der Berge unter uns sein muß, um an einem bestimmten Ort eine bestimmte Rolle zu spielen. Verzeihen Sie mir, wenn ich mich noch so vage ausdrücke; ich verspreche Ihnen, ausführlicher zu werden, wenn wir erst einmal auf See sind. Ich wollte Ihnen hier nur mitteilen, daß unsere Wahl auf Sie gefallen ist. Es ist ja so, daß Sie unsere Sprache gelernt haben und daß der Pastor und ich Sie kennen und schätzen; dazu hat es sich noch gefügt, daß Sie sich gerade auf Zypern befinden, das sozusagen auch auf unserem Weg liegt.

Ich will Ihnen nicht verhehlen, daß ich eine Weile gezögert habe. Nicht wegen des Mordes am Patriarchen, denn jedermann weiß, daß Sie daran unschuldig sind. Es ist vielmehr wegen des Schicksals, das Ihrem Vater zuteil wurde. Was Sie nämlich für uns tun werden, entspricht in gewisser Weise Ihrem legitimen Wunsch nach . . . nun sagen wir: Genugtuung.

Ihre persönlichen Ressentiments müssen Sie während Ihrer Mission aber hintanstellen. Sind Sie in der Lage, mir das zu versprechen? Und falls ja, wären Sie dann bereit, mit uns zu kommen?«

Tanios zeigte sein Einverständnis an, indem er mit dem Kopf nickte. Wood nahm es wortlos zur Kenntnis, und sie besiegelten ihre Übereinkunft mit einem männlichen Handschlag. »Ich muß Ihnen noch sagen, daß der Pastor Bedenken hat. Wenn wir wieder in dem Büro zurück sind, wird er wohl allein mit Ihnen sprechen wollen und Sie bitten, sich die Angelegenheit noch einmal gründlich zu überlegen, bevor Sie zusagen. Glauben Sie, mir versichern zu können, daß Ihre Entscheidung, wenn Sie einmal nachgedacht haben, noch immer die gleiche sein wird?« Tanios fand diese Formulierung amüsant und brach in ein herzliches Lachen aus, in das auch der pfiffige Ire einstimmte.

»Ich komme mit«, sagte der junge Mann schließlich und vermied nun alle Heiterkeit, um seinem Beschluß eine gewisse Feierlichkeit zu verleihen.

»Das freut mich. Eine Überraschung ist es aber keineswegs für mich. Ich weiß allmählich, was für Menschen in diesen Bergen leben.

Die HMS *Courageous* wird in zwei Stunden auslaufen. Falls Sie in Famagusta noch irgendwelche Sachen oder unbezahlte Rechnungen haben, dann sagen Sie es ruhig; unser Freund Hovsepian wird jemanden hinschicken, der sich darum kümmert.«

Tanios hatte nichts zu holen und nichts zu bezahlen. Sein ganzes Geld trug er stets im Gürtel bei sich, und das Herbergszimmer war jeweils eine Woche im voraus bezahlt. Es war da nur die Sache mit Thamar. Er hatte ihr versprochen, daß sie gemeinsam fortgehen würden, und nun fuhr er unvermittelt weg, ohne sich auch nur von ihr zu verabschieden. Aber das konnte der Dragoman schlecht für ihn erledigen.

Tanios nahm sich fest vor, bald einmal wieder bei der Karawanserei vorbeizukommen, bis in die letzte Etage hinaufzusteigen und an der Tür zu klopfen, zweimal kurz und dann noch zweimal . . . Würde sie da sein und ihm öffnen?

Zu jener Zeit, ja vielleicht sogar am Tag des Treffens in Limassol selbst oder am Tag zuvor, wurden der große Pinienwald und etwa dreißig am Rande meines Dorfes und in benachbarten Weilern gelegene Häuser ein Raub der Flammen. Eine Weile schien auch das Schloß gefährdet, und Rukoz wollte es schon räumen, als plötzlich ein Südwestwind aufkam und das Feuer zu den schon verheerten Stätten zurücktrieb.

Bis heute zeugt von dieser Katastrophe ein Hang, auf dem nie wieder irgend etwas gewachsen ist; und auch in den Büchern und in so manchen Köpfen findet sich noch ein Nachhall darauf. Seit jeher habe ich im Dorf von einem Großbrand reden hören, der »früher einmal« gewütet habe, »vor langer langer Zeit« – wann und unter welchen Umständen es dazu kam, erfuhr ich jedoch erst, als ich die Geschichte von Tanios zu rekonstruieren begann.

Den ganzen September über hatten Jugendliche aus Kfaryabda, die zum Zeitpunkt der Waffenkonfiszierung in den Wald geflüchtet waren, tollkühne Streifzüge ins Dorf unternommen. Manche hatten sich bei Verwandten Lebensmittel geholt, und zwei oder drei waren sogar auf der *Blata* und vor der Kirche herumstolziert.

Fast überall in den Bergen waren die ägyptischen Truppen nunmehr in der Defensive und zum Teil sogar auf der Flucht; in Kfaryabda und Umgebung aber hatte Kommandant Adel Efendi die Lage noch im Griff. So beschloß er, den Aufständischen das Handwerk zu legen, und ließ seine Truppe in den Wald vorrücken. Die Widerständler feuerten im tiefsten Dikkicht ein paar Schüsse ab, worauf die Soldaten in diese Richtung liefen.

Die Aufständischen zählten zwar kaum mehr als fünfzehn Mann, doch hatten sie sich so verteilt, daß sie auf ein verabredetes Signal hin an mehreren Stellen Feuer legen und somit jeden Ausweg versperren konnten. In dem trockenen Unterholz breitete das Feuer sich rasch aus und griff bald auf die Bäume über. Da diese Verfolgungsjagd am hellichten Tag stattfand, brauchten die Soldaten lange, bis sie die Flammen entdeckten. Als sie begriffen, daß sie in eine Falle geraten waren, hatten die Flammen sie bereits umzingelt.

Der Brand breitete sich zugleich ins Waldesinnere aus, wo er die Soldaten immer mehr einschnürte, und in Richtung Dorf. In Kfaryabda selbst hatten die Leute Zeit zu fliehen, doch in einigen Weilern und abgelegenen Höfen züngelten die Flammen von allen Seiten gleichzeitig heran. Laut der *Bergchronik* des Mönches Elias soll es unter der Bevölkerung etwa fünfzig und bei den Soldaten dreißig Opfer gegeben haben.

Nach dem Ereignis erhob sich ein Streit. Durfte man, um die Besatzer in eine Falle zu locken, das Leben der Dorfbewohner, ihre Häuser und auch ihren wertvollen Wald so geringachten? Waren die fünfzehn jungen *Frariyye* nun Helden? Kühne Widerstandskämpfer? Unbesonnene Raufbolde? Vermutlich waren sie das alles zusammen: kriminelle Widerständler und verantwortungslose Helden ...

Es heißt, das Feuer habe vier Tage lang gewütet, und noch zwei Wochen später habe über dem Unglücksort eine schwarze Wolke gehangen.

Man konnte sie von weitem sehen, und wohl auch von den englischen Schiffen aus, die an der Küste entlangpatrouillierten. Dies ist sogar mehr als wahrscheinlich, da die Kriegsschiffe Seiner Majestät ja vom Dorf aus zu erblicken waren und man einige Tage vorher vernommen hatte, wie sie die Befestigungen von Beirut bombardiert hatten, die im Namen des ägyptischen Vizekönigs von Süleiman-Pascha-dem-Franzosen alias de Sèves verteidigt wurden.

Konnte auch Tanios den Rauch sehen? Wohl kaum, denn die *Courageous* hatte vermutlich direkt auf das viel weiter südlich gelegene Sidon zugehalten.

Von den in Limassol versammelten Personen befanden sich

lediglich der englische Vertreter – Wood – und der osmanische an Bord, beide mit ihrem Gefolge; die übrigen Diplomaten waren zu anderen Zielen aufgebrochen. Pastor Stolton wiederum hatte nach einer langen Unterredung mit seinem Zögling ein anderes, nach Beirut auslaufendes englisches Schiff bestiegen, um auf möglichst direktem Wege nach Sahlain zu gelangen; er hatte es eilig, wieder in seine Schule zu kommen und den ein Jahr lang unterbrochenen Unterricht wiederaufzunehmen. Wood wartete ab, bis sie auf hoher See waren, bevor er Tanios über die ihm anvertraute Mission genauer in Kenntnis setzte.

»Wir müssen in den Palast von Beit ed Dine und mit dem Emir sprechen.«

Der junge Mann konnte nicht verhindern, daß ihm die Knie weich wurden. Er bewahrte aber Haltung und hörte weiter stumm und aufmerksam zu.

»Die Großmächte haben beschlossen, daß der Emir die Macht abgeben muß. Es sei denn, er bricht mit den Ägyptern und schließt sich dem Bündnis an. Das ist jedoch unwahrscheinlich, da haben wir schon diskret vorgefühlt. Also müssen wir ihm anzeigen, daß er abgesetzt und ins Exil geschickt wird.«

»Und wohin?«

»Dazu darf er sich äußern. Sie werden ihm die Wahl lassen. Innerhalb gewisser Grenzen selbstverständlich ...«

Tanios war sich nicht sicher, richtig verstanden zu haben. Hatte Wood tatsächlich »Sie« gesagt?

»Die Vertreter der Großmächte sind darin übereingekommen, daß der Beschluß dem Emir von einem Landeskind mitgeteilt werden soll. Vorzugsweise von einem Christen, aus Rücksichtnahme auf gewisse Empfindlichkeiten. Blieb also nur noch die Wahl der Person ... Hier der Text, der zu übersetzen und dann dem Emir vorzulesen ist.«

Tanios ging allein auf Deck und reckte den Kopf in den Wind. Was spielte ihm das Schicksal da nur wieder für einen Streich? Er, der aus dem Land geflohen war, um dem gefürchteten Emir zu entkommen, und dessen Vater auf Befehl des Tyrannen hingerichtet worden war, befand sich nun auf dem Weg zu dem Palast in Beit ed Dine, um dem Emir seine Verbannung zu verkünden. Er, Tanios, mit seinen neunzehn Jahren, sollte vor dem Emir stehen, dem Emir mit seinem langen weißen Bart und den buschigen Augenbrauen, dem Emir, der seit einem halben Jahrhundert alle Menschen in den Bergen, seien es Bauern oder Scheichs, vor Angst erzittern ließ, und sollte zu ihm sagen: »Ich habe den Auftrag, Sie aus diesem Palast zu verjagen!«

»Ich zittere ja hier schon auf diesem englischen Schiff. Was werde ich erst tun, wenn ich ihm gegenüberstehe?«

Als das Schiff in Sidon anlegte, herrschte in der Stadt große Ratlosigkeit. Sie war von den Ägyptern verlassen, von deren Gegnern jedoch noch nicht besetzt worden. Die Basare waren aus Angst vor Plünderungen geschlossen, und die Leute gingen wenig auf die Straße. Die Ankunft der *Courageous* wurde deshalb als ein größeres Ereignis angesehen. Zum Empfang der Delegation erschienen die Angehörigen fremder Staaten mit ihren Konsuln, die Würdenträger im Turban, die noch verbliebenen Staatsdiener und ein Gutteil der Bevölkerung. Als der osmanische Diplomat ihnen erklärte, er sei nicht gekommen, um von der Stadt Besitz zu nehmen, sondern sei nur auf der Durchreise nach Beit ed Dine, wirkten die Leute enttäuscht.

Allgemeine Aufmerksamkeit erregte, daß ein offenbar aus der Gegend stammender weißhaariger junger Mann erhobenen Hauptes neben den Vertretern der Großmächte herging, als sei er ihresgleichen. Man nahm an, es müsse sich dabei um den Anführer der Aufständischen handeln, und da er noch so jung war, wurde er nur um so mehr bewundert.

Die Delegation war erst am Nachmittag eingetroffen und verbrachte deshalb die Nacht in der Villa des englischen Konsularagenten auf einem Hügel, von dem man die Stadt und das Seekastell überblickte. Auf Anregung Woods wurden Tanios neue Kleider besorgt, wie sie üblicherweise von den einheimischen Honoratioren getragen wurden: Pluderhose, weißes Seidenhemd, rote bestickte Weste, erdfarbene Mütze mit darum gewickeltem schwarzem Schal.

Am folgenden Morgen fuhren sie auf der Küstenstraße bis zum Fluß Damur, wo haltgemacht und das Gespann gewechselt wurde; dann ging es auf Bergwegen weiter in Richtung Beit ed Dine.

# 4

Im Palast des Emirs herrschte eine unheilvolle Atmosphäre, alles schien im Verfall begriffen. Die Arkaden strahlten nur noch kalte Erhabenheit aus, und an den Bäumen des Gartens zupften Maultiere herum. Besucher kamen nur selten, in den Gängen blieb es still. Die Delegation wurde von den Würdenträgern des *Diwans* empfangen. Sie waren beflissen, wie sie es im Umgang mit den Vertretern der Großmächte zu sein verstanden, und doch voller Trauer.

Tanios hatte das Gefühl, er werde gar nicht wahrgenommen. Niemand sprach ihn an, und niemand forderte ihn zum Mitkommen auf. Als er jedoch Richard Wood ganz einfach folgte, wurde er auch von niemandem zurückgehalten. Seine beiden Begleiter tauschten untereinander manchmal einen Blick oder ein paar Worte aus; mit ihm dagegen nie. Auch sie schienen ihn zu ignorieren. Vielleicht hätte er sich ja anders anziehen sollen, auf europäische Art. In diesen für die Berge typischen Kleidern, wie er sie zeit seines Lebens getragen hatte und wie sie auch von vielen unterwegs angetroffenen Leuten getragen wurden, kam er sich nun vor wie kostümiert. Doch bestand seine Rolle in der Delegation der Großmächte nicht gerade darin, den äußeren Anschein des Landes zu wahren und seine Sprache zu sprechen? Der osmanische Gesandte schritt der Delegation voran und wurde mit furchtsamer Achtung behandelt; die Sultane hatten sich die Berge vor drei Jahrhunderten untertan gemacht, und wenn auch der ägyptische Vizekönig ihre Macht eine Zeitlang eingeschränkt hatte, schienen sie ihre Autorität wiederzuerlangen; wenn man mit ansah, wie alle um den Mann herumscharwenzelten, konnte man daran keine Zweifel mehr hegen.

Aber auch der andere Abgesandte wurde nicht weniger umgarnt. England war in aller Augen die wichtigste Großmacht, und Wood verfügte darüber hinaus noch über persönliches Prestige. Ein hoher Würdenträger des Palastes, der schon seit der Freitreppe neben dem Osmanen herging, bat diesen nun in sein Büro, wo er sich gedulden möge, bis der Emir zum Empfang der Delegation bereit sei. Von einem weiteren Würdenträger wurde daraufhin Wood in ein anderes Büro gebeten. Fast im gleichen Augenblick waren die beiden Männer verschwunden. Verdutzt blieb Tanios stehen, sorgenvoll und mürrisch. Da trat ein dritter, wenn auch niedrigerer Beamter an ihn heran und forderte ihn höflich auf, mit ihm zu kommen. Geschmeichelt, daß sich endlich jemand auch für ihn interessierte, folgte er dem Mann bereitwillig durch einen Gang, bis er schließlich mit einem heißen Getränk in der Hand in einem kleinen Büro saß. Er nahm an, dies sei die übliche Vorgehensweise bei offiziellen Besuchen, und schlürfte nach Dorfmanier geräuschvoll seinen Kaffee, als plötzlich die Tür aufging und der Mensch hereinkam, dem er am allerwenigsten begegnen wollte. Sallum. Tanios schnellte hoch und verschüttete die Hälfte seines Kaffees. Am liebsten wäre er auf den Gang hinausgestürzt und hätte gerufen: »Mr. Wood! Mr. Wood!«, wie um einen Alptraum abzuschütteln. Aber aus Angst oder einem Anflug von Würde rührte er sich nicht vom Fleck.

Sallum setzte ein Katzenlächeln auf.

»Hast du dich also endlich von deiner Insel losreißen können, um unser schönes Land wiederzusehen?« Tanios trat auf den einen, dann auf den anderen Fuß. Konnte es denn wirklich sein, daß nunmehr auch er in eine Falle gegangen war?

»Dein armer Vater! Genau da stand er, wo du jetzt auch stehst. Und ich habe ihm auch Kaffee bringen lassen, den gleichen, den du hier trinkst.«

Tanios' Beine trugen ihn nicht mehr. Das konnte doch alles nicht wahr sein. Es war doch nicht eine solche Kulisse errichtet worden – die Delegierten der Großmächte, das englische Schiff, das Empfangskomitee in Sidon –, nur um ihn in eine Falle zu locken! Das war lächerlich, er wußte es und sagte es sich auch immer wieder. Trotzdem hatte er Angst, seine Kiefer konnten nicht mehr stillstehen, und sein Verstand begann zu versagen.

»Setz dich«, befahl Sallum.

Schwerfällig nahm er Platz. Dann erst sah er zur Tür. Sie war von einem Soldaten bewacht, der ihn nicht hätte entweichen lassen.

Kaum saß Tanios wieder, ging Sallum ohne ein Wort der Erklärung durch die einzige Tür hinaus, und ein zweiter Soldat trat ein, der dem ersten wie ein Zwillingsbruder ähnelte: gleicher Schnurrbart, gleiche Schulterbreite, gleicher Dolch mit bloßer Spitze am Gürtel.

Eine Weile blickte Tanios ihn an. Dann faßte er ins Innere seiner Weste und wollte nach dem Text greifen, den er auf dem Schiff mühsam übersetzt hatte und bald würde »vortragen« müssen. Er suchte vergeblich. Suchte noch einmal. Stand auf. Tastete seine Brust ab, die Seiten, den Rücken, die Beine bis hinab zu den Fersen. Keine Spur von dem Dokument.

Da geriet er in Panik. Es war, als habe dieses Papier seiner Mission eine Wesenhaftigkeit verliehen, die sich nun in nichts aufgelöst hatte. Er begann zu fluchen, sich um sich selbst zu drehen, seine Kleider aufzuknöpfen. Die Soldaten hatten die Hände flach auf ihre breiten Gürtel gelegt und sahen ihm zu.

Dann ging die Tür auf, und Sallum kam zurück. In der Hand hielt er einen zusammengerollten, zerdrückten gelblichen Zettel. »Das habe ich im Gang auf dem Boden gefunden, dort hast du es verloren.«

Tanios' Hand fuhr unwillkürlich nach vorne. Mehr als eine Handvoll Luft und einen verächtlichen Blick brachte ihm diese kindliche Geste nicht ein. Wie hatte er dieses Papier nur verlieren können? Oder standen in Sallums Diensten vielleicht Agenten mit geschmeidigen Fingern?

»Ich war gerade bei unserem Emir. Ich habe ihm gesagt, wer du bist und unter welchen Umständen wir uns kennengelernt haben. Darauf hat er geantwortet: Der Mord am Patriarchen ist angemessen gesühnt worden, so daß wir gegenüber der Familie des Schuldigen keine Feindseligkeit mehr hegen.

Sag diesem jungen Mann, daß er aus diesem Palast so frei wieder fortgehen kann, wie er hereingekommen ist.«

Ob zu Recht oder zu Unrecht hatte Tanios das Gefühl, Sallum habe vorgehabt, ihn festzunehmen, sei aber von seinem Herrn daran gehindert worden.

»Unser Emir hat den Text in meiner Hand gesehen. Den hast doch wohl du übersetzt und sollst ihn in seiner Gegenwart vortragen?«

Tanios nickte. Er war froh, nicht mehr als der Sohn eines Verurteilten, sondern wieder als ein Mitglied der Delegation angesehen zu werden.

»Zu dieser Versammlung sollten wir jetzt vielleicht losgehen«, sagte er, rückte sich die Mütze auf dem Kopf zurecht und tat einen Schritt in Richtung Tür.

Die Soldaten traten nicht beiseite, um ihn durchzulassen, und Sallum behielt das Papier in seiner Hand.

»Da ist ein Satz, der unserem Emir mißfallen hat. Ich habe ihm versprochen, daß wir diesen Satz ändern.«

»Darüber müssen Sie sich mit Mr. Wood unterhalten.«

Diesen Einwand überhörte Sallum. Er ging zum Schreibtisch, setzte sich auf ein Kissen und rollte das Dokument auf.

»Du hast hier geschrieben ›Er muß ins Exil gehen‹; das hört sich ein wenig brüsk an, findest du nicht auch?«

»Der Text ist nicht von mir«, beharrte der junge Mann, »ich habe ihn lediglich übersetzt.«

»Für unseren Emir werden nur die Worte von Bedeutung sein, die er aus deinem Munde vernehmen wird. Wenn du deinen Text geringfügig abänderst, wird er dir dafür dankbar sein. Ansonsten kann ich für nichts garantieren.«

Die beiden Soldaten räusperten sich gleichzeitig.

»Setz dich zu mir, Tanios, hier läßt es sich bequemer schreiben.« Der Junge gehorchte und ließ sich sogar eine Feder in die Hand drücken.

»Nach ›Er muß ins Exil gehen‹ setzt du hinzu: ›und zwar in ein Land seiner Wahl‹.«

Tanios mußte sich fügen.

Als der das letzte Wort niederschrieb, klopfte Sallum ihm auf die Schulter.

»Du wirst sehen, das merkt der Engländer nicht einmal.«

Dann ließ er ihn von den Soldaten ins Vorzimmer des Emirs bringen. Dort empfing Wood ihn mit vorwurfsvoller Miene.

»Wo haben Sie denn gesteckt, Tanios, wir haben auf Sie gewartet.«

Leise fügte er hinzu: »Ich habe mich schon gefragt, ob man Sie nicht in irgendein Verlies geworfen hat!«

»Ich habe einen Bekannten getroffen.«

»Sie sehen ja ganz mitgenommen aus. Haben Sie wenigstens Ihren Text noch einmal durchgelesen?«

Tanios hatte das Papier nun in seinem Gürtel stecken wie die Soldaten ihren Dolch. Was oben herausstand, war gerundet wie ein Griff, um den Tanios seine Hand legte. Der untere Teil war zusammengedrückt.

»Es bedarf großen Mutes, diesem alten Fuchs unseren Text vorzutragen. Verlieren Sie aber nie aus den Augen, daß er besiegt ist und daß Sie im Namen der Sieger zu ihm sprechen. Falls Sie ihm irgendein Gefühl entgegenbringen, dann soll es Mitleid sein. Weder Haß noch Furcht. Nur Mitleid.«

Neu belebt durch diese Worte betrat Tanios gefestigteren Schrittes den *Majlis*, einen großen Saal mit vielen Rundbögen, über dessen Wände breite horizontale Streifen in leuchtendem Blau, Weiß und Ocker liefen. Der Emir saß im Schneidersitz auf einem kleinen Podium und rauchte eine lange Pfeife, deren Kopf auf einem silbernen Teller ruhte. Wood, Tanios und der osmanische Gesandte grüßten ihn aus der Ferne, indem sie die Hand zuerst an die Stirn und dann ans Herz führten und sich dabei leicht verneigten.

Der Herr über die Berge deutete die gleiche Geste an. Er stand in seinem vierundsiebzigsten Lebensjahr und im einundfünfzigsten Jahr seiner Herrschaft. Überdruß an den Regierungsgeschäften ließ sich jedoch weder an seinen Gesichtszügen noch an seinen Worten ablesen. Er bedeutete den Diplomaten, sich auf die beiden Hocker zu setzen, die vor ihm plaziert worden waren. Mit nachlässiger Geste wies er dann Tanios den Teppich zu seinen Füßen zu, der zwischen ihm und dem Briten lag. Der junge Mann hatte keine andere Wahl, als niederzuknien; den unter den buschigen Augenbrauen heraus immer noch durchdringenden Blick des Potentaten spürte er voll kalter Feindseligkeit auf sich ruhen; vielleicht nahm der Emir ihm übel, ihn nach Art der ausländischen Würdenträger nur im Stehen und aus der Ferne gegrüßt zu haben, anstatt ihm nach Landessitte die Hand zu küssen.

Tanios drehte sich besorgt zu Wood um, der ihm aber aufmunternd zunickte.

Nach einer ganzen Litanei höflicher Floskeln kam der Brite zum Kern der Sache. Zunächst auf arabisch, im Dialekt der dortigen Gegend. Doch der Emir beugte den Kopf vor, hielt die Hand ans Ohr, blinzelte mit den Augen. Wood begriff, daß er sich mit seiner Aussprache nicht verständlich zu machen vermochte; ohne einen anderen Übergang als ein leichtes Hüsteln sprach er daraufhin englisch weiter. Tanios wurde klar, daß er nun zu übersetzen hatte.

»Die Vertreter der Großmächte haben lange über diese Berge und ihre Zukunft beratschlagt. Sie wissen alle die Ordnung und den Wohlstand zu schätzen, die dem Lande viele Jahre lang durch die weise Regierung Eurer Hoheit zuteil geworden sind. Indes können sie nicht ihre Enttäuschung darüber verhehlen, daß aus Eurem Palast heraus das Unterfangen des Vizekönigs von Ägypten Unterstützung erfahren hat. Solltet Ihr aber selbst zu diesem späten Zeitpunkt noch deutlich zugunsten der Hohen Pforte Stellung beziehen und die Entscheidungen der Großmächte billigen, so wären wir bereit, Euch erneut unser Vertrauen auszusprechen und Eure Autorität zu stärken.«

Tanios erwartete, daß der Emir sich über den Ausweg, der ihm damit geboten wurde, erfreut zeigen würde. Doch als er ihm den letzten Satz übersetzt hatte, las er aus seinem Blick noch größere Not heraus als zu Beginn der Versammlung, als der Herr über die Berge sein Schicksal schon besiegelt glaubte und ihm lediglich die Wahl seines Verbannungsortes offenstand.

Der Emir sah unverwandt auf Tanios, der die Augen niederschlug.

»Wie alt bist du, mein Sohn?«

»Neunzehn.«

»Drei meiner Enkel sind etwa in deinem Alter, und sie werden alle drei im Lager des Paschas festgehalten, so wie auch mehrere andere Mitglieder meiner Familie.«

Er sprach dabei leise, wie im Vertrauen. Doch dann gab er Tanios durch ein Zeichen zu verstehen, daß er diese Worte übersetzen solle. Das tat der junge Mann. Wood nickte beim Zuhören mehrmals mit dem Kopf; der osmanische Gesandte hingegen blieb unbewegt.

Laut sprach der Emir dann weiter.

»In diesen Bergen haben Ordnung und Wohlstand geherrscht, als ringsherum Frieden war. Wenn aber die Großen gegen die Großen kämpfen, liegen die Entscheidungen nicht mehr in unserer Hand. Dann versuchen wir, den Ehrgeiz des einen zu bremsen und die Behelligungen des anderen von uns abzuwehren. Seit sieben Jahren sind die Truppen des Paschas im ganzen Land, auch in der Nähe dieses Palasts und manchmal selbst innerhalb seiner Mauern. Es gab Zeiten, da ging meine Autorität kaum über den Teppich hinaus, auf dem meine Füße ruhen.

Ich habe mich über all diese Jahre hinweg bemüht, mein Haus zu bewahren, damit an dem Tage, an dem der Krieg der Großen einmal zu Ende sein würde, ehrbare Menschen wie Sie in diesen Bergen noch einen Gesprächspartner finden ... Es scheint mir nicht so, als genügte Ihnen das.«

In seinen furchterregenden Augen bildete sich eine Träne. Tanios sah sie, und auch sein Blick verdunkelte sich. Hatte Wood ihm nicht gestattet, Mitleid zu haben? Er hätte nicht gedacht, davon Gebrauch machen zu können ...

Der Emir zog zum ersten Mal an seiner langen Pfeife und blies den Rauch zu der hohen Decke hinauf.

»Ich kann meine Neutralität in dieser zu Ende gehenden Auseinandersetzung dadurch bekunden, daß ich meine Untertanen auffordere, die Großmächte wirken zu lassen und dafür zu beten, daß der Allmächtige unserem Herrn, dem Sultan, langes Leben verleihe.«

Wood schien an diesem Kompromiß Gefallen zu finden. Er beriet sich mit dem Osmanen, der heftig den Kopf schüttelte und dann in hartem Tone auf arabisch sagte: »Für ein langes Leben unseres Herrn zu beten, dazu ist sogar der Pascha von Ägypten bereit! Es ist jetzt keine Zeit mehr für Ausflüchte! Der Emir hat sich sieben Jahre lang gegen uns gewandt, da wäre es doch das mindeste, wenn er sich wenigstens sieben Tage lang klar auf unsere Seite schlagen würde. Ist es zuviel verlangt, wenn er seine Leute aus dem ägyptischen Lager zurückrufen und sie unserem Banner unterstellen soll?«

»Wenn meine Enkel sich noch frei bewegen könnten, dann wären sie jetzt unter uns.«

Der Emir machte eine ohnmächtige Handbewegung, und Wood erachtete daraufhin die Angelegenheit als abgeschlossen. »Da Eure Hoheit uns in diesem Punkt nicht zufriedenstellen kann, sehe ich mich leider gezwungen, Euch den von den Großmächten gefaßten Beschluß mitzuteilen. Unser junger Freund hier hat ihn übersetzt und wird ihn nun vortragen.«

Tanios sah sich veranlaßt, aufzustehen, sich in Positur zu stellen und einen angemessenen Ton anzuschlagen.

»Die Vertreter der Großmächte ... zunächst in London, dann in Istanbul ... nach eingehender Beratung ... muß ins Exil gehen ...«

Als er bei dem strittigen Satz anlangte, zögerte er einen ganz kurzen Augenblick. Dann aber trug er auch den von Sallum geforderten Zusatz vor.

Als der osmanische Gesandte »in ein Land seiner Wahl« vernahm, zuckte er zusammen und zeigte dann Tanios und Wood durch einen Blick an, daß er sich hintergangen fühlte. Und als die Verlesung des Dokuments beendet war, sagte er in forderndem Ton: »Und wohin wird der Emir gehen?«

»Darüber muß ich noch nachdenken und mich mit meinen Vertrauten beraten.«

»Meine Regierung ist der Ansicht, daß diese Angelegenheit nicht den geringsten Aufschub duldet und auf der Stelle entschieden werden muß.«

Der Emir spürte, daß die Stimmung gereizter wurde, und beeilte sich zu sagen: »Ich wähle Paris.«

»Paris kommt nicht in Frage! Und ich bin sicher, daß Mr. Wood mir da nicht widersprechen wird.«

»Gewiß nicht. Es ist vereinbart worden, daß als Ort der Verbannung weder Frankreich noch Ägypten zur Wahl stehen.«

»Dann eben Rom«, sagte der Emir in einem Tonfall, der sich nach abschließendem Kompromiß anhören sollte.

»Ich fürchte, daß das nicht möglich ist«, entschuldigte sich Wood. »Sie werden begreifen, daß die Großmächte, die wir hier vertreten, ein Exil auf ihrem eigenen Territorium vorziehen.«

»Wenn dies Ihr Beschluß ist, so füge ich mich.«

Er überlegte einen Augenblick.

»Also gehe ich nach Wien!«

»Nein, auch nach Wien nicht«, rief der Osmane aus und erhob sich, als wollte er sich zurückziehen. »Wir sind die Sieger, und uns kommt somit die Entscheidung zu. Ihr werdet nach Istanbul kommen und dort eine Eurem Stand angemessene Behandlung erfahren.«

Daraufhin wandte er sich dem Ausgang zu.

Istanbul, das war genau das, was der Emir um jeden Preis verhindern wollte. Sallums ganzes Treiben zielte darauf ab, den Emir nicht in die Hände seiner schlimmsten Feinde geraten zu lassen. Später, wenn die Gemüter sich beruhigt hätten, würde der Emir das Gewand des Sultans küssen und Verzeihung erlangen. Ginge er hingegen sofort nach Istanbul, so würde man ihn zuerst um seine sämtlichen Güter bringen und ihn dann erwürgen lassen.

Im Blick des Emirs sah Tanios Todesangst. Er war plötzlich völlig verwirrt, wußte gar nicht mehr, was er denken sollte.

Er hatte also diesen Greis vor sich, dessen langer weißer Bart, dessen Augenbrauen und Lippen, vor allem aber dessen Augen sein ganzes Blickfeld füllten; diesen gefürchteten alten Mann, der nun verängstigt und völlig wehrlos war. Und zur gleichen Zeit dachte der junge Mann an Gerios, an dessen Miene angesichts der Unabwendbarkeit des Todes. Und plötzlich wußte Tanios nicht mehr, ob der alte Mann vor ihm der gleiche war, der seinen Vater hatte hängen lassen, oder vielmehr dessen Leidensgenosse; ob es der Mann war, der dem Henker die Schlinge in die Hand gegeben hatte, oder ein seinerseits der Schlinge entgegengereckter Hals.

In dieser Sekunde der Unentschiedenheit beugte der Emir sich zu ihm vor und flüsterte mit erstickter Stimme: »Sag du etwas, mein Sohn!«

»Und das Kind aus Kfaryabda«, berichtet die *Bergchronik*, »vernahm die Worte des gedemütigten Greises, schob seine Rachegefühle beiseite, als habe es sie schon tausendmal befriedigt, und sagte laut: ›Eure Hoheit könnte nach Malta gehen!‹«

Wie kam er gerade auf Malta? Vermutlich, weil Pastor Stolton, der lange auf dieser Insel gewesen war, ihm oft davon erzählt hatte.

Wood ging augenblicklich auf diesen Vorschlag ein, und zwar um so lieber, als Malta seit Anfang des Jahrhunderts in britischem Besitz war. Auch der überrumpelte Osmane stimmte schließlich zu, wenn auch sichtlich unwillig. Der Gedanke behagte ihm zwar überhaupt nicht, doch England war die treibende Kraft des Großmächtebündnisses, und der Mann wollte nicht das Risiko einer Auseinandersetzung eingehen, die man ihm an höherer Stelle zum Vorwurf gemacht hätte.

»Der Emir verlieh seiner Erleichterung kaum Ausdruck, da er befürchtete, der Abgesandte des Sultans könne es sich sonst anders überlegen; in dem Blick, den er dem Kind aus Kfaryabda schenkte, lagen jedoch Erstaunen und Dankbarkeit.«

## Letzte Passage
## *Des Mitleids schuldig*

Du, Tanios, mit deinem Kindergesicht und deinem sechstausend Jahre alten Kopf
Du hast Ströme von Blut und Schlamm durchquert und bist ihnen makellos entstiegen
Du hast deinen Leib in den Leib einer Frau getaucht, und ihr seid unberührt voneinandergegangen
Heute ist dein Schicksal abgeschlossen, und endlich beginnt dein Leben
Steig herab von deinem Felsen und stürze dich ins Meer, damit deine Haut wenigstens den Geschmack des Salzes annimmt!

Nader
*Die Weisheit des Maultiertreibers*

# I

»Der Emir ist lieber ins Exil gegangen, als im letzten Moment die Waffen gegen seinen ägyptischen Beschützer zu wenden. Er hat sich diese Woche nach Malta eingeschifft und ist von seiner Gattin Hosn-Jihane begleitet worden, einer Tscherkessin und ehemaligen Sklavin, die – so heißt es – auf dem Markt von Konstantinopel gekauft worden war, sich aber zu einer allseits geachteten Dame entwickelt hatte; das Gefolge des gestürzten Potentaten umfaßte ein gutes Hundert weiterer Mitglieder seines Hauses: Kinder, Enkelkinder, Berater, Wachen, Diener ... Aus einem seltsamen Mißverständnis heraus – oder sagen wir: aufgrund einer der aufschneiderischen Übertreibungen, zu denen Orientalen sich gerne hinreißen lassen – wird Tanios das einmalige Verdienst zugeschrieben, den Emir aus dem Land verjagt und ihm großmütig das Leben geschenkt zu haben, so als seien die europäischen Großmächte und das Osmanische Reich mit ihren Heeren und Flotten, ihren Diplomaten und Agenten nur bescheidene Komparsen in einem theatralischen Machtkampf zwischen dem Wunderknaben aus Kfaryabda und dem Despoten gewesen, der seinen Vater verurteilt hatte.

Diese aus der Luft gegriffene Version ist sowohl unter Christen als auch Drusen so verbreitet, daß das Prestige meines Zöglings auch auf mich, seinen Mentor, ausstrahlt. So werde ich jeden Tag beglückwünscht, in meinem Garten eine so seltene Blume zum Erblühen gebracht zu haben. Ich lasse mir gratulieren, ohne die Sachlage aufzuklären, und muß sagen, daß Mrs. Stolton und ich uns geschmeichelt fühlen ...«

Dies schrieb der Pastor am 2. November 1840 in seinen Kalender. Tags darauf fügte er hinzu: »(...) Und während der Emir in Sidon das Schiff bestieg, mit dem Mr. Wood und Tanios angekommen waren, begab der Junge sich auf dem Landwege nach Kfaryabda. In jedem Dorf, durch das er kam, wurde er von begeisterten Menschen empfangen, die sich herandrängten, um den jungen Helden zu sehen, um ihn mit Rosenwasser zu besprengen und mit Reis zu bewerfen wie einen jungen Bräutigam und um seine Hände zu berühren oder, wenn sie ihm nahe genug kamen, sein weißes Haar, als sei dies das augenfälligste Anzeichen für das Wunder, das sich durch seine Vermittlung vollzogen hatte.

Tanios ließ dies alles stumm und ungläubig geschehen, sichtlich überwältigt von der ungeheuren Gunst, mit der die Vorsehung ihn bedachte, und er lächelte mit der Glückseligkeit eines Schlafenden, der sich fragt, wann einer kommt, um ihn in die Realität zurückzuholen . . .

Kann es nach so viel plötzlichem Ruhm für einen so zerbrechlichen Menschen noch ein gewöhnliches Leben geben, wie es ihm durch seine Geburt vorherbestimmt schien?«

Als Tanios auf dem Dorfplatz anlangte, wo ihm wie andernorts zugejubelt wurde, trug man ihn auf Schultern zum Schloß und ließ ihn ungefragt auf dem Sitz nieder, auf dem früher der Scheich und bis vor kurzem noch der Usurpator gethront hatte. Der Junge hätte gerne einen Augenblick alleine mit seiner Mutter verbringen und aus ihrem Munde vernehmen wollen, was sie alles durchlitten hatte. Statt dessen wurde ihm aufgebürdet, sich tausend Beschwerden, tausend Klagen anzuhören. Dann erkor man ihn zum höchsten Richter, der über das Schicksal der Verräter entscheiden sollte. Wo der Scheich war, wußte man nicht. Einige behaupteten, er werde in einer Zitadelle in Wadi el-Taym am Fuße des Berges Hermon festgehalten; andere vermuteten, er sei in Gefangenschaft verstorben. Wer konnte ihn in seiner Abwesenheit würdiger vertreten als der Held des Tages? Obwohl Tanios der Erschöpfung nahe war, zeigte er sich für diese Ehre nicht unempfänglich. Wenn die Vorsehung ihm eine solche Revanche an seiner Vergangenheit bot, warum sollte er sie dann verschmähen? So saß er also auf dem Kissen des Scheichs und ertappte sich dabei, wie er dessen bedächtige Herrschergesten nachahmte, die jähen Worte, den stechenden Blick. Er dachte schon, daß es wohl kein Zufall sei, daß er in einem Schloß geboren wurde, und fragte sich, ob er eines Tages fähig sein werde, diese Stellung aufzugeben und wieder in der Menge unterzutauchen ... Da teilte besagte Menge sich plötzlich, und vor Tanios' Füße wurde ein gefesselter Mann mit verschwollenem, zerfetztem Gesicht und verbundenen Augen geworfen. Rukoz. Er hatte zu fliehen versucht, als die Ägypter abgezogen waren, doch die »Aufsässigen« hatten ihn eingeholt. Nun mußte er bezahlen für all die Prüfungen, die das Dorf hatte ertragen müssen, für all die Toten, auch für die, die bei dem Brand ums Leben gekommen waren, für die Plünderung beim Einsammeln der Waffen, für die Demütigungen, die man dem Scheich angetan hatte, und für tausend andere so offensichtliche Ungeheuerlichkeiten, daß es gar nicht nötig war, einen langen Prozeß zu führen. Tanios brauchte nur das Urteil zu sprechen, das auf der Stelle vollstreckt werden würde.

Rukoz begann laut zu stöhnen, worauf der Held ihn verärgert anfuhr: »Sei ruhig, sonst erschlage ich dich eigenhändig!« Sofort verstummte Rukoz. Und Tanios wurde eine feierliche Ehrenbezeigung zuteil. Er verspürte darüber jedoch keinerlei Befriedigung, sondern vielmehr einen Schmerz, der in seiner Brust bohrte. So gereizt war er deshalb, weil er sich außerstande fühlte, das Urteil zu sprechen, und weil Rukoz ihn mit seinem Stöhnen herausforderte.

Die Leute warteten. Sie flüsterten sich zu: »Still! Tanios wird gleich sprechen! Hören wir ihm zu!«

Er hingegen fragte sich noch, was er sagen solle, als durch die Menge wieder ein Raunen ging. Asma war hereingekommen. Sie lief herbei, warf sich dem Sieger zu Füßen, griff nach seiner Hand, küßte sie und flehte: »Hab Erbarmen mit uns, Tanios!« Der junge Mann litt nun unter jedem Wort, jedem Blick, jedem Atemzug, den er hörte.

Der zu seiner Seite sitzende *Buna* Butros murmelte vor sich hin: »O Herr, laß diesen Kelch an mir vorübergehen!«

Tanios wandte sich zu ihm.

»Als ich mich zu Tode hungern wollte, habe ich weniger gelitten!«

»Gott ist nicht fern, mein Sohn. Laß dich nicht vom Haß dieser Leute zu etwas verleiten; tu nur das, wofür du dich vor dir selbst und dem Schöpfer nicht zu schämen brauchst!«

Da räusperte sich Tanios und sprach laut: »Ich bin übers Meer gekommen, um dem Emir zu sagen, er solle diese Berge verlassen, die er nicht vor Unheil zu bewahren verstand. Den Diener werde ich nicht härter bestrafen als den Herrn.« Einige Augenblicke hatte er das Gefühl, seine Worte hätten ihre Wirkung getan. Die Menschen waren still, und Rukoz' Tochter küßte ihm fieberhaft die Hand. Gereizt zog er sie zurück. Er hatte wie ein König gesprochen – so kam es ihm zumindest vor. Aber nur kurz. Dann begannen einige zu murren. Zuerst die jungen *Frariyye*, die mit der Waffe in der Hand aus den Wäldern zurückgekehrt und nicht gewillt waren, sich erweichen zu lassen.

»Wenn wir Rukoz mit seinem Gold davonziehen lassen, damit er in Ägypten wieder ein Vermögen erwirbt und sich in zehn Jahren an uns rächt, dann sind wir nichts als Feiglinge und Toren. Mehrere seiner Männer sind bereits tot, warum soll ausgerechnet der Schlimmste verschont bleiben? Er hat getötet und soll dafür büßen. Jeder muß wissen, daß man bezahlen muß, wenn man diesem Dorf etwas antut.«

Da rief ein alter Pächter durch den Saal: »Ihr *Frariyye* habt Kfaryabda mehr angetan als dieser Mann. Ihr habt ein Drittel des Dorfes niedergebrannt, habt Dutzende von Toten auf dem Gewissen und den Pinienwald zerstört. Warum sollte man euch nicht genauso verurteilen?«

Die allgemeine Verwirrung nahm zu. Zuerst war Tanios erschreckt darüber, doch dann begriff er, wie daraus Nutzen zu ziehen war.

»Hört mir einmal zu! Es ist in letzter Zeit zu Verbrechen, zu schweren Verfehlungen, zu vielen unschuldigen Toten gekommen. Wenn nun jeder daranginge, die zu bestrafen, die ihm etwas getan haben, die sich am Tode eines seiner Verwandten schuldig gemacht haben, dann würde das Dorf sich davon nie mehr erholen. Falls mir die Entscheidung anheimgestellt ist, so befehle ich folgendes: Rukoz wird um seinen gesamten Besitz gebracht, mit dem entschädigt wird, wer unter seinen Missetaten gelitten hat. Dann wird der Mann aus dieser Gegend verbannt. Nun aber bin ich todmüde und werde mich ausruhen. Wenn jemand anders an die Stelle des Scheichs treten möchte, dann soll er das nur tun, ich werde ihn nicht daran hindern.«

Da erhob im hinteren Teil des Saales ein Mann die Stimme, den bis dahin niemand bemerkt hatte. Er trug um den Kopf ein gewürfeltes Tuch, das er nun abnahm.

»Ich bin Kahtane, der Sohn von Said Beyk. Ich habe abgewartet, bis ihr zu Ende beratschlagt habt. Ihr habt beschlossen, daß ihr Rukoz für die Verbrechen, die er an euch begangen hat, verbannen werdet. Das ist euer Recht. Nun aber liegt es an mir, ihn zu verurteilen. Er hat meinen Vater getötet, der ein vorbildlicher Mensch war, und daher verlange ich, daß er mir ausgeliefert wird, um sich für diese Tat zu verantworten.«

Tanios wollte sich nicht beirren lassen.

»Dieser Verbrecher ist bereits abgeurteilt, und damit ist die Sache erledigt.«

»Ihr könnt über unsere Opfer nicht so verfügen wie über die eurigen. Dieser Mann hat meinen Vater getötet, und deshalb liegt es an mir, ob ich gnädig sein will oder erbarmungslos.«

Der »Richter« wandte sich zum Pfarrer. Der war nicht weniger verlegen als er.

»Du kannst ihm das nicht abschlagen. Aber genausowenig kannst du ihm den Mann ausliefern. Versuche Zeit zu gewinnen.«

Während sie sich berieten, bahnte der Sohn Said Beyks sich einen Weg zu ihnen, um an ihrer leiseren Unterhaltung teilzunehmen.

»Wenn ihr mit mir nach Sahlain kämt, würdet ihr begreifen, warum ich so spreche. Es kommt nicht in Frage, daß der Mörder meines Vaters ungestraft bleibt. Selbst wenn ich ihm verziehe: meine Brüder und meine Vettern würden dies niemals tun und mich wegen meiner Nachsicht umbringen. *Buna* Butros, du hast meinen Vater doch gekannt, nicht wahr?«

»Natürlich habe ich ihn gekannt und auch sehr geschätzt. Er war der weiseste und gerechteste Mensch, den man sich denken kann!«

»Deshalb versuche ich in seine Fußstapfen zu treten. Es ist in meinem Herzen kein Platz für Haß und Zwist. Ich kann euch in dieser Sache nur einen Rat geben. Ich habe den Auftrag, von euch die Auslieferung dieses Mannes zu fordern, doch sollte dieser Christ von Drusen getötet werden, so würde das Folgen zeitigen, die ich nicht wünsche. Vergeßt also, was ich vorhin laut gesagt habe, und hört nur auf den einzigen vernünftigen Rat: Verurteilt den Mann selbst. Es soll ein jeder die Verbrecher seiner eigenen Volksgemeinschaft bestrafen, so daß die Drusen mit den drusischen Verbrechern und die Christen mit den christlichen Verbrechern abrechnen. Richtet den Mann hin, dann kann ich zu meinen Leuten sagen, daß eure Justiz der unseren zuvorgekommen ist. Tötet ihn noch heute, denn bis morgen kann ich meine Männer nicht mehr im Zaum halten.«

Darauf sagte der Pfarrer: »Kahtane Bey hat nicht unrecht. Es widerstrebt mir zwar, solch einen Rat zu geben, doch auch die frömmsten Herrscher müssen manchmal Todesurteile sprechen. In unserer unvollkommenen Welt ist bisweilen eine scheußliche Strafe die einzig gerechte und weise.«

Da fiel *Buna* Butros' Blick auf die immer noch verängstigt vor ihnen kauernde Asma; auf ein Zeichen des Pfarrers hin wurde das Mädchen von der *Khuriyye* energisch fortgezogen. Vielleicht würde es somit weniger schwerfallen, das unvermeidliche Urteil zu fällen.

## 2

Auf solch sonderbare Weise wurde Rukoz im Schloß der Prozeß gemacht. Im Saal waren nur Richter und Henker, und auf dem Platz des tatsächlichen Richters saß ein niedergeschlagener und von Müdigkeit übermannter Zeuge. Unbarmherzig vermochte dieser nur gegenüber sich selbst zu sein. In seinem Kopf geißelte er sich in einem fort. »Wozu hat es dich denn in dieses Land zurückgetrieben, wenn du unfähig bist, den Emir zu bestrafen, der deinen Vater getötet hat, und unfähig, den Schurken zu töten, der dich und das Dorf verraten hat? Warum hast du dich darauf eingelassen, diesen Platz einzunehmen, wenn du es nicht über dich bringst, dein Schwert auf den Nacken eines Verbrechers herabsausen zu lassen?«

So wurde er zunehmend von Reue gepackt. Inmitten dieser Menschenmenge, unter all dem Gemurmel und den Blicken konnte er nicht mehr atmen und dachte nur noch an Flucht. Gott, wie unbeschwert ihm nun die Zeit in Famagusta vorkam! Und wie herrlich es doch gewesen war, die Herbergstreppe hinaufzusteigen!

»Sprich, Tanios, die Leute werden schon unruhig, und Kahtane Beyk verliert allmählich die Geduld.«

Das Flüstern *Buna* Butros' wurde plötzlich von den Rufen eines herbeieilenden Mannes übertönt.

»Der Scheich lebt! Er ist schon zu uns unterwegs! Er übernachtet noch in Tarschisch, und morgen ist er hier!«

Die Menge jubelte, und Tanios vermochte wieder zu lächeln. Nach außen hin zeigte dies die Genugtuung über die Rückkehr seines Herren an; im Innersten aber war er froh, daß der Himmel ihm so prompt aus seiner Bedrängnis geholfen hatte. Erst ließ er dem Jubel ein wenig seinen Lauf, dann bat er um Ruhe, die man ihm auch gewährte wie einen letzten Willen.

»Es ist eine Freude für uns alle, daß der Herr dieses Schlosses wieder zu uns zurückkehrt, nachdem er so viele Strapazen und Erniedrigungen erlitten hat. Wenn er wieder den ihm zustehenden Platz eingenommen hat, werde ich ihm sagen, welches Urteil ich in seiner Abwesenheit gefällt habe. Falls er es billigt, wird Rukoz um seine Besitztümer gebracht und für immer aus dieser Gegend verbannt. Wenn aber der Scheich einen anderen Beschluß faßt, so gebührt ihm das letzte Wort.«

Dann deutete Tanios auf vier in der ersten Reihe stehende Jugendliche, die mit ihm die Dorfschule besucht hatten. »Ihr werdet Rukoz bis morgen bewachen. Nehmt ihn mit in die alten Pferdeställe!«

Nachdem er diese letzte Amtshandlung würdig hinter sich gebracht hatte, eilte er davon. Der Pfarrer und Kahtane Beyk versuchten ihn zurückzuhalten, doch er entzog sich ihnen, ja lief beinahe davon.

Draußen dämmerte schon der Abend. Tanios hätte hinausgehen wollen, wie früher die Pfade entlangwandern, fern von den Häusern, fern vom Menschengemurmel, allein. Doch die Dorfbewohner waren an jenem Abend überall, in der Nähe des Schlosses, auf den Plätzen, den Straßen. Jeder hätte gern mit ihm gesprochen, ihn berührt, ihn umarmt. Schließlich war er der gefeierte Held dieses Festes. In seinem Herzen aber war er nur das Opferlamm.

Durch dunkle Gänge schlich er sich zu dem Flügel, in dem er einst mit seinen Eltern gelebt hatte. Keine der Türen war zugesperrt. Durch das aufs Tal hinausgehende Fenster drang rötlicher Schein. Das größte Zimmer war fast leer: ein paar verstaubte Kissen, eine Truhe, ein verrostetes Kohlenbecken. Er rührte nichts davon an. Aber er beugte sich über das Kohlenbecken. Von allen bitteren oder frohen Erinnerungen, die sich zwischen diesen Wänden drängten, überkam ihn eine der belanglosesten, vergessensten: Als er eines Wintertages allein zu Hause gewesen war, hatte er von einer Decke einen dicken Wollfaden abgerissen, ihn in Milch getaucht, über die Glut gehalten und dann losgelassen, um zu sehen, wie er sich wand, wie er erst schwarz und dann rot wurde; um zu hören, wie er knisterte, und um den Geruch verbrannter Milch und Wolle einzuatmen, der sich mit dem Geruch der Glut vermischte. Genau diesen Geruch und keinen anderen hatte er in der Nase, seit er wieder hier war.

So verharrte er eine Weile reglos über dem Kohlenbecken, bis er dann aufstand und mit halb geschlossenen Augen in das andere Zimmer hinüberging. In das, wo einst Lamia und Gerios auf dem Boden geschlafen hatten. Und er ein wenig höher in seinem Alkoven. Dieser war kaum mehr als eine überwölbte Nische, doch sammelte sich hier im Winter die ganze Wärme des Hauses und im Sommer die Kälte. Hier hatte er die Nächte seiner Kindheit verbracht, hier seinen Hungerstreik durchgeführt; und hier auch hatte er das Ergebnis der vom Patriarchen besorgten Vermittlung abgewartet . . .

Seither hatte er oft an die fünfsprossige Leiter zurückgedacht, die Gerios gezimmert hatte und die noch immer an der Wand lehnte. Vorsichtig setzte er einen Fuß darauf und war überzeugt, daß sie seinem Gewicht nicht mehr standhalten würde. Die Leiter zerbrach aber nicht.

Oben fand er seine dünne Matte vor, die in ein zerschlissenes altes Tuch gehüllt war. Er rollte sie auf und fuhr zärtlich mit der Hand darüber. Dann legte er sich darauf und streckte sich bis zur Wand. Er war mit seiner Kindheit wieder versöhnt und betete darum, die Welt möge ihn vergessen.

Eine Stunde verging so in dieser dunklen Stille. Dann ging eine Tür auf und wieder zu. Eine zweite Tür ging auf. Tanios horchte, ohne sich zu beunruhigen. Nur ein Mensch konnte sein Versteck ahnen und ihm so durch die Dunkelheit folgen. Lamia. Und sie war auch die einzige, mit der er sprechen wollte. Sie kam auf Zehenspitzen näher und stieg bis zur Hälfte der Leiter hinauf. Sie streichelte ihm die Stirn. Dann ging sie wieder hinunter, holte aus der alten Truhe eine Decke und legte sie ihm über Bauch und Beine wie damals, als er ein Kind war. Dann setzte sie sich auf einen niedrigen Hocker und lehnte den Rücken an die Wand. Die beiden sahen sich nicht, konnten aber miteinander sprechen, ohne laut werden zu müssen. Wie früher. Ihm lag eine Fülle von Fragen auf der Zunge, über das, was sie erlebt hatte, über die Art, wie die besten und die schlimmsten Nachrichten sie erreicht hatten . . .

Sie aber wollte ihm erst vermelden, was im Dorf getuschelt wurde.

»Die Leute reden unaufhörlich, Tanios. Ich habe hundert Zikaden im Ohr.«

Um diese nicht zu hören, hatte sich der Junge ja gerade in sein Versteck geflüchtet. Gegen die Besorgnisse seiner Mutter konnte er sich jedoch nicht taub stellen.

»Und was sagen die Zikaden?«

»Die Leute behaupten, wenn du unter Rukoz' Schandtaten so gelitten hättest wie sie, dann wärst du nicht so nachsichtig mit ihm verfahren.«

»Dann sag den Leuten, daß sie nicht wissen, was Leiden überhaupt bedeutet. Ich, Tanios, soll also unter Rukoz' Verrat, unter seiner Doppelzüngigkeit, seinen falschen Versprechungen und seinem maßlosen Ehrgeiz nicht gelitten haben! Und Rukoz ist vielleicht auch gar nicht schuld daran, daß mein Vater zum Mörder geworden ist, daß meine Mutter als Witwe dasteht . . .«

»Moment, beruhige dich doch, ich habe wohl ihre Worte nicht richtig wiedergegeben. Sie meinen nur, wenn du im Dorf gewesen wärst, als Rukoz und seine Bande hier ihr Unwesen trieben, dann hättest du für diesen Mann nur Verachtung übrig gehabt.«

»Und wenn ich nur Verachtung für ihn übrig gehabt hätte, dann hätte ich mein Richteramt besser versehen, nicht wahr?«

»Sie sagen auch, du hättest ihn wegen seiner Tochter verschont.«

»Wegen Asma? Die hat zu meinen Füßen niedergekniet, und ich habe sie kaum angesehen! Glaub mir, Mutter, wenn mir im Augenblick meines Urteilsspruchs all die Liebe in den Sinn gekommen wäre, die ich für dieses Mädchen einst empfunden habe, dann hätte ich Rukoz eigenhändig erdrosselt!«

Mit einemmal schlug Lamia einen anderen Tonfall an. Es war, als habe sie ihre Botenmission erfüllt und spreche nunmehr für sich selbst.

»Du hast das gesagt, was ich hören wollte. Ich will nicht, daß Blut an deinen Händen klebt. Das Verbrechen deines armen Vaters genügt uns schon. Und wenn du Rukoz wegen Asma das Leben geschenkt hast, kann niemand dich dafür tadeln.«

Tanios stützte sich auf die Ellbogen.

»Ich habe dir bereits gesagt, daß es nicht wegen ihr ist ...«

Doch seine Mutter sprach weiter, bevor er seinen Satz beendet hatte.

»Sie ist zu mir gekommen.«

Der Junge erwiderte nichts. Da redete Lamia weiter und zwang sich dabei, ihre Stimme bei jedem Satz noch tonloser werden zu lassen.

»Sie hat das Schloß nur zweimal verlassen und ist beidemal zu mir gekommen. Sie hat mir erzählt, ihr Vater habe wieder versucht, sie zu verheiraten, doch sie habe sich jeweils geweigert ... Dann hat sie von euch beiden erzählt und dabei geweint. Sie wollte, daß ich wieder im Schloß lebe wie früher. Ich bin aber lieber bei meiner Schwester geblieben.«

Lamia erwartete, ihr Sohn werde Genaueres wissen wollen, doch aus dem Alkoven drang nur das Atmen eines kummervollen Kindes zu ihr. Um ihn nicht noch verlegener zu machen, sprach sie weiter.

»Als du im großen Saal auf dem Platz des Scheichs saßest, sah ich dir aus der Ferne zu und dachte: Hoffentlich fällt er kein Todesurteil; Rukoz ist nur ein gemästeter Schurke, seine Tochter aber hat eine reine Seele.«

Sie verstummte. Und wartete ab. Tanios aber war noch nicht imstande zu sprechen. Da sagte sie wie zu sich selbst: »Aber die Leute machen sich Sorgen.«

Tanios fand wieder zu seiner Stimme und fragte etwas heiser: »Worüber?«

»Sie raunen sich zu, daß Rukoz die jungen Männer, die ihn

bewachen, mit Sicherheit bestechen wird, damit sie ihn entkommen lassen. Wer soll dann die Leute von Sahlain beruhigen können?«

»Mutter, mein Kopf ist schwer wie ein Mühlstein. Geh jetzt. Wir reden morgen weiter.«

»Schlaf nur, ich werde nichts mehr sagen.«

»Nein, schlaf du lieber bei der *Khuriyye*, sie wartet bestimmt schon auf dich. Ich möchte allein bleiben.«

Da stand sie auf; in der Stille hörte er jeden ihrer Schritte und das Quietschen der Türangeln. Er hatte sich von seiner Mutter Trost erhofft, und sie hatte ihm nur weiteren Gram gebracht. Das hatte vor allem mit Asma zu tun. An sie hatte er während seiner zwei Exiljahre nur gedacht, um sie mit Vorwürfen zu überschütten. Schließlich hatte er in ihr nichts anderes mehr gesehen als eine weibliche Replik ihres Vaters, eine treulose Seele, die sich hinter einer Engelsmaske verbirgt. Sie hatte an dem bewußten Tage in ihrem Zimmer geschrien, und Rukoz' Büttel hatten ihn gepackt und hinausgeprügelt. Wegen dieses in sein Gedächtnis eingeprägten Bildes hatte er Asma verflucht und sie aus seinen Gedanken verbannt. Und als sie vor ihm niedergekniet war, um Gnade für ihren Vater zu erflehen, hatte er sie ignoriert. Und doch: Sie hatte Lamia in seiner Abwesenheit getröstet und dabei wieder von ihm gesprochen ...

War er zu dem Mädchen ungerecht gewesen? Plötzlich erinnerte er sich an Bilder, die er lange Zeit in sich vergraben hatte, an jenen Tag, an dem er Asma in dem unvollendeten Saal zum ersten Male geküßt hatte; an jene Augenblicke ungeheuren Glücks, als ihre Finger schüchtern sich streiften. Er wußte nicht mehr, ob er sich in seiner Liebe getäuscht hatte oder in seinem Haß.

Die Unruhe in seinem Inneren schläferte ihn ein. Und die Unruhe weckte ihn wieder auf. Es waren einige Sekunden vergangen, oder einige Stunden.

Er richtete sich auf, schwang die Beine aus dem Alkoven und war schon sprungbereit. Doch dann blieb er so sitzen, nach vorne gekrümmt, wie auf der Lauer. Vielleicht hatte er Geräusche gehört. Vielleicht dachte er an die Sorgen der Dorfbewohner. Nach einer Weile unschlüssigen Dasitzens sprang er jedenfalls hinunter und lief hinaus, über den Schloßhof und zu dem Pfad, der linker Hand zu den alten Pferdeställen führte. Es mußte etwa fünf Uhr sein. Auf dem Boden sah man noch nicht mehr als die weißen Steine und die Schatten einer Vollmondnacht.

In diesem fahlen Lichte begann der letzte Tag im Dasein des Tanios-Kischk – in seinem uns bekannten Dasein zumindest. Ich sehe mich jedoch gezwungen, den Lauf des jungen Mannes zu unterbrechen und nochmals auf seine letzte Nacht einzugehen. Jene habe ich zwar so gut wiedergegeben, wie ich konnte. Es gibt jedoch noch eine andere Version derselben Nacht. Auf sie findet sich in den schriftlichen Quellen keinerlei Hinweis, und – was in meinen Augen schwerwiegender ist – sie klingt noch nicht einmal besonders wahrscheinlich.

Erwähnen muß ich sie dennoch, weil der alte Gebrayel mir böse wäre, wenn ich sie unterschlüge; ich weiß noch genau, wie ungehalten er über meine Zweifel war. »Nichts weiter als eine Legende, sagst du? Du willst nichts weiter als Fakten? Fakten sind vergänglich, glaube mir das, nur die Legende bleibt, so wie die Seele nach dem Körper oder der Duft einer vorbeigegangenen Frau.« Ich mußte ihm also versprechen, seine Variante aufzuführen.

Was sagt sie aus? Daß der Held, nachdem er sich der Menge entzogen und auf das Lager seiner Kindheit gelegt habe, eingeschlafen und dann ein erstes Mal unter der Liebkosung seiner Mutter aufgewacht sei. Mit ihr habe er die Unterhaltung geführt, von der wir schon wissen, dann habe er sie gebeten, ihn allein zu lassen, damit er sich ausruhen könne.

Schließlich sei er erneut von einem Streicheln erwacht. »Mutter«, habe er gesagt, »ich dachte, du seist weg.«

Es sei aber nicht das Streicheln Lamias gewesen. Jene habe ihm immer die Hand flach auf die Stirn gelegt und sei ihm dann über die Haare gefahren, wie um ihn zu kämmen. Eine Geste, die im Laufe der Jahre dieselbe geblieben war. Die neue Liebkosung aber sei anders gewesen. Er fühlte sie von der Stirn aus, über die Augen, das Gesicht und das Kinn.

Als der Junge »Asma« gehaucht habe, hätten sich ihm zwei Finger auf die Lippen gedrückt, und das Mädchen habe gesagt: »Sprich jetzt nichts und schließe auch die Augen.«

Dann habe sie sich neben ihn gelegt und ihren Kopf an seine Schulter geschmiegt.

Er habe sie mit seinem Arm umfaßt. Ihre Schultern seien nackt gewesen. Heftig und wortlos hätten die beiden sich aneinander gedrückt. Und ohne sich anzusehen, hätten sie die Tränen ihres ganzen Unglücks geweint.

Dann sei sie aufgestanden. Er habe nicht versucht, sie zurückzuhalten. Als sie die Leiter hinuntergestiegen sei, habe sie nur gesagt: »Laß meinen Vater nicht sterben.«

Er habe zu einer Antwort angesetzt, doch Asmas Finger hätten ihm abermals vertrauensvoll die Lippen verschlossen. Im Dunkel habe er daraufhin das Rascheln ihres Kleides gehört. Und ein letztes Mal den Duft der Wilden Hyazinthe eingesogen.

Dann habe er sich mit dem Ärmel die Tränen abgewischt und sich aufgerichtet. Sei hinuntergesprungen und zu den alten Pferdeställen gelaufen.

Wollte er nachsehen, ob Rukoz nicht etwa die Wachen gekauft hatte und entkommen war? Oder hatte er vielmehr die Absicht, den Mann vor der Ankunft des Scheichs zu befreien? Bald sollte diese Frage nicht mehr von Bedeutung sein.

Die alten Pferdeställe waren weit vom Schloß entfernt. Vermutlich deshalb wurden sie schon lange vor der Zeit des Scheichs nicht mehr benutzt, und man hatte neue, näher gelegene erbaut. Seither hatte man in den alten Ställen meist Schafe untergebracht, manchmal dienten sie jedoch auch als vorübergehender Verwahrungsort für Tobsüchtige und gemeingefährliche Verbrecher.

Es war eine einfache, solide Anlage: feste, an eine dicke Mauer geschmiedete Ketten, eine schwere halbrunde Tür und zwei in den Stein eingelassene Gitter.

Als Tanios herankam, glaubte er die Gestalt eines sitzenden Wachpostens zu sehen, der mit herabgesunkenem Kopf an der Mauer lehnte, und dann noch einen zweiten, der am Boden lag. Zuerst wollte er sich schon anschleichen und sie im Schlaf überraschen. Er besann sich jedoch sogleich eines anderen, trat laut und fest auf und räusperte sich, um die beiden nicht abkanzeln zu müssen. Da bemerkte er, daß die Tür weit offenstand.

Die Gefängniswächter waren tot. Sowohl diese beiden als auch die beiden anderen, die etwas weiter entfernt lagen. Er beugte sich über jeden von ihnen und fuhr mit der Hand über die tiefen Schnitte, die sie an der Kehle aufwiesen.

»Verflucht seist du, Rukoz!« stieß er aus, denn er war überzeugt, der ehemalige Verwalter sei von seinen Komplizen befreit worden. Als er aber den Raum betrat, sah er unter dem Gewölbe eine an den Füßen angekettete Leiche liegen. An den Kleidern und der Korpulenz erkannte Tanios Asmas Vater. Den Kopf hatten die Angreifer als Trophäe mitgenommen.

Laut einem Bericht von Reverend Stolton soll er noch am selben Tage auf ein Bajonett gespießt durch die Straßen von Sahlain getragen worden sein. Der Reverend findet dafür harte Worte. »Um den Kopf eines Verbrechers zu bekommen, hat man vier Unschuldige hingemordet. Kahtane Beyk sagt, er habe das nicht gewollt. Aber zugelassen hat er es. Morgen werden die Leute von Kfaryabda kommen und als Vergeltungsmaßnahme weitere Unschuldige abschlachten. So werden beide Seiten auf unzählige Jahre hinaus vortreffliche Gründe haben, um ihre gegenseitigen Racheakte zu rechtfertigen.

Gott hat zum Menschen nicht gesprochen: Du sollst nicht grundlos töten. Er hat schlicht und einfach gesagt: Du sollst nicht töten.«

Zwei Absätze weiter vermerkt der Pastor: »Zwei verfolgte

Gemeinschaften klammern sich seit Jahrhunderten an ein und denselben Bergeshang. Wenn sie sich an diesem Zufluchtsort gegenseitig zerfleischen, werden bald auch sie von der ringsum herrschenden Knechtschaft erreicht und mitgeschwemmt werden wie von einer Welle, die an einen Felsen schlägt.

Wem kommt wohl in dieser Angelegenheit die schwerste Verantwortung zu? Gewiß dem Pascha von Ägypten, der die Gebirgsbewohner gegeneinander aufgehetzt hat. Uns Briten und Franzosen auch, die wir hier die Fortsetzung der napoleonischen Kriege austragen. Und den Osmanen mit ihrer Fahrlässigkeit und ihren Anfällen von Fanatismus. Weil ich aber diese Berge mittlerweile so sehr liebe, als sei ich hier geboren, bin ich der Ansicht, unverzeihlich sei allein, was die Menschen dieses Landes selbst getan haben, sowohl die Christen als auch die Drusen . . .«

Als habe Tanios diese Worte seines einstigen Förderers lesen können, sah er als der »Mensch dieses Landes«, der er war, keinen anderen Schuldigen als sich selbst. Hatte man ihm nicht vorhergesagt, eine solche Tragödie würde sich unfehlbar ereignen, wenn er Rukoz nicht hinrichten lasse? Selbst der Pfarrer hatte ihn gewarnt. Er aber hatte nicht hören wollen. Mit einer Geste, die souverän wirken sollte, hatte er diese vier jungen Leute dem Tode geweiht. Und die kommenden Massaker würde mit seiner Unfähigkeit zur Strenge wiederum kein anderer als er selbst zu verantworten haben. Seine Schuld hieß Unentschlossenheit. Hieß Nachsicht aus einem Rest von Zuneigung heraus, einem Nachklang von Liebe. Und seine Schuld hieß auch Mitleid.

So sehr war er von dieser Schuld überzeugt, daß er sich nicht sogleich ins Dorf zurückwagte, um von dem Vorgefallenen zu berichten. Statt dessen ging er in den vor kurzem niedergebrannten Pinienwald. Manche Bäume waren verkohlt, ohne umzustürzen, und der Junge ertappte sich nun dabei, wie er sie streichelte, als könnten sie allein begreifen, was in seiner Seele vorging. Er stand im schwarzen Gestrüpp und suchte vergeblich nach dem Pfad, auf dem er früher zu der Schule in Sahlain unterwegs gewesen war. Seine Augen brannten von den beißenden Ausdünstungen.

Allmählich wurde es Tag. In Kfaryabda kündigt die Sonne sich lange an, bevor sie tatsächlich erscheint, denn im Osten ragt einer der höchsten Gipfel der Berge empor – und das Gestirn braucht lange, um ihn zu erklimmen. Bei Sonnenuntergang ist es umgekehrt; es ist dann schon dunkel, und in den Häusern werden die Lampen entzündet, wenn man aus den Fenstern am Horizont noch eine rötlich und dann bläulich werdende Scheibe erblickt, die schließlich nur noch den Meeresbrunnen erleuchtet, in dem sie versinkt.

An jenem Morgen erschien so manches vor der Sonne. Tanios irrte noch in dem verkohlten Wald umher, als die Kirchenglocke ertönte. Erst ein Schlag, dann Stille. Ein zweiter Schlag, wieder Stille. Tanios fuhr der Schreck in die Glieder. »Sie haben die Leichen entdeckt.«

Doch dann läutete die Glocke immer schneller. Was er für die Totenglocke gehalten hatte, waren in Wirklichkeit die ersten Schläge eines Freudengeläuts. Der Scheich war gerade zurückgekommen. Er ging über die *Blata*. Die Leute liefen herbei, schrien und scharten sich um ihn. Von da, wo Tanios sich befand, konnte er ihn sogar aus der Menge heraus erkennen. Nicht aber hörte er das Raunen, das sich verbreitete: »Er kann nicht mehr sehen! Sie haben ihn geblendet!«

## 3

Der Scheich registrierte das Erstaunen der Dorfbewohner und geriet darüber seinerseits in Verwunderung. Er hatte gedacht, es wüßten bereits alle Bescheid; schon in der ersten Woche seiner Gefangenschaft hatte man ihm vor die Pupillen ein glühendes Eisen gehalten.

Die Leute bemühten sich, in ihrem Jubel nicht nachzulassen, doch wenn sie sich um ihren Herrn drängten, um seine Hand zu »sehen«, mußten sie ihm unwillkürlich ins Antlitz schauen, wie sie es nie gewagt hätten, als er noch seine Augen hatte.

Alles an ihm war anders. Sein nunmehr ungepflegter weißer Schnurrbart, die zerzausten Haare, der Gang natürlich, aber auch die Gesten, die steifere Haltung, die Kopfbewegungen, das Zucken im Gesicht und selbst die Stimme, die etwas zaudernd klang, als müsse auch sie sich tastend ihren Weg suchen. Einzig die apfelgrüne Weste war noch intakt, die hatten ihm seine Kerkermeister nicht genommen.

Eine schwarzgekleidete Frau trat näher und faßte ihn bei der Hand, wie auch die anderen es taten.

»Du bist Lamia.«

Er nahm ihren Kopf zwischen die Hände und küßte sie auf die Stirn.

»Geh nicht weg, stell dich zu meiner Linken auf, du wirst meine Augen sein. So schöne Augen habe ich noch nie gehabt.«

Er lachte. Jeder um ihn herum wischte sich die Tränen ab, und Lamia mehr als alle anderen.

»Wo ist Tanios? Ich kann es kaum erwarten, mit ihm zu sprechen!«

»Wenn er vernommen hat, daß unser Scheich zurück ist, werden wir ihn herbeieilen sehen.«

»Der Junge ist unser ganzer Stolz und die Zierde des Dorfes.«

Als Antwort begann Lamia ihm gerade Gesundheit und

langes Leben zu wünschen, als ein Geschrei anhob und Gewehre knatternd in die Luft abgefeuert wurden. Es kam zu einem Gedränge, und die Menschen liefen wild durcheinander.

»Was ist los?« fragte der Scheich.

Mehrere keuchende Stimmen antworteten gleichzeitig.

»So verstehe ich überhaupt nichts, es soll nur einer von euch sprechen, und die anderen sollen schweigen!«

»Ich«, sagte darauf einer.

»Wer bist du?«

»Ich bin Tubiyya, Scheich.«

»Gut. Sprich, Tubiyya, was ist geschehen?«

»Die Leute von Sahlain haben uns in der Nacht überfallen. Sie haben Rukoz und seine vier jungen Bewacher umgebracht. Das ganze Dorf muß zu den Waffen greifen und ihnen das heimzahlen!«

»Tubiyya, du sollst mir nicht sagen, was ich zu tun habe, sondern nur, was geschehen ist! Also, woher weißt du, daß es Leute aus Sahlain waren?«

Da gab der Pfarrer Tubiyya durch ein Zeichen zu verstehen, daß nun er weitererzählen werde. Dann beugte er sich zum Ohr des Scheichs und unterrichtete ihn in knappen Worten von den am Vortag auf dem Schloß geführten Reden, von Tanios' Entscheidung, von der Haltung Kahtane Beyks ... *Buna* Butros vermied es, Lamias Sohn zu kritisieren, doch um ihn herum wetterten die Menschen.

»Tanios hat sich nur einen einzigen Tag auf den Platz unseres Scheichs gesetzt, und schon ist das Dorf in blutige Streitigkeiten verwickelt.«

Die Miene des Scheichs verfinsterte sich.

»Es möge nunmehr jedermann schweigen, ich habe genug gehört. Gehen wir zum Schloß hinauf, ich muß mich setzen. Wir werden weitersprechen, wenn wir oben sind.«

Die Kirchenglocke hörte genau in dem Augenblick zu schlagen auf, als der Scheich wieder über die Schwelle seiner herrschaftlichen Wohnstätte trat; dem Glöckner hatte jemand verkündet, die Zeit des Jubels sei vorbei.

Als der Scheich jedoch wieder seinen gewohnten Platz im Pfeilersaal einnahm, drehte er sich zur Wand um und fragte: »Ist das Porträt des Diebes noch da?«

»Nein«, antwortete man ihm, »wir haben es abgehängt und verbrannt!«

»Schade, damit hätten wir unsere Kassen füllen können.«

Er verzog dabei keine Miene; bei den versammelten Menschen jedoch konnte hie und da ein Schmunzeln und sogar das eine oder andere kurze Auflachen beobachtet werden. Der Scheich war also über die Scherze auf dem laufenden, die man sich im Dorf über den Usurpator erzählt hatte. Herr und Untertanen waren durch die gemeinsame Erinnerung zusammengeschmiedet und stellten sich dem Kommenden.

»Was sich zwischen Kfaryabda und Sahlain zugetragen hat, betrübt mich mehr als der Verlust meiner Augen. Nie bin ich vom Pfad der Brüderlichkeit und guter Nachbarschaft abgekommen. Und trotz des unschuldigen Blutes, das vergossen worden ist, müssen wir einen Krieg verhindern.«

Ein leises Murren erklang.

»Wem meine Worte mißfallen, der soll auf der Stelle gehen, damit ich ihn nicht hinauswerfen muß!«

Niemand rührte sich.

»Oder aber er soll schweigen! Und wenn jemand unter Mißachtung meines Willens in den Krieg ziehen will, dann sei er darauf gefaßt, daß ich ihn aufhängen lasse, bevor noch die Drusen Gelegenheit haben, ihn zu töten.«

Es herrschte nun völliges Schweigen.

»Ist Tanios da?«

Der junge Mann war nach dem Scheich gekommen, hatte alle Stühle, die man ihm anbot, abgelehnt und sich einfach an einen der Pfeiler des Saales gelehnt. Bei der Erwähnung seines Namens war er zusammengezuckt, trat dann jedoch nach vorn und beugte sich über die Hand, die der Scheich ihm hinhielt.

Lamia erhob sich, um ihrem Sohn Platz zu machen, doch der Scheich hielt sie zurück.

»Ich brauche dich, geh nicht mehr weg. Tanios hatte es nicht unbequem, da, wo er war.«

Etwas verlegen setzte Lamia sich wieder; ihr Sohn aber schien nicht gekränkt zu sein und lehnte sich wieder an seinen Pfeiler. »Gestern«, fuhr der Scheich fort, »als man noch nicht wußte, ob ich zurückkommen würde, seid ihr hier unter Führung dieses Jungen zusammengetroffen, um Rukoz zu verurteilen. Tanios hat ein Urteil gefällt, das sich als unglücklich, ja katastrophal erwiesen hat. Einige unter euch haben gesagt, es habe ihm an Weisheit und Entschlossenheit gemangelt. Ihnen stimme ich zu. Andere haben mir leise zugeflüstert, Tanios habe es an Mut gefehlt. Diesen aber sage ich: Um vor den Emir zu treten und ihm seine Absetzung und seine Verbannung zu verkünden, bedarf es unendlich größeren Mutes, als um einem gefesselten Manne die Kehle durchschneiden zu lassen.«

Die letzten Worte waren mit kraftvoller Stimme gesprochen, voller Entrüstung. Lamia setzte sich aufrechter hin. Tanios stand mit niedergeschlagenen Augen da.

»Mit zunehmendem Alter und wachsender Erfahrung wird sich die Weisheit dieses Jungen auf die Höhe seines Mutes und seiner Intelligenz emporschwingen. Dann wird er diesen Platz einnehmen können, ohne sich seiner unwürdig zu erweisen. Es ist nämlich meine Absicht und mein Wille, daß er mein Nachfolger wird, wenn ich einmal nicht mehr bin.

Ich hatte den Himmel gebeten, mich nicht sterben zu lassen, bevor ich den Fall des Tyrannen erlebe, der frevelhafterweise meinen Sohn getötet hat. Der Allmächtige hat mein Gebet erhört und Tanios zum Werkzeug Seines Zorns und Seiner Gerechtigkeit erwählt. Dieser Junge ist mein Sohn geworden, mein einziger Sohn, und ich bestimme ihn hiermit zu meinem Erben. Ich habe dies hier vor allen verkündet, damit es niemandem in den Sinn kommt, meinen Beschluß einmal anzufechten.«

Aller Blicke richteten sich auf den Auserkorenen, der immer noch genauso abwesend wirkte. War dies seine Art, Ehren entgegenzunehmen, ein Ausdruck von Schüchternheit und übertriebener Höflichkeit? Alle Quellen stimmen darin überein, daß Tanios' Verhalten an jenem Morgen jedermann verwirrte. Unempfänglich für Tadel, unempfänglich für Lob: hoffnungslos stumm. Von den Anwesenden wußte kein einziger, nicht einmal Lamia, über das Wichtigste Bescheid: nämlich, daß Tanios die Leichen der vier jungen Leute entdeckt hatte, daß der Anblick ihrer blutigen Körper ihm unentwegt vor Augen stand, daß sein Schuldgefühl ihn quälte und daß er unfähig war, an irgend etwas anderes zu denken, und erst recht nicht an das Testament des Scheichs und an seine glänzende Zukunft.

Und als der Schloßherr einige Minuten später sagte: »Laßt mich jetzt ein wenig ruhen, und kommt heute nachmittag wieder, dann besprechen wir, was mit unseren Nachbarn in Sahlain zu geschehen hat«, und als die Leute zu gehen begannen, da blieb Tanios niedergeschmettert an seiner Säule stehen, während die Vorüberziehenden ihn wie eine Statue musterten.

Schließlich verebbte das Hallen der Schritte. Der Scheich fragte Lamia, die ihn am Arm stützte: »Sind sie alle gegangen?«

Sie antwortete mit »ja«, obwohl ihr Sohn noch immer an seinem Platz verharrte, wo sie ihn mit wachsender Unruhe beobachtete. Dann ging das Paar im Rhythmus des gebrechlichen Mannes auf die Gemächer des Scheichs zu. Tanios hob den Kopf, sah die beiden eingehakt, ja fast umschlungen dahingehen, und war sich plötzlich sicher, seine Eltern vor sich zu haben.

Diese Gewißheit riß ihn aus seiner Benommenheit. Sein Blick wurde wieder lebhafter. Was sprach aus diesem Blick? Zärtlichkeit? Vorwürfe? Das Gefühl, endlich den Schlüssel zu dem Rätsel zu besitzen, das auf seinem ganzen Leben gelastet hatte? Im gleichen Augenblick drehte Lamia sich um. Die beiden sahen sich an. Als schämte die Frau sich, ließ sie den Arm des Scheichs los, ging zu Tanios und legte ihm die Hand auf die Schulter.

»Ich habe an Rukoz' Tochter gedacht. Ich bin sicher, daß niemand im Dorf ihr sein Beileid aussprechen wird. Du solltest sie an einem solchen Tag nicht allein lassen.«

Der junge Mann nickte. Aber noch rührte er sich nicht vom Fleck. Seine Mutter ging wieder zum Scheich, der noch an der gleichen Stelle auf sie wartete. Sie faßte ihn wieder am Arm, hielt sich aber nicht ganz so eng an ihn wie zuvor. Dann verschwanden die beiden in einem Korridor.

Mit einem seltsamen Lächeln auf den Lippen verließ Tanios den Raum.

Ich zitiere wieder aus dem Kalender von Reverend Stolton: »Man hat mir berichtet, als Tanios auf dem Weg zur Tochter von *Khweja* Rukoz gewesen sei, um ihr sein Beileid auszusprechen, sei ihm unweit der *Blata* eine Menschenansammlung aufgefallen. Jugendliche aus dem Dorf mißhandelten dort den fliegenden Händler Nader, den sie beschuldigten, über den Scheich gelästert und mit Rukoz und den Ägyptern unter einer Decke gesteckt zu haben. Der Mann wehrte sich und schwor, er sei einzig und allein zurückgekommen, um den Scheich zu seiner Rückkehr zu beglückwünschen. Sein Gesicht war blutig geschlagen, und seine Waren lagen auf dem Boden verstreut. Tanios griff ein, machte sich das Prestige zunutze, das er noch genoß, und nahm den Händler und sein Maultier bis zum Dorfausgang mit. Auch wenn man den Rückweg einrechnet, kommt man auf nicht mehr als drei Meilen, und doch kehrte mein Schützling erst vier Stunden später zurück. Er sprach mit niemandem und setzte sich auf einen Felsen. Wie durch ein Wunder verschwand er dann. (*He vanished*, heißt es im englischen Original.)

In der Nacht kamen seine Mutter und die Frau des Pfarrers zu mir und fragten mich, ob ich Tanios gesehen oder von ihm etwas gehört habe. Wegen der extremen Spannung, die zwischen Kfaryabda und Sahlain herrscht, wurden sie von keinem Mann begleitet.«

In der *Bergchronik* steht folgendes geschrieben: »Tanios geleitete Nader bis zum *Khraj* (dem Gebiet jenseits der Ortsgrenze), vergewisserte sich, daß der Mann nunmehr in Sicherheit sei, kam dann zurück und setzte sich auf den Felsen, der heute seinen Namen trägt. Dort saß er lange unbeweglich, mit dem Rücken an die Felswand gelehnt. Manchmal kamen Dorfbewohner vorbei und sahen ihn an, dann gingen sie wieder ihres Weges.

Als der Scheich aus seinem Mittagsschlaf erwachte, schickte er nach Tanios. Die Boten traten an den Felsen heran, und der Junge sagte ihnen, er werde gleich kommen. Eine Stunde später war er noch immer nicht auf dem Schloß. Da wurde der Scheich ungehalten und sandte nochmals nach ihm aus. Tanios aber war nicht mehr auf seinem Felsen. Und es hatte ihn auch niemand heruntersteigen und davongehen sehen.

Da begann man nach ihm zu suchen, seinen Namen zu rufen; das ganze Dorf wurde aufgeboten, Männer, Frauen, Kinder. Auch an das Schlimmste dachte man und sah am Fuß des Felsens nach, ob der Junge nicht in einem Schwindelanfall hinuntergestürzt sei. Aber auch dort fand sich keine Spur von ihm.«

Nader sollte das Dorf nie wieder betreten. Überhaupt entschied er sich, nicht länger mit seinen Trödelwaren durch die Berge zu ziehen, sondern lieber in Beirut einem weniger bewegten Gewerbe nachzugehen. Er lebte noch gut zwanzig Jahre, machte lukrative Geschäfte und schwatzte gern wie eh und je. Wann immer jedoch Leute aus Kfaryabda bei ihm vorbeikamen und ihn über Lamias Sohn befragten, sagte er nie etwas anderes als das, was ohnehin schon jeder wußte, nämlich daß die beiden sich am Dorfausgang getrennt hätten, daß er selbst daraufhin weitergezogen und Tanios umgekehrt sei.

Was er für sich behielt, hatte er in einem Heft niedergeschrieben, das in den zwanziger Jahren dieses Jahrhunderts von einem Dozenten der American University of Beirut zufällig im Durcheinander eines Speichers aufgefunden wurde. Der Amerikaner veröffentlichte eine mit Anmerkungen und einer englischen Übersetzung versehene Ausgabe dieser Aufzeichnungen unter dem Titel *Wisdom on muleback* (den ich frei mit »Die Weisheit des Maultiertreibers« wiedergegeben habe). Das Büchlein wurde nur von einem beschränkten Personenkreis wahrgenommen, in dem niemand einen Zusammenhang mit dem Verschwinden Tanios' herzustellen vermochte.

Dabei findet man beim Lesen dieser mit dichterischem Anspruch auftretenden Maximen ganz eindeutige Hinweise auf das lange Gespräch, das Nader und Tanios an jenem Tag am Ortsende miteinander führten, und selbst einige Fingerzeige zum Verständnis dessen, was sich später noch ereignet haben mochte.

Da ist etwa ein Satz wie »Heute ist dein Schicksal abgeschlossen, und endlich beginnt dein Leben«, den ich diesem Kapitel vorangestellt habe, oder dieser: »Dein Fels ist es müde, dich zu tragen, Tanios, und das Meer erträgt nicht länger deine leeren Blicke«; vor allem aber findet sich dort die Stelle, die der alte Gebrayel – möge er mehr als hundert Jahre leben und seinen klaren Kopf bewahren – mir eines Abends vorlas, wobei er mit seinem knotigen Zeigefinger jede Zeile entlangfuhr.

*Für alle anderen bist du der Abwesende, ich aber bin der Freund, der Bescheid weiß.*
*Ohne ihr Wissen bist du dem Weg des Mördervaters in Richtung Küste gefolgt.*
*Auf ihrer Insel wartet das Mädchen mit dem Schatz, und ihr Haar ist noch immer von der Farbe der untergehenden Sonne.*

Als ich diese so klaren Worte zum ersten Mal vernahm, hatte ich das Gefühl, die Lösung des Rätsels vor Augen zu haben. Vielleicht ist sie das auch. Vielleicht aber auch nicht. Vielleicht offenbaren diese Zeilen das, was der Maultiertreiber »wußte«. Vielleicht aber enthalten sie nur, was er über das Schicksal des verschwundenen Freundes eines Tages zu erfahren hoffte.

Es bleibt jedenfalls so manches in ein Dunkel gehüllt, das mit der Zeit immer undurchschaubarer wird. Warum vor allem ist Tanios, nachdem er mit Nader schon das Dorf verlassen hatte, wieder zurückgekehrt und hat sich auf den Felsen gesetzt?

Es läßt sich vorstellen, daß der Junge von Nader wieder gedrängt wurde, aus den Bergen wegzugehen, und daraufhin unschlüssig war. Man könnte sogar aufzählen, welche Gründe ihn vielleicht fortgetrieben haben und welche ihn eher hätten zurückhalten sollen. Wozu aber? Der Entschluß zu gehen kommt nicht einfach so zustande. Man wägt nicht Vorteile und Nachteile gegeneinander ab. Mit einemmal ist man ein anderer. Geht auf ein anderes Leben zu, einen anderen Tod. Auf Ruhm oder Vergessen. Wer wollte jemals sagen, welcher Blick, welches Wort, welches Grinsen bewirkt, daß ein Mensch sich unter den Seinen plötzlich wie ein Fremder fühlt, daß in ihm der Drang erwacht, zu gehen oder zu verschwinden?

Auf Tanios' unsichtbaren Spuren hat inzwischen so mancher das Dorf verlassen. Aus denselben Gründen? Aus derselben Eingebung heraus vielmehr, demselben Trieb. So sind meine Berge nun mal: vereinen Heimatverbundenheit und Fernweh, sind Ort der Zuflucht und der Durchreise, ein Land, in dem Milch und Honig fließt, aber auch Blut. Weder Paradies noch Hölle. Fegefeuer.

Als ich mit meinen tastenden Versuchen an diesem Punkt angelangt war, hatte ich über meiner eigenen Verwirrung die Verwirrung von Tanios fast vergessen. Hatte ich nicht hinter der Legende die Wahrheit gesucht? Als ich den Kern der Wahrheit erreicht zu haben glaubte, da war er Legende.

Ich war sogar schon so weit, daß ich mir vorstellte, der Felsen des Tanios könne vielleicht doch von irgendeinem Zauber umfangen sein. Als der Junge sich dort niederließ, so sagte ich mir, da geschah dies nicht in der Absicht, dort nachzudenken oder ein Für und Wider abzuwägen. Nach etwas ganz anderem verspürte er ein Bedürfnis. Nach Meditation? Kontemplation? Mehr als das: nach Seelenreinigung. Und instinktiv wußte er: Wenn er auf diesem Felsenthron Platz nehmen und sich der Magie des Ortes überlassen würde, dann würde sein Schicksal besiegelt werden. Nun begriff ich, warum mir das Ersteigen dieses Felsens verboten worden war. Und gerade weil ich es begriffen hatte, gerade weil ich – gegen alle Vernunft – zu der Überzeugung gelangt war, jener Aberglaube und jenes Mißtrauen seien nicht ungerechtfertigt, war die Versuchung, mich über das Verbot hinwegzusetzen, um so stärker.

War ich an den Schwur von damals noch gebunden? So vieles hatte sich seither ereignet; das Dorf hatte seit der gar nicht so fernen Zeit meines Großvaters so viele Zwistigkeiten, Zerstörungen und Blessuren erlebt, daß ich eines Tages nicht mehr widerstehen konnte. Flüsternd bat ich all meine Vorfahren um Verzeihung, dann stieg ich hinauf und setzte mich auf den Felsen.

Mit welchen Worten soll ich meine Gefühle, meinen Zustand beschreiben? Schwerelosigkeit der Zeit, Schwerelosigkeit von Kopf und Herz.

Hinter meinen Schultern die nahen Berge. Zu meinen Füßen das Tal, aus dem bei Hereinbrechen des Abends das vertraute Heulen der Schakale heraufdringen würde. Und vor mir, in der Ferne, sah ich das Meer, mein kleines Stückchen Meer, das sich schmal und lang am Horizont dahinzog wie ein Weg.

*Die Handlung dieses Buches basiert auf einer wahren Begebenheit: auf dem im neunzehnten Jahrhundert von einem gewissen Abu-Kischk Maalouf an einem Patriarchen begangenen Mord. Der mit seinem Sohn nach Zypern geflohene Täter war durch die List eines vom Emir gesandten Agenten wieder ins Land zurückgeholt und dort hingerichtet worden.*

*Der Rest – der Erzähler, sein Dorf, seine Quellen, seine Figuren –, dieser ganze Rest ist unreine Fiktion.*

# *Inhalt*

**Amin Maalouf**

**Samarkand**

Roman
Aus dem Französischen von
Widulind Clerc-Erle
suhrkamp taschenbuch 3190
372 Seiten

Die Welt verliert am Ende der Geschichte beides: das Juwel des Morgen- und den Stolz des Abendlandes, die Titanic und die überaus wertvolle Handschrift von Omar Khajjam, einem der bedeutendsten Philosophen, Mathematiker und Astronomen des Orients. Doch bis es soweit ist, bis der legendäre Luxusliner in der Nacht vom 14. auf den 15. April 1912 mit dem Eisberg kollidiert und das Meer die in einer Goldschatulle verwahrte Kostbarkeit verschlingen kann, verfolgt der Leser in einem atemberaubend spannenden Leseerlebnis die eigentliche Handlung des Romans. Das Leben des sagenumwobenen Weisen, seine Liebe zu der schönen Dschahane, seine riskanten Verstrickungen in die Macht – und die Entstehung des »Rubaijat«, dieser sagenhaften Handschrift, der Omar Khajjan im 11. Jahrhundert seine geheimen und gefährlichen Gedanken anvertraute. Wie in einem Märchen aus Tausendundeiner Nacht entführt Amin Maalouf in das alte Persien, entfaltet die exotische, fremde und geheimnisvolle Welt des Orients und führt gleichzeitig in die moderne Welt jener Länder der Seidenstraße, vor deren märchenhafter Kulisse *Samarkand* spielt.

NF 481/1/7.03

## Amin Maalouf

### Der Mann aus Mesopotamien

Roman
Aus dem Französischen von
Gerhard Meier
suhrkamp taschenbuch 3455
480 Seiten

»Von heute ab wirst du keinen Wein mehr trinken, kein Fleisch mehr essen und dich keiner Frau mehr nähern, denn die Wahrheit ist eine anspurchsvolle Geliebte, Pattig, sie duldet keine Untreue, deine ganze Ergebenheit darf nur ihr gelten, und ihr, nur ihr gehört jeder Augenblick deines Lebens.« Pattig verläßt seine hochschwangere Frau Mariam, um sich einer Gemeinschaft von Gläubigen anzuschließen. Das Kind, das Mariam erwartete, ist Mani, nach christlicher Zeitrechnung geboren am 14. April 216 in Mesopotamien. Vier Jahre später wird er von seinem Vater in die Sekte der Weißgewandeten eingeführt.
»Inmitten dieser Männer ging ich weise und listig meinen Weg«, erinnert sich Mani, der Begründer des Manichäismus, der mit 24 Jahren die Sekte verläßt, um »durch die Welt einen Ruf ertönen zu lassen«. In Ägypten wird er »der Apostel Jesu«, in China »der Buddha des Lichts«. Seine Anhängerschaft wächst ständig. Schließlich gerät der Verfechter einer liberalen Religion in die Schlingen der politisch Mächtigen, wird inhaftiert und stirbt am 2. März 274.

NF 482/1/7.03

**Amin Maalouf**

**Die Häfen der Levante**

Roman
Aus dem Französischen von
Bernd Schwibs
suhrkamp taschenbuch 3006
250 Seiten

Das feudale Leben, das Ossyan Ketabdars Familie in der Türkei geführt hatte, wird Ende des 19. Jahrhunderts durch eine Revolte zerstört. In den zwanziger Jahren des 20. Jahrhunderts emigriert die Familie in den Libanon. Ossyan beginnt ein Medizinstudium in Südfrankreich. Er schließt sich der Résistance an und lernt Clara kennen, eine Jüdin aus Graz. Nach dem Kriegsende kehrt Ossyan nach Beirut zurück, wo er als Held gefeiert wird. Clara sucht ihn in Beirut auf, sie heiraten und leben abwechselnd im Libanon und in Haifa. Doch bereits 1948 erlaubt der israelisch-arabische Krieg keinen Grenzübertritt mehr. Ossyan gelingt die Rückkehr nach Beirut, die schwangere Clara bleibt in Haifa zurück. Ossyan wird in eine Klinik eingewiesen, in der er Jahrzehnte eingesperrt bleibt. Als er, durch politische Umstände begünstigt, sich schließlich doch noch zu befreien vermag, reist er nach Paris, nimmt von hier aus Kontakt zu Clara auf und vereinbart ein Treffen mit ihr – und während der vier Tage, die er auf sie wartet, erzählt er sein Leben einem Fremden, der ihn auf der Straße ansprach, weil er ihn nach einem Foto in einem Geschichtsbuch wiedererkannt hatte.

NF 484/1/7.03

## Amin Maalouf

### Mörderische Identitäten

Essay
Aus dem Französischen von
Christian Hansen
edition suhrkamp 2159
160 Seiten

Ist es ein Naturgesetz oder eine geschichtliche Entwicklung, die die Menschheit dazu verdammt, sich im Namen der Identität gegenseitig umzubringen? Werden unsere Gesellschaften unaufhörlichen Spannungen bis hin zu offenen Gewaltausbrüchen ausgesetzt sein, nur weil die in ihr vereinten Mitglieder nicht alle die gleiche Religion, die gleiche Hautfarbe oder die gleiche Herkunft haben? Amin Maalouf, als arabischer Christ und in Frankreich lebender Libanese sich selbst zu mehreren Identitäten bekennend, beobachtet die mörderischen Auswirkungen von Fundamentalismus und ängstlicher, reflexhafter Ausgrenzung des Anderen. Beunruhigt angesichts dieses fatalen Mechanismus, aber nicht ohne Hoffnung, ist Maaloufs Essay ein Appell an Toleranz, Integration und Pluralität. Für den vorliegenden Essayband wurde er mit dem Charles-Veillon-Preis 1999 ausgezeichnet.

NF 483/1/7.03